KB078553

칠마선문(七魔仙門) 3

허담 新무협 판타지 소설

초판 1쇄 찍은 날 § 2023년 2월 3일
초판 1쇄 펴낸 날 § 2023년 2월 10일

지은이 § 허담
펴낸이 § 서경석

총괄팀장 § 황창선
편집책임 § 김우진
디자인 § 스튜디오 이너스

펴낸곳 § 도서출판 청어람
등록번호 § 제387-1999-000006호
등록일자 § 1999. 5. 31
어람번호 § 제2-2915호

본사 § 경기도 부천시 부일로 483번길 40 서경B/D 3F (우) 14640
편집부 § 서울특별시 구로구 디지털로 272 한신IT타워 404호 (우) 08389
전화 § 02-6956-0531 팩스 § 02-6956-0532
http://www.chungeoram.com
E-mail § chungeorambook@daum.net

ⓒ 허담, 2022

ISBN 979-11-04-92477-4 04810
ISBN 979-11-04-92472-9 (세트)

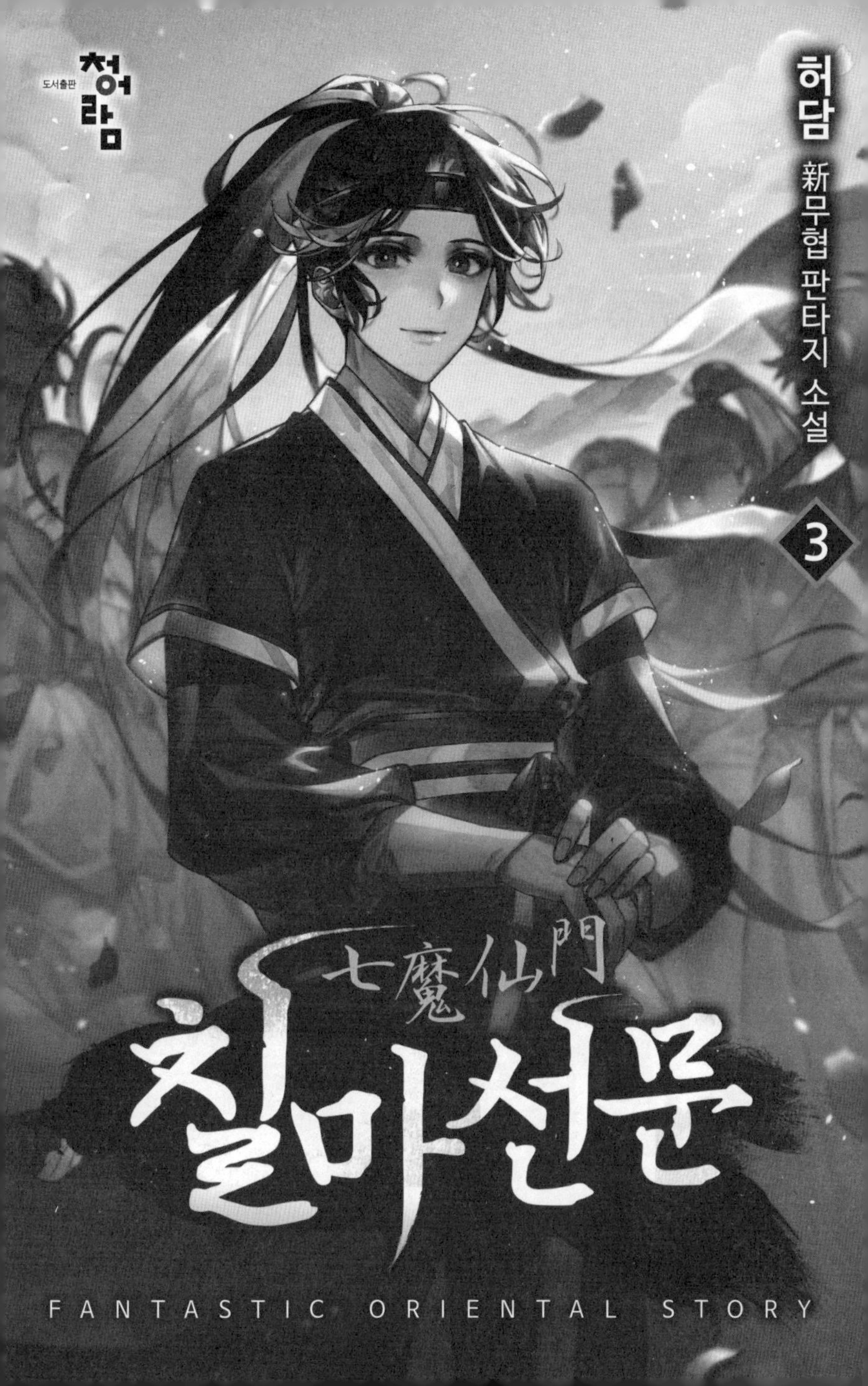
도서출판 청어람
허담
新무협 판타지 소설
3
七魔仙門
칠마선문
FANTASTIC ORIENTAL STORY

목차

제 1장
—
흑사회

허억, 허억!

거친 숨소리가 메마른 사막 공기를 타고 흩어졌다. 살을 태우는 듯한 태양빛, 어디 한 곳 물기를 찾을 수 없는 땅이다. 이런 곳을 맨몸으로 걷는 것은 살아서 지옥을 경험하는 것과 같다.

그 지옥 속에 두 사내가 던져져 있었다.

"무, 물 좀……."

잔혹한 노예상 혈수금귀 석자부가 낙타에 올라앉아 유유히 앞서가는 시월을 향해 손을 들어 애원했다.

그러자 시월이 뒤도 돌아보지 않고 말했다.

"물을 마신 지 아직 반나절도 지나지 않았어! 당신이 팔리지 않는 아이들을 사막에 버려두고 갔을 때, 그 아이들은 어린 나이에도 며칠 동안 물 한 모금 마시지 못하고 사막을 걸었다. 그러니까 당신도 할 수 있어! 그래도 하루에 세 번 물을 주는 내가 있으니까 엄청난 행운이지."

시월의 차가운 대답을 들은 석자부가 독기를 품은 눈으로 소리쳤다.

"차라리 날 죽여라! 이놈!"

"후후후, 길잡이를 죽이는 여행자는 없어. 당신이 없으면 내가 어떻게 흑사회주를 찾는단 말인가. 그러니까 조금이라도 고통을 줄이려면 서둘러서 날 흑사회주에게로 안내해."

시월이 덤덤하게 대답했다.

"정말 나도 흑사회주의 정확한 위치를 모른다니까!"

석자부가 악에 받친 듯 소리쳤다.

"아마도 이 더위와 갈증이 그가 있는 곳을 생각나게 해줄 거야."

시월이 대답했다.

그러자 석자부와 함께 사막을 걷고 있던 황평이 석자부를 향해 소리쳤다.

"젠장! 대인! 그까짓 것 말해 버리면 그만이지 왜 이렇게 고집을 피웁니까! 일단 살고 봐야 할 것 아닙니까!"

"이 빌어먹을 놈이! 감히 누구에게 함부로 지껄이는 거냐!"

"욕하지 말아요. 내가 누구 때문에 이 고생을 하고 있는데. 성질나면 대인이고 뭐고 내 손에 아작이 나는 수가 있으니까."

황평이 자신의 팔자가 이렇게 더럽게 꼬인 것이 다 석자부 탓이라는 듯 석자부를 노려보며 경고했다.

"죽여 봐라. 이놈! 내가 아무리 무공을 잃었다고 해도 네놈 따위에게 죽을 성싶으냐? 내 발이나 핥으며 살던 놈이 어디서 감히!"

"에이, 그런데 이 빌어먹을 늙은이가!"

퍽!

참다못한 황평이 석자부의 턱을 주먹으로 후려쳤다.

"억!"

황평의 주먹을 맞은 석자부가 비명을 지르며 모래 위에 나뒹굴었다.

"이 늙은이! 내가 지난 수십 년간 당한 수모를 오늘 모두 갚아주마!"

황평이 쓰러진 석자부 위에 올라타며 소리쳤다. 그러고는 석자부의 얼굴에 주먹을 퍼붓기 시작했다.

퍽퍽퍽!

황평의 주먹질에 석자부의 얼굴이 순식간에 피로 물들었다.

"아주 박살을 내주마!"

황평은 정말 석자부의 얼굴을 박살 낼 것 같은 기세로 다시 주먹을 쳐들었다.

순간 어느새 다가온 시월이 황평의 손목을 잡았다.

"그만하시오."

"이 늙은 놈은 절대 입을 안 열 겁니다. 차라리 때려죽이는 게 낫습니다!"

황평이 시월을 보며 말했다.

"낄낄! 그놈 말이 맞아. 난 죽어도 입을 안 열어, 그러니까 지금 죽여, 크크큭!"

얼굴이 피투성이가 되고도 석자부가 이죽거렸다.

그러자 시월이 덤덤하게 대답했다.

"말을 하든 말든 그건 당신 선택이고, 당신을 어떻게 죽이느냐는 내 선택이지. 난 절대 당신을 때려죽이거나 칼로 베어 죽이지 않아. 난 살인을 무척 싫어하거든. 그래서 당신의 죽음을 자연의 힘에 맡기는 거야. 계속 걸어! 걷고 싶지 않으면 낙타에 묶여서 끌려갈 수도 있겠지. 하지만 적어도 이 여행을 멈추는 일은 없을 거야. 뜨거운 사막은… 늘 인간의 한계를 시험하지. 당신의 한계가 궁금하군. 자! 다시 걷자고!"

시월이 다시 낙타에 올라타며 말했다.

"이… 지독한 놈……!"

피를 흘리며 누운 채로 석자부가 이를 갈았다.

"안 일어날 거야?"

낙타에 탄 시월이 물었다.

"끌고 가든 말든 네 마음대로 해라!"

석자부가 소리쳤다.

"음… 조금이라도 힘이 있으면 걷는 게 나을 텐데. 어쩔 수 없지."

시월이 고개를 젓고는 튼튼한 밧줄을 황평 앞에 던졌다.

"그자의 손에 묶으시오."

"아, 알았습니다."

황평이 얼른 대답하고는 석자부의 손목을 밧줄로 묶었다.

그사이 시월이 밧줄의 다른 편을 낙타 등자에 단단히 고정시켰다.

"다 묶었습니다."

석자부의 손목을 묶은 황평이 시월을 보며 소리쳤다.

"수고했소. 한 모금 하시오!"

시월이 마른 천에 물을 적셔 황평에게 던졌다. 그러자 황평이 금은보화라도 되는 듯 물에 젖은 천을 몸을 날려 낚아챘다. 그러고는 천을 재빨리 입에 넣고 물기를 빨아들이기 시작했다.

그 모습을 석자부가 절망적인 표정으로 바라봤다. 달라고 한들 물 젖은 천을 자신에게 넘길 황평이 아니기에 애원조차 하지 못하는 석자부다.

"다시 시작합시다! 즐거운 사막 여행을! 가자!"

시월이 낙타를 가볍게 쳤다. 그러자 낙타가 느리게 움직이기 시작했다.

*　　　*　　　*

헉헉!

두 사내가 비틀거리면서 사막을 벗어났다. 그리고 살았다는 듯이 몇 그루의 나무가 만들어내는 작은 그늘 속으로 파고들어갔다.

"하하하! 살았다. 살았어!"

사내 중 한 명이 그늘에 쓰러지며 소리쳤다.

"맞아. 살았어! 흐흐… 억세게 운이 좋았어. 내가 방향을 제대로 잡아서 가능한 일이었지. 그러니까 나한테 고마워하라고!"

"그래, 그래! 고맙네. 고마워! 마슬, 내 언젠가 반드시 이 은혜는 갚지!"

"후우! 지랄 같은 열흘이었어! 진짜 죽는 줄 알았네. 사막이 이렇게 무서운 곳인 줄 미처 몰랐어!"

"그러게 말이야. 우린 이제 산 거지? 그나저나 석 대인과 황평 형님은 어찌 되었을까?"

마슬이라는 사내가 물었다.

"글쎄… 결국 죽지 않았을까?"

"흑사회주가 있는 곳까지 그자를 데려가도 죽일까?"

"그자 눈빛 못 봤어? 아주 소름이 돋는 눈이었어. 차라리 살인 마의 눈빛이라면 그나마 인간적이랄까. 대인을 보는 눈빛에 아무 런 감정이 없었어. 대인을 인간으로 보지 않는다는 거지. 쓸모가 다하면 절대 대인을 살려두지 않을 거야."

"음… 하긴 소름 끼치는 시선이었지. 그런데 그럼 황평 형님은?"

사내 마슬이 다시 물었다.

"글쎄. 황 형님은 그래도 살아날 여지가 좀 있다고 봐야겠지. 우릴 살려준 걸로 봐서는."

"그럼 다행이고… 그런데 참 이상하지?"

"또 뭐가?"

"두우, 자네도 그자가 한 말은 모두 들었지? 자기가 무맹의 사 람이 아니라고 하는 말."

"당연히 들었지. 그리고 사실 맞는 말 같아. 의천무맹 무인치고 는 손속이 너무 잔혹했어."

두우라 불린 사내가 대답했다.

그러자 사내 마슬이 눈살을 찌푸리며 말했다.

"젠장, 의천무맹 놈들이라고 모두 정의협사인가? 그자들이 겉 으로는 협사인 척하면서 뒤에서는 온갖 못된 짓을 하고 있다는 건 세상이 다 아는 사실인데."

"그야 그렇지만 그래도 대놓고 그자처럼 그렇게 행동하지는 않지."

"아무튼! 이상하잖아? 자기는 의천무맹 사람이 아니라고 해놓고, 신검산 대월문 출신이라고 말하는 것은……."

사내 마슬이 다시 생각해도 이해할 수 없다는 듯 중얼거렸다. 그러자 두우도 고개를 갸웃하며 맞장구를 쳤다.

"맞아. 분명 신검산 대월문 출신이라고 했어. 그런데 의천무맹의 사람은 아니라고도 했고… 말이 안 되는 일이지. 지금 신검산 대월문이라면 곧 의천무맹 십팔장문을 넘어 구대천문의 지위에 오를 것이라는 설이 파다한데. 그런 대월문 출신이 의천무맹 사람이 아니라고 말할 수는 없지."

"파문당한 제자인가?"

마슬이 중얼거렸다.

"파문당하고서 대월문의 이름을 거론할 수는 없지 않을까? 감히……."

"무심코 내뱉은 말일 수도 있지. 그때 한마디 하고는 대월문을 다시 입에 올리지는 않았으니까."

"음… 그럴 수도 있… 누구냐?"

대답을 하려던 사내 두우가 갑자기 말을 끊고 지친 사람답지 않게 벌떡 일어나 뒤쪽 숲을 노려봤다.

그러자 큰 나무 뒤에서 사람 그림자가 어른거리더니 여섯 명의 검을 든 무인들이 모습을 드러냈다.

"운이 좋군."

천중한이 잔뜩 겁에 질린 두 사내를 보며 중얼거렸다.

마슬과 두우는 두려울 수밖에 없었다. 천중한과 그를 따라온 묵천의룡단 소속 다섯 무인들의 기세에 그들을 보는 순간 기가 질렸기 때문이었다.

그런 두 사람 입장에서 천중한의 입에서 흘러나온 운이 좋다는 말은 듣기에 따라 희망적인 말일 수 있었다.

"누, 누구신지……?"

사내 마슬이 조심스럽게 물었다.

천중한은 마슬의 말에 대답하는 대신 의룡단의 고수에게 고개를 끄떡였다. 그러자 의룡단 고수가 허리에 차고 있던 수통을 풀어 마슬과 두우 두 사람에게 던졌다.

턱!

"마셔라. 그리고 묻는 말에 제대로 대답해라."

의룡단 고수가 싸늘하게 말했다.

마슬과 두우가 겁에 질린 표정으로 서로를 바라보다 급하게 수통을 들어 번갈아가며 물을 마셨다. 두려움보다는 당장의 갈증을 푸는 것이 급한 두 사람이었다.

"후우!"

단번에 수통을 비운 두우와 마슬이 크게 한숨을 내쉬었다. 그러다가 문득 자신들을 응시하고 있는 천중한 등을 의식하고는 엉거주춤한 자세로 조심스럽게 물었다.

"알고 싶으신 것이 무엇인지……?"

"뭘 하는 자들이냐?"

천중한이 짧게 물었다.

"그, 그것이……."

"노예상이냐?"

"그, 그걸 어떻게……?"

마슬이 화들짝 놀라며 되물었다.

"너희들이 흑사회를 언급한 것을 들었다. 흑사회가 흑상들을 끌어모아 만들어진 세력임을 알고 있다. 그리고 이 사막에는 흑상 중에서도 노예상들이 모여들지."

"……"

"맞느냐?"

"그, 그렇습니다. 하지만 이제는 아닙니다!"

마슬이 혹시라도 노예상으로 일했다는 이유로 자신들의 목을 벨까 두려운 듯 손을 저으며 말했다.

"누구 밑에서 일했지?"

천중한이 다시 물었다.

"…혈수금귀 석자부라고……."

"혈수금귀! 설마 그자가 당했느냐?"

이번에는 천중한이 놀란 표정으로 물었다.

"석 대인을 아십니까?"

"사막에 모이는 노예상 중 무공에 관한 한 대적할 자를 찾기 어려운 인물인데… 그가 당한 것이냐?"

"그렇습니다."

"상대는 하나였느냐?"

천중한이 침착함을 되찾고 신중하게 물었다.

"예, 그것도 아주 젊은 놈이었습니다. 그런데 무공과 손속이 얼마나 독한지. 단번에 석 대인을 제압했지요."

마슬이 숨기지 않고 대답했다.

"좀 전에 너희들이 하는 말을 들으니 그자가 월문을 입에 올렸다고?"

천중한이 다른 어느 때보다 신중하게 물었다.

"그렇습니다."

마슬이 얼른 대답했다.

"이름은 밝히지 않고?"

"예."

"어떻게 생겼는지 자세히 말해 보거라."

"그러니까 그게… 일단은 눈빛이 무척 기이했습니다. 무심한 듯하면서도 어떻게 보면 살인마처럼 독해 보이기도 하고. 그리고… 자네 생각나는 거 있어?"

마슬이 당황해서 시월의 모습을 제대로 떠올리지 못하겠는지 사내 두우에게 물었다. 그러자 사내 두우가 얼른 입을 열었다.

"생각보다 체구가 크지는 않았습니다. 마른 편이었고… 그렇게 강한 무공을 가진 사람이라고 보기에는……."

"음……."

사내 두우의 대답에 천중한이 무거운 음성을 흘려내며 고개를 끄떡였다. 그러다가 다시 두 사람에게 물었다.

"어디로 간다고 했나?"

"석 대인을 끌고 흑사회주를 찾아간다고 했습니다."

"흑사회주라… 대체 왜?"

천중한이 중얼거렸다.

그러자 그를 따라온 의룡단의 고수가 천중한에게 물었다.

"그 아이일까요?"

"맞는 것 같군. 타고나길 체구가 왜소한 아이였으니까. 떠날 때 성장이 거의 끝난 상태였고… 또 월문을 들먹였다는 것도 그렇고."

"그럼 이제 곧 만나겠군요."

의룡단의 고수가 눈빛을 빛내며 말했다.

"그렇겠지. 그래서 운이 좋다는 걸세. 오자마자 행방을 찾았으니까."

천중한이 덤덤하게 대답했다.

*　　　　*　　　　*

"정말 이 방법이 효과가 있을까요?"

십 대 후반의 청년이 선풍도골의 노인에게 물었다.

"가장 확실한 방법이지."

백염의 노인이 대답했다.

"하지만……."

"마음에 걸리느냐?"

"꼭 도둑질을 하는 것 같아서요."

"후후, 좋구나. 아직 그런 순수한 생각을 할 수 있는 나이라서. 그러나……."

노인이 가볍게 미소를 지으며 고개를 저었다. 청년을 놀리려고 하는 말 같지는 않았다. 노인에게선 청년의 젊음에 대한 아련한 부러움이 느껴졌다.

"강호에 나와선 무당의 문도도 다만 검을 든 한 사람의 무인일 뿐이다! 이 말씀을 또 하시려는 건가요?"

청년이 되물었다.

"기억하고 있으면 됐다. 늘 말하지만 무림이란 곳은 너무 복잡한 곳이다. 정사(正邪)의 구분도 어렵거니와, 얽히고설킨 인연을 따라가다 보면 선악을 구분하는 일이 무의미해지지."

"우리 무당도요?"

"무당도 사람 사는 곳이 아니더냐. 우리 무당을 포함해서 운중오문이라고 불리는 다섯 문파는 세상에 마치 인간사에서 자유로운, 세속의 욕망을 초월한 도인들이 사는 곳처럼 알려져 있지만, 너도 경험해 봐서 알 게다. 오히려 더 위험하고 수많은 은원들이 가득한 곳이라는 것을."

"…우울하지만 그렇긴 하죠."

청년이 고개를 끄떡였다.

"이번 일만 해도 그렇지. 사실 이 일은… 운중오문의 입장에서는 참 고약스러운 일이지. 결코 세상에 드러내고 싶지 않은."

"…누가 그런 소문을 내고 다닐까요?"

청년이 물었다.

"글쎄… 당시 월문칠랑 중 한 아이가 도주했는데 그 아이일 가능성이 크지."

백염의 노인이 말했다.

그러자 청년이 조심스럽게 물었다.

"그런데 정말 월문칠랑은 마공을 익힌 사악한 마인들이 맞나요?"

"마공을 익힌 것은 확실하다. 내 눈으로 확인했으니까. 사악하냐 하면… 그건 잘 모르겠구나. 하지만 당시에는 아니어도 그 마공들을 계속 수련하다 보면 결국 삼십육마와 같은 마인이 될 수밖에 없지. 그런데 왜 그런 질문을 하는 거냐?"

"그냥… 월문에서 그런 일을 했다는 것이 믿기지 않아서요. 더군다나 그들은 아주 짧은 시간 무림에서 활동했지만, 협행을 하고 잔마를 죽였잖아요? 그런 사람들이 마공을 수련한 사악한 마인이라는 것이……."

무당의 청년 제자가 고개를 갸웃하며 말했다.

"녀석아. 넌 월문칠랑을 본 적도 없지 않느냐? 그런데 과거 그들의 행적만으로 이 사부의 안목을 의심하는 거냐?"

"제가 감히 어떻게 사부님을 의심하겠습니까. 다만……."

"세상에서 가장 조심해야 할 것이 그 설마, 다만이라는 감정이다. 그런 일말의 망설임이 대사를 그르치는 법이란다."

"…알겠습니다."

"아무튼 저들을 따라가면 결국 소문을 낸 자를 만나게 될 것이다. 가자!"

"사막 여행은 참 곤욕스러운데……."

"녀석아. 설마 네가 이 땅에서 태어나고 자랐다는 것을 잊은 거냐?"

"무당 제자가 된 것이 벌써 십 년에 가까운데요."

"그래서 고향을 잊었다?"

"잊은 건 아니지만, 낯설긴 해요. 그리고 제 고향은 더 북쪽 초원이에요. 이런 사막이 아니라."

청년이 천중한과 월문의 고수들이 걸어간 발자국을 보며 말했다.

"하긴 사막과 초원은 다르지. 그래도 어쩔 수 없다. 가자."

"예, 사부님!"

청년이 오르며 대답했다.

* * *

촤악!

"헉!"

얼음처럼 차가운 물세례에 잠깐 정신을 잃었던 석자부가 화들짝 놀라 눈을 번쩍 떴다.

한 점의 구름도 없이 뜨거운 태양이 내리쬐는 하늘, 야속하게 파란 하늘이 눈에 들어온다. 그리고 그 옆으로 물통을 든 황평이 석자부를 내려다보고 있었다.

"네놈이!"

석자부가 자신에게 물을 쏟아부은 황평에게 화가 났는지 몸을 일으키려다 말고 맥없이 모래 위에 너부러졌다. 손이 끈에 묶여 있어서가 아니라 다리에 힘이 없기 때문이었다. 음식을 먹은 적이 언제인지 기억조차 나지 않는 석자부였다.

"와! 정말 살아 있네. 신기하다, 신기해!"

석자부보다는 나은 편이지만, 거지꼴을 하고 있기는 마찬가지인 황평이 깨어난 석자부를 보며 감탄했다.

"빌어먹을 놈아. 내가 죽기를 바랐느냐?"

석자부가 모래와 침이 뒤섞인 입으로 소리쳤다.

"그게 아니라 설마 대인께서 이렇게 오래 살아 있을 줄 몰랐던 거죠. 난 오늘쯤이면 죽을 줄 알았는데. 역시 석 대인께서는 보

통 양반은 아니시네. 이 정도로 죽을 사람이 절대 아니라고 하더
니……."

황평의 말에 석자부의 시선이 자연스레 자신을 이 지경으로 만
든 시월을 찾아 움직였다.

그런 그의 눈에 사막 한가운데 위치한 작은 녹지가 보였다. 사
방으로 오십여 평도 되지 않는 녹지에는 몇 그루의 나무와 우물이
있었는데, 그 우물 근처 나무 아래서 시월이 편히 앉아 더위를 피
하고 있었다.

"저 개새끼가……."

자신은 뜨거운 사막 위에 버려두고, 혼자 더위를 피하고 있는
시월을 발견하자 석자부의 입에서 본능적으로 욕설이 튀어나왔다.

"어허! 말조심하세요. 사서 고생하지 말고. 거… 웬만하면 이
쯤에서 그 흑사회주인지 뭔지 하는 여자에게 저 사람을 데려가세
요. 내 생각에 그렇게 하지 않으면 저 사람은 평생 대인을 이렇게
끌고 다닐 겁니다. 모래 위라 죽지도 않고. 참……."

지난 며칠 동안 시월이 탄 낙타에 매달려 사막 위를 끌려 다닌
석자부가 안쓰러운지 황평이 혀를 차며 말했다.

"지 놈은 사람이 아닌가? 평생 날 끌고 다닐 수 없을걸? 결국
죽이고 말겠지. 누가 이기나 두고 봐라."

석자부가 이를 갈며 말했다.

"나 참, 죽는 게 이기는 거라는 사람은 처음 보네. 대인, 잘 생
각해 보세요. 대체 대인께서 흑사회주에게 충성해야 할 이유가 뭐
가 있습니까?"

"그야……."

"그 여마(女魔)가 잔혹하다는 것은 나도 알고 있습니다. 자신을 배신한 사람을 어찌 다루는지도 알고 있고요. 하지만 그거야 정말 나중 일 아닙니까. 혹시 압니까? 저 사람이 그 여마를 제압할지."

"…그럴 리 없어. 흑사회주는 삼십육마에 속한 대마인이란 말이다."

"그렇지만 저자의 무공도 보통은 아니지 않습니까? 또 저자가 흑사회주의 손에 죽는다고 해도 그럼 그때 스스로 목숨을 끊으시면 되지요. 가기 전에 비상약이라도 챙겨 가서서… 제 짧은 소견으로 볼 때 지금은 저자의 뜻에 따르는 것이 이득일 것 같습니다만. 일단 살아야 기회를 볼 것 아닙니까."

"하지만……."

황평의 설득에 마음이 흔들렸지만 그렇다고 그의 말대로 하자니 지금까지 고생한 것이 아쉬운 석자부다.

"막말로 그 여마가 대인을 제대로 동료로서 대우한 적도 없지 않습니까? 수하처럼 부리면서 수모를 주면 주었지……."

"음……."

석자부의 표정이 심각해졌다. 황평의 말을 듣고 보니 자신이 쓸데없는 고집을 부리고 있다는 생각이 들었던 것이다.

흑사회주 흑화수 금사가 소름 끼치게 잔혹한 여인이기는 하지만, 당장 몸으로 겪고 있는 이 고통의 크기가 훨씬 크게 느껴졌기 때문이었다.

"제 말대로 하십시오. 이러나저러나 죽을 팔자라면 고생하다 죽을 필요는 없잖아요? 그리고 저자는… 어쩌면 우릴 살려줄지도 모릅니다. 두우와 마슬 놈은 살려 보냈잖아요."

황평이 석자부의 고집 때문에 자신도 괜한 고생을 한다 싶어서 인지 열심히 석자부를 설득했다.

그리고 그 설득은 효과가 있었다.

"그럴까?"

일말의 기대를 품고 석자부가 되물었다.

"사람 죽이는 걸 애초에 좋아하는 자는 아닌 것 같습니다. 냉기는 풀풀 풍기지만……."

황평이 슬쩍 녹지에서 쉬고 있는 시월을 보며 말했다.

"후우… 알겠다. 그럼 네가 가서 한번 말해봐."

"제… 가요?"

"그럼 내가 기어서 가야겠냐?"

석자부가 애처로운 표정으로 황평을 보며 물었다.

"…알겠습니다. 제가 말해보죠. 그런데 흑사회주는 찾을 수 있는 겁니까?"

"다른 때라면 모를까 지금은 어디 있는지 알지."

"어딘데요?"

황평이 물었다. 그러자 석자부가 황평을 물끄러미 바라보다가 퉁명스럽게 대답했다.

"그건 내가 그에게 직접 말하지."

"…이 상황에서도 절 못 믿으시는 겁니까?"

황평이 어이없다는 표정으로 되물었다.

"널 못 믿는 게 아니라 거래는 내가 제대로 해야 하니까."

석자부가 황평을 달래듯 말했다. 시월을 만나기 이전에는 절대 볼 수 없었던 모습이다.

황평이 변명하는 석자부를 물끄러미 바라보다 고개를 저으며 말했다.

"내가 대인을 모신지 이십 년이 더 되었는데, 아직도 날 못 믿다니 참 서운하네요. 알겠습니다. 일단 말은 전하죠."

황평이 투덜거리며 일어나 시월을 향해 걸어갔다.

그러자 석자부가 나직하게 빈정거렸다.

"흥! 네놈을 어찌 믿고. 위치를 알려주면 마치 자신이 알아낸 것처럼 저놈과 거래를 할 거면서. 내가 그렇게 어수룩했으면 여태 사람 장사를 하며 살아남았겠느냐? 호호!"

실소를 흘리는 석자부의 입에서 물과 섞인 침이 주르륵 흘러내렸다.

"말해보시오."

시월이 황평에게 부축을 받으며 녹지로 기다시피 들어온 석자부에게 말했다.

"일단… 물을……."

석자부가 시월의 손에 들린 수통을 보며 말했다.

그러자 시월이 들고 있던 수통을 석자부 앞에 던졌다.

툭!

짐승의 내장을 이용해 만든 수통이 떨어지자 석자부가 정신없이 수통을 들고 물을 마시기 시작했다. 석자부의 입에서 흘러내린 물이 흠뻑 옷을 적셨다.

"꺼억!"

한동안 물을 마신 석자부가 크게 트림을 하며 수통을 내려놓았다.

"어디요?"

시월이 다시 물었다.

그러자 석자부가 크게 한숨을 쉰 후 되물었다.

"말하면 정말 날… 살려주겠나?"

"거래를 하자는 거요?"

시월이 눈살을 찌푸렸다.

"꼭 그렇다기보다는……."

석자부가 말꼬리를 흐렸다. 그러나 그의 표정에는 반드시 살아야겠다는 욕망이 숨김없이 드러났다.

"뭐… 그럽시다!"

시월이 시원하게 대답했다.

"정말인가?"

석자부가 믿을 수 없다는 표정으로 되물었다. 시월이 너무 쉽게 자신의 요구를 받아들였기 때문이다.

"믿고 안 믿고는 당신 마음이고, 그동안 충분히 대가를 치른 것 같기도 하니까."

"그야… 그렇지만……."

여전히 의심이 가시지 않는지 석자부가 시월의 마음을 읽으려는 듯 날카로운 눈으로 시월을 살피며 말꼬리를 흐렸다.

"그래서 어디로 가면 되오?"

시월이 다시 물었다.

그러자 석자부가 침을 한 번 꿀꺽 삼킨 후 망설이는 듯한 목소리로 대답했다.

"이 시기에 흑사회주는 사막 노예 시장을 보러 오지. 물론 신분을 감추고 오기 때문에 보통 노예상들은 그녀가 노예 시장에 들른 것을 모르지만……."

"노예 시장으로 가야겠군. 당신이 가려고 했던."

시월이 묻자 석자부가 고개를 저었다.

"그건 이미 늦었네. 노예 시장은 삼 일 동안만 열리지. 물론 알고 있겠지만… 아무튼 그래서……."

"그럼 어디로 가면 되오?"

시월이 다시 물었다.

"노예 시장이 파한 후에는 흑사회의 주요 상인들과 회합을 하네."

"그러니까 어디서 말이오?"

시월이 끈질기게 물었다.

"반산성이라고… 사막 끝자락에 있는 폐성(廢城)이지."

"반산성… 처음 듣는군."

월문칠랑으로 활동할 때 대막과 홍안령 일대의 지리에 통달했던 시월이다. 그럼에도 반산성이라는 폐성은 처음 듣는 지명이었다.

"겉으로 보기에는 그냥 돌무더기 같아서 사람들이 거의 모르는 곳이네. 하지만 안으로 들어가면 사정이 다르지. 제법 공간이 있네."

석자부가 말했다.

"안내하시오."

"내가?"

석자부가 놀라서 되물었다.

"그럼 당신 말만 믿고 여기서 당신을 놓아주란 말이오? 당신을 어떻게 믿고?"

시월이 퉁명스럽게 대꾸했다.

*   *   *

그나마 물을 마시며 걸을 수 있다는 것만으로 석자부는 행복했다.

시월을 흑사회주가 있는 반산성으로 데려가기로 약속한 순간부터 시월은 석자부의 손을 묶었던 밧줄을 풀고 물과 음식도 충분히 주었다.

하지만 석자부와 황평이 사막을 걸어서 이동해야 하는 것은 변하지 않았다. 그럼에도 두 사람이 불평을 하지 않는 것은 지난 며칠간 그들이 겪었던 극심한 고통에서는 해방되었기 때문이었다.

목마를 때 물을 마실 수 있다는 것 하나만으로도 석자부는 자신이 생각을 고쳐먹은 것이 정말 옳은 결정이었다고 확신할 수 있었다.

그렇게 두 사람을 데리고 시월은 다시 닷새를 걸었다.

사막 남쪽으로 내려가는 길이라 어느 순간부터는 모래보다 딱딱한 황무지가 많아졌고, 간혹 풀밭도 나타났다. 그런 곳이 모래사막보다는 여행하기 수월했다.

잠자리도 노숙하기 적당한 곳을 찾아 마련할 수 있었다. 사막의 밤은 낮의 열기가 거짓말처럼 사라지고 냉혹한 한기를 만들어낸다. 그래서 그 냉기를 피할 수 있는 잠자리를 찾는 것이 무척 중요했다.

그런데 그런 잠자리는 모래사막보다는 이런 황량한 황무지에서 찾기가 훨씬 수월했다.

덕분에 석자부와 황평은 오히려 여행을 하면서 몸 상태가 이전보다 훨씬 좋아지고 있었다.

그럼에도 불구하고 두 사람은 시월을 공격하거나 도망갈 생각을 하지 못했다. 그들이 상대해 본 시월의 무공을 생각하면 두 가지 경우 모두 목숨 부지하기 쉽지 않은 선택이기 때문이었다.

그들이 바라는 바는 그저 하루빨리 시월을 반산성에 데려다주고 그로부터 자유로워지는 것이었다.

그 생각이 두 사람을 시월의 충실한 길잡이로 만들었다. 덕분에 시월은 닷새가 지난 어느 날 저녁, 아지랑이처럼 보이는 무너진 고성을 먼 시야에 두게 되었다.

"아니, 정말 이렇게 무턱대고 갈 것인가?"

시월을 따라오던 석자부가 극히 두려운 표정으로 물었다.

"그녀를 만나러 왔으니 만나면 그만 아니오."

시월이 덤덤하게 대답했다.

"그래도 이렇게 대책 없이 갔다가는……."

"몇이나 있을 것 같소?"

시월이 물었다.

"흑화수 금사는 많은 사람을 데리고 다니지는 않네. 평소에는 네 명의 나찰만 데리고 다니는데, 귀, 살, 옥, 명으로 불리는 이 네 계집의 손속이 정말 잔혹하네. 처음에 그 계집들만으로 흑상들을 제압했었지."

석자부가 떠올리기도 싫다는 듯 고개를 저으며 말했다.

"흑상은 몇이나 모일 것 같소?"

"매번 달라지네. 회합이 있을 때마다 배첩을 받은 자만 올 수 있는데, 많아도 스물이 넘지 않고 적으면 십여 명 정도……."

"데리고 올 수 있는 사람의 숫자는 얼마나 되오?"

"많아도 셋을 넘지 못하네. 그 규칙은 철저하게 지켜야 하네."

"그럼 많아야 오십을 넘지 않겠구려."

"그렇긴 해도 모이는 자들의 무공이 다들 보통은 넘지."

"당신과 비교하면 어떻소?"

시월이 다시 물었다.

"뭐… 흑화수와 그 수하들인 네 계집을 제외하면 나와 겨룰 수 있는 자는 흑상 중에 서넛밖에는 되지 않지."

비록 시월에게 패하기는 했으나, 석자부는 자신의 무공에 대한 자부심이 있는 모양이었다.

"그럼 걱정할 일은 없겠구려."

"…설마 그 정도는 혼자 감당할 수 있다는 뜻인가?"

"안 될 것 같소?"

시월이 되물었다.

"아무리 자네가 고수라도… 한 손이 열 손을 이기지 못하는 법이지."

석자부가 고개를 저었다.

그러자 시월이 피식 실소를 흘렸다.

"이번에 그 말이 틀렸다는 걸 알게 될 것이오."

"미친 짓일세."

석자부가 제발 그만두라는 듯 고개를 저으며 말했다. 그도 그럴 것이 이대로 시월이 반산성으로 가서 죽으면 자신들도 꼼짝없이 죽을 것이기 때문이었다.

더군다나 그 독한 흑화수의 손에 걸리면 그야말로 죽음보다 더한 고통에 시달릴 것이 분명했다. 석자부로서는 절대 피하고 싶은 일이었다. 애초에 죽기를 원했을 만큼.

"여전히 그녀가 두려운가 보구려?"

시월이 물었다.

"당연하지. 솔직히 난 절대 흑화수를 보고 싶지 않네."

석자부가 대답했다.

"그곳에 그녀가 있다는 것이 확실해지면 그때는 떠나도 좋소."

시월이 담담하게 말했다.

"정말인가?"

"그렇소. 솔직히 날 노예로 만든 자는 이미 죽었고, 당신이야 그저 날 사서 되팔려고 했던 사람일 뿐이니까. 물론 사막에 어린 애들을 던져두고 간 것은 고약한 일이지만 그에 대한 대가는 대충 치른 것 같고. 다만 앞으로는 노예상으로 살지 마시오. 그 모습이 다시 내 눈에 띄면 그때는 절대 살려주지 않을 것이오."

"그… 그야. 뭐, 고민할 일은 아니지."

석자부가 살길이 열렸다는 생각에 얼른 고개를 끄떡였다.

"일단 성까지 갑시다. 가서 그녀가 있는지 확인하는 것이 우선이니까."

시월이 낙타를 좀 더 빠르게 몰기 시작했다.

*　　　　*　　　　*

멀리서 볼 때는 마른 황무지에 쌓아놓은 돌 더미 같던 고성은 가까이 다가와서 보니 제법 그럴듯한 모습을 갖추고 있었다.

물론 성벽은 무너진 지 오래고, 성안 건물들 대부분도 흙더미로 변해 있었지만, 개중에 서너 채는 북방의 찬바람을 막을 만큼의 뼈대는 갖추고 있었다.

그리고 무너진 성벽 중앙에 세워진 성문은 좌우로 이어져야 할 성벽이 무너져 뻘쭘하기는 해도 성문의 틀만큼은 석재로 만들어져서인지 제대로 된 골격을 유지하고 있었다.

그 성문 앞에서 다섯 사내가 다가오는 시월 일행을 저지했다.

"멈춰라!"

검은 천으로 목과 입 주변을 감은 사내들이 길을 막자 시월이 낙타를 세웠다.

"정체를 밝혀라! 여행객이라면 당장 이곳을 떠나라! 이곳은 여행객이 올 곳이 아니다."

사내 중 한 명이 서늘하게 경고했다.

그러자 시월이 덤덤하게 물었다.

"흑사회주는 성안에 있소?"

"…흑사회 소속이시오?"

시월의 덤덤한 대응에 사내가 당황한 표정을 지으며 조심스럽게 물었다.

이곳이 흑사회의 회합 장소임을 알고 있다는 것은 흑사회와 연관이 있는 인물이라는 뜻이기 때문이었다. 그런 사람을 함부로 대할 수는 없었다.

"난 아닌데, 내가 데려온 사람은 흑사회 사람이오."

"데려온 사람……?"

사내가 의심의 눈으로 시월을 바라보다가 시월의 뒤쪽에 서 있는 석자부와 황평을 발견했다.

사내가 두 사람을 유심히 살피다가 한순간 화들짝 놀랐다.

"설마… 석 대인이십니까?"

사내가 거지꼴을 한 채 서 있는 석자부를 보며 소리쳐 물었다.

"제기랄!"

석자부의 입에서 욕설이 흘러나왔다.

최대한 흑사회 사람들에게는 자신의 존재를 들키지 않고 조용히 떠나고 싶었던 석자부였는데, 그 바람이 한순간에 틀어졌기 때문이었다.

더군다나 비참한 그의 모습을 흑사회 일반 무사들에게 보인다는 것은 굴욕적인 일이었다.

"석 대인! 이게 대체 어찌 된 일입니까?"

사내가 석자부에게 다가오려는 듯 몇 걸음 앞으로 나서며 다시 물었다. 그러자 시월이 낙타를 움직여 사내의 앞을 막았다.

"흑사회주는 안에 있소?"

사내의 앞을 막은 시월이 다시 물었다.

"대체… 석 대인에게 무슨 짓을 한 거냐?"

그제야 석자부가 시월의 손에 잡혀 있다는 것을 깨달은 사내가 시월을 노려보며 물었다.

"흑사회주를 만나기 위해 길잡이를 삼은 것뿐이오. 물론 과거에 약간의 은원이 있어서 조금 거칠게 다루기는 했지만. 아무튼 그건 그렇고 다시 묻겠소. 이번에도 대답을 하지 않으면 다음 질문은 내가 아니라 이놈이 할 거요."

스릉!

시월이 허리춤에서 검을 빼 들었다. 초저녁 달빛을 받은 검이 시퍼런 검광을 모래 위에 뿌려댔다.

"이놈이……!"

차차창!

흑사회 무사가 욕을 하며 검을 뽑자 그 뒤에 서 있던 흑사회 무사들도 동시에 검을 뽑았다.

순간 석자부가 짜증 난다는 표정으로 소리쳤다.

"그만들 하게. 자네들이 상대할 사람이 아니네. 괜히 아까운 목숨 버리지 말고! 회주님은 안에 있는가?"

그러자 시월을 향해 검을 빼 들었던 사내들이 당황한 표정을 짓다가 석자부에게 물었다.

"대인, 대체 이게 무슨 일입니까?"

"묻는 말에나 대답하게. 흑사회주는 안에 있는가?"

석자부가 다시 물었다.

그러자 사내가 우물쭈물하다 어쩔 수 없다는 듯 고개를 끄떡였다.

"그렇습니다."

사내의 대답을 들은 석자부가 시월을 향해 다가왔다.

"되었나?"

"아직! 내 눈으로 확인해야겠소!"

"젠장! 저 친구들 말을 들었으면 됐지 확인까지 해야 한단 말인가? 그만 날 보내주게."

"…궁금하지 않소?"

불쑥 시월이 물었다.

"뭐가 말인가?"

"삼십육마 중 한 사람인 흑화수가 어떻게 죽는지 말이오."

"…이거 정말 미친 것도 아니고. 충고하는데 지금이라도 낙타를 돌려 도망가게. 그게 자네가 살 수 있는 유일한 일이야."

"고맙기는 한데… 아직도 당신은 날 잘 모르는 것 같군."

시월이 덤덤하게 말한 후 허물어진 성문을 지키는 사내들에게로 시선을 돌렸다.

"가서 흑사회주에게 전하시오. 손님이 왔다고! 신검산 대월문의 제자가 흑사회주의 목을 베러 왔다고 말이오."

"뭐?"

"이런 미친……!"

"정신이 나간 놈 아닌가!"

사내들이 어이가 없다는 듯 시월을 보며 욕설을 해댔다. 그러면서도 그중 한 명은 빠르게 성 안쪽으로 달려갔다.

"제길, 제발 난 좀 보내주게!"

석자부가 시월에게 애원했다. 그는 정말 간절하게 흑화수 금사를 만나고 싶지 않은 듯 보였다.

그런 석자부를 시월이 물끄러미 바라보다가 입을 열었다.

"다시는 사람 장사 하지 마시오."

"그야 이미 약속하지 않았나."

석자부가 얼른 대답했다.

"그럼… 가보시오."

"정말인가?"

"남아서 구경을 해도 좋고."

"아, 아닐세. 가겠네. 황평, 가자!"

석자부가 황평을 보며 소리쳤다.

그러나 황평은 쉽게 석자부를 따라나서지 못했다. 시월에게 끌려 다니는 동안 석자부를 함부로 대했던 일 때문이었다.

"가자니까!"

석자부가 황평을 재촉했다.

"나… 난 남겠습니다."

"뭐? 여기 남았다가는 흑사회주에게 죽는다고!"

"그야… 두고 봐야지요."

황평이 퉁명스럽게 대답했다.

"빌어먹을! 마음대로 해라. 네놈 목숨은 네놈 거니까. 난 간다!"

석자부가 황평에게 욕설을 해대고는 황무지 위를 달리기 시작했다.

제 2장
—
마도의 검은 꽃

　신체 중에서 밖으로 드러낸 것이라고는 오직 눈뿐이다. 나머지 모든 부분은 검은 옷과 검은 천으로 가리고 있었다.

　그러나 그것만으로도 충분했다.

　눈에서 흘러나오는 서늘한 안광만으로도 시월은 흑화수 금사가 어떤 인물인지 알 수 있었다.

　다만 모르겠는 것은 그녀의 나이, 이미 삼십육마의 난 때부터 거마(巨魔)로 활동했으니까, 적어도 오륙십은 되어야 할 나이다.

　그런데 이상하게 흑화수 금사의 눈에서는 노인의 기운이 전혀 느껴지지 않았다.

　젊다고는 확신할 수 없지만, 젊음의 생기가 느껴지는 눈빛을 가진 흑화수 금사였다.

　'절대 노인의 눈은 아니야. 그럼, 이 여자는 대체 누구지?'

시월은 눈앞에 나타난 흑화수 금사가 절대 삼십육마의 난 때 활동했던 그 흑화수가 아니라고 확신했다.

그럼에도 스스로 흑화수 금사라고 말하고 다니면서, 마련에서 조차 흑화수 금사로 인정받고 있는 이 여인의 정체가 무척 궁금해지는 시월이었다.

그래서 시월은 자신이 직접 그 의문을 풀기로 결심했다.

창!

시월이 검을 뽑아 들었다. 그리고 흑화수 금사에게 물었다.

"겨뤄보겠소?"

다짜고짜 검을 뽑아드는 시월을 흑화수 금사가 대답 없이 차가운 눈으로 응시했다. 그녀의 시선에는 분노와 호기심 그리고 강렬한 살기가 함께 섞여 있었다.

"혈수금귀가 함께 왔다던데……?"

뒤늦게 금사가 입을 열었다.

싸우겠냐는 시월의 도발에 대한 대답 대신 석자부를 먼저 찾는 흑화수다.

"그는 떠났소."

시월이 대답했다.

"떠났다?"

"당신을 만나면 죽음보다 더한 고통을 받게 될 거라고 두려워하더구려. 쓸데없는 걱정이라고 말해도 통 내 말을 믿지 않아서 두려우면 가라고 보내줬소."

시월이 담담하게 말했다.

"쓸데없는 걱정이 아니다. 그가 내 위치를 발설하는 순간 그에게는 살아 있다는 것 자체가 곧 지옥이 된 것이니까."

"그거야 당신이 살아 있을 때 이야기고."

"……."

시월의 대답에 흑화수가 다시 침묵을 지켰다.

감히 삼십육마 중 한 명인 자신을 죽이겠다는 말을 너무 쉽게 하는 시월 때문이었다.

시월은 마치 마음만 먹으면 당장에라도 흑화수의 목숨을 거둘 수 있는 것처럼 행동했다. 그리고 그게 결코 허장성세로 하는 말 같지가 않았다. 시월의 담담한 말투와 태연한 행동에서는 정말 그럴 능력을 가지고 있는 자의 자신감이 느껴졌다.

"월문에서 왔다고 했나?"

흑화수가 침묵 끝에 물었다.

"뭐… 그런 셈이오."

"네가… 월문의 만월검을 대성했다는 월문신룡 백유검이냐?"

현 무림에서 월문신룡 백유검은 가장 유명한 인물 중 한 명이었다. 무림이 마련의 발호로 전전긍긍하는 사이 오직 월문의 백유검만이 마련의 마인들을 통쾌하게 주살하고 있기 때문이었다.

흑화수 금사가 월문 출신으로 홀로 자신을 찾아올 자는 바로 그 월문신룡 백유검밖에 없다고 생각하는 것은 당연한 일이었다.

"소문주는 홀로 여기까지 올 사람은 아니지."

"월문신룡이 아니란 말이냐?"

드러난 흑화수의 눈 사이 아미가 살짝 모였다.

시월의 등장부터 그의 정체까지, 그녀의 짐작대로인 것이 하나도 없기 때문이었다.

이렇게 짐작하지 못할 인물의 등장은 누구라도 곤혹스러운 일이다.

"소문주 백유검의 무공이 뛰어나긴 하지만, 그와 같이 귀한 혈통의 사람이 홀로 이렇게 위험한 곳에 올 리는 없지 않겠소?"

시월이 되물었다.

"그런 넌 누구냐? 최근 들어 과거 한때 월문의 젊은 늑대로 불리던 자들이 죽지 않고 살아나 다시 활동을 시작했다더니 그들 중 하나냐?"

흑화수가 물었다.

"얼굴 가린 사람에게 내 정체를 밝힐 일은 아니고, 싸움이나 합시다!"

시월이 다시 흑화수를 도발했다. 그러면서 홀쩍 낙타에서 날아올라 땅에 내려섰다.

그러자 흑화수 양옆에서 검은 면사로 얼굴을 가린 두 명의 여인이 그림자처럼 나타나 금사의 앞을 막았다. 그리고 그중 한 명이 싸늘한 목소리로 소리쳤다.

"이놈! 감히 흑화수 님을 모욕하고도 살아남을 수 있을 거라 생각하느냐?"

"모욕? 무인에게 싸우자는 말이 모욕이오?"

시월이 되물었다.

"흑화수 님은 네놈 따위와 검을 섞으실 분이 아니다."

"그럼 당신이 날 상대하겠소?"

시월이 면사녀를 보며 물었다.

그러자 면사녀가 고개를 돌려 흑화수를 바라봤다. 흑화수가 가볍게 고개를 끄떡였다.

흑화수의 허락을 얻은 면사녀가 보통의 검보다 검신이 좁고 짧은 기이한 모양의 검을 뽑아들며 서너 걸음 앞으로 걸어 나왔다.

"네놈에게 감히 흑화수 님을 모욕할 자격이 있는지 보겠다!"

면사녀가 달빛을 반사하는 검으로 시월을 겨누며 말했다.

그러자 시월이 목을 좌우로 까딱여 어깨 근육을 풀면서 되물었다.

"흑화수 곁에는 귀, 살, 옥, 명 네 명의 나찰녀가 있다고 하던데 당신이 그중 한 명이오?"

"네놈의 귀를 자른 후에 대답을 들려주마!"

면사녀가 잔혹한 대답을 했다.

"역시 듣던 대로 잔혹하군. 그런데 그 대답으로 당신의 팔은 사라졌소. 난 내 귀를 자르겠다는 자의 팔을 몸에 붙여둘 생각이 없거든!"

팟!

번쩍!

말이 채 끝나기도 전에 시월이 움직였고, 그의 검에서 뻗어 나온 한줄기 검광이 달밤의 공기를 가르며 면사녀를 스치고 지나갔다.

"헉!"

예상치 못한 시월의 전광석화 같은 공격에 면사녀가 놀란 음성을 토해내며 급히 검을 들어 시월의 공격을 막았다. 아니, 막으려 했다.

그러나 그녀의 의도와 달리 검을 든 그녀의 팔은 주인의 뜻대로 움직이지 않았다. 오히려 그녀가 휘두르려는 방향과 전혀 다른 방향으로 팔이 움직였다.

그리고 다음 순간 그녀의 팔 사이에서 붉은 혈화가 피어올랐다.

"악!"

뒤늦게 면사녀의 입에서 단말마의 비명이 터져 나왔다.

어느새 그녀의 몸에서 분리된 팔이 붉은 꽃을 피우듯 피를 뿌리며 그녀의 뒤쪽으로 날아가고 있었다.

툭!

면사녀의 몸에서 떨어져 나온 팔이 마른땅 위에 나뒹굴었다. 손에는 여전히 날카로운 검이 굳게 잡혀 있었다.

"윽!"

면사녀가 뒤늦게 왼손으로 잘려 나간 팔 부위를 움켜쥐었다. 손가락 사이로 붉은 피가 뚝뚝 흘러내렸다.

"동생!"

흑화수 옆에 서 있는 다른 나찰녀들이 면사녀에게 달려들어 팔이 잘린 나찰녀를 부축했다. 그들이 재빨리 그녀를 데리고 뒤로 물러나자 개중 한 명이 시월 앞으로 달려 나왔다.

"잔혹한 놈! 내가 상대해주마!"

역시 면사로 얼굴을 가린 나찰녀가 시월을 노려보며 소리쳤다.

"삼십육마의 추종자들이 이 정도 일에 잔혹하다고 하면 어불성설 아니오?"

시월이 심드렁하게 되물었다.

그의 말대로 그동안 삼십육마와 그 추종자들이 강호에 뿌린 피는 잔혹하다는 말로도 설명될 수 없는 지경이었다.

"명 동생의 팔을 잘랐으니 네 사지를 잘라주겠다!"

"음, 그녀가 명나찰이었군. 그런데⋯ 계속 수하에게 싸움을 맡길 것이오? 결과는 이미 짐작하고 있을 텐데?"

시월이 앞으로 나선 나찰녀를 상대하기 싫다는 듯 뒤쪽에서 차가운 시선으로 시월을 바라보고 있는 흑화수 금사에게 물었다.

그러자 흑화수가 부상당한 나찰녀를 보살피고 있는 두 여인 중한 명에게 말했다.

"옥나찰은 살나찰을 도와요!"

"예, 주인님!"

명나찰을 치료하던 나찰녀 중 한 명이 흑화수의 명을 받고 재빨리 살나찰이라 불린 여인 옆으로 다가왔다.

"아끼는 수하들인 것 같은데, 정말 모두 죽일 생각이오?"

시월이 흑화수를 보며 물었다.

그러자 흑화수가 차갑게 대답했다.

"그 두 사람을 견뎌낸다면 날 상대할 자격이 있음을 인정하겠다!"

"상대를 파악하는 눈은 명성에 미치지 못하는구려!"

팟!

말이 끝나자마자 시월이 벼락처럼 옥나찰과 살나찰, 두 나찰녀를 향해 쇄도했다.

번쩍!

시월의 검에서 뻗어 나온 검기가 허공에 열십자 모양의 검형을 만들어냈다.

"흡!"

"비겁한!"

차창!

말싸움을 하던 중 시월의 기습적인 공격을 받은 두 나찰녀가 황급하게 검을 휘둘러 시월의 공격을 막았다.

하지만 기습 때문인지, 아니면 시월과의 무공 격차 때문인지 시월과 격돌한 두 나찰녀가 충돌 직후 주르륵 뒤로 밀렸다.

그런 두 여인에게 시월이 그림자처럼 따라붙었다. 워낙 빠른 시월의 추격에 두 나찰녀와 시월 사이가 일 장 이상 벌어지지 않았다.

놀라운 보법을 선보인 시월이 재차 짧고 빠르게 검을 횡으로 그었다.

팟!

"악!"

"윽!"

시월의 검기가 허공을 가르자 두 여인의 입에서 날카로운 비명 소리가 흘러나왔다.

두 나찰녀가 비틀거리며 뒤로 물러났다.

시월은 더 이상 그녀들을 추격하지 않고 훌쩍 뒤로 물러나 본래 그가 서 있던 곳으로 돌아왔다.

시월에게 공격당한 두 나찰녀는 감히 반격할 엄두를 내지 못했다. 그도 그럴 것이 두 사람 중 옥나찰은 다리에, 살나찰은 옆구리에 깊은 검상을 입어서 반격은커녕 서 있는 것도 힘들어 보였다.

"또 수하를 내세우겠소? 보아하니 더 이상 당신을 위해 목숨을 걸 사람은 없어 보이는데."

시월이 흑화수 금사를 보며 물었다. 시월의 말대로 그녀 뒤쪽에 늘어선 흑상들은 금사를 위해 목숨을 걸 인물들이 아니었다.

물론 그녀가 두려워 억지로 싸울 수는 있으나 사대나찰을 손쉽게 꺾어버린 시월의 무공을 본 이상, 그들은 시월과의 싸움에 목숨을 걸지 않을 것이다.

아니, 어쩌면 그들은 시월을 통해 흑화수의 손에서 벗어날 기회를 잡길 원하고 있을 수도 있었다.

"정말… 월문신룡이 아니냐?"

흑화수가 시월의 무공에 놀랐는지 다시 시월의 정체를 물었다.

"설마 그런 것을 숨기겠소?"

시월이 반문했다.

"하긴… 월문신룡이면 자신의 신분을 숨길 이유가 없지. 그럼 넌 대체 누구냐? 월문에 이런 무공을 지닌 젊은 무인이 백유검 말고 또 있다는 것을 믿을 수가 없구나."

"날 꺾으면 내 정체를 말해주겠소."

"나와 싸운다면 넌 네 이름을 말해줄 기회가 없을 것이다. 나와 겨룬 자 중 살아남은 자는 없으니까."

"걱정 마시오. 죽기 전에라도 말해줄 테니. 물론! 당신이 패한다면 나도 당신의 얼굴을 확인해 봐야겠소. 삼십육마의 그 흑화수라고 하기에는 이상한 점이 많아서."

시월의 말에 눈만 드러낸 그녀의 얼굴이 살짝 흔들리는 듯 보였다.

그러나 그것도 잠시, 흑화수가 천천히 시월을 향해 걸어 나왔다.

흑화수는 사대나찰녀와 마찬가지로 보통의 검보다 길이가 짧고 검신이 얇은 검을 들었다.

적어도 병기만 보자면 소문대로 삼십육마의 흑화수가 즐겨 사용했다던 검이 맞았다.

하지만 시월은 여전히 그녀의 정체에 대해 의구심을 가지고 있었다. 강력하기는 하지만 삼십육마 정도 되는 대마인이 뿜어내는 마기치고는 그 강도가 강하지 않기 때문이었다.

'그렇다고 흑화수 금사가 새사람이 되었을 리도 없겠고…….'

시월이 거리를 좁히며 다가오는 흑화수 금사의 진실한 정체에 강한 호기심을 느끼면서 세 명의 나찰녀를 베었던 검을 허리 높이로 들어 올렸다.

"와라!"

시월이 검을 들자 걸음을 멈춘 흑화수 금사가 짧게 소리쳤다.

"사양치 않겠소!"

대답을 한 시월이 앞서 나찰녀들을 상대할 때와는 다르게 신중하게 흑화수 금사를 향해 다가갔다.

*　　　　*　　　　*

스슥!

좌우로 넓게 움직이는 시월의 몸이 한순간에 서너 개로 늘어난 듯 보였다. 그만큼 시월의 보법이 신묘했다.

소후에게 구술로만 전해 받은 풍천마 서운관의 만리보를 자신만의 방식으로 수련해 만들어낸 시월만의 독특한 움직임이었다.

"후우!"

흑화수 금사의 입에서 나직한 한숨 소리가 흘러나왔다. 수하들인 사대나찰을 상대할 때 이미 확인한 시월의 무공이었지만, 직접 상대하고 보니 보던 것과는 또 다른 경지에 있는 것 같았다.

팟!

흑화수 금사가 들고 있던 검을 짧게 내리 그었다.

웅!

순간 그녀의 작은 움직임이 강렬한 검풍을 만들어냈다. 그런데 반격을 하면서도 그녀는 뒤로 물러나고 있었다.

시월이 결코 자신의 일초 반격에 물러날 사람이 아니라는 것을 알기 때문이었다.

카앙!

그녀의 예상대로 시월이 가볍게 검을 휘둘러 흑화수의 검초를 밀어냈다. 그리고 오히려 그 순간을 이용해 더 빠른 속도로 앞으로 진격했다. 그러고는 검을 머리 위로 들어 올려 일직선으로 내리쩍었다.

콰아!

머리 위에서 떨어지는 시월의 검이 거대한 도끼가 떨어지는 것처럼 강렬한 파공음을 만들어냈다.

"음!"

흑화수의 입에서 자신도 모르게 신음 소리가 흘러나왔다.

얼굴을 향해 떨어지는 시월의 검에 천 근의 힘이 실렸다는 것은 파공음만 들어도 알 수 있었다. 스치기만 해도 큰 부상을 입을 것이다.

"핫!"

흑화수가 낮은 기합 소리를 만들어내면서 검을 왼쪽으로 비껴쳐 올리는 동시에 몸을 오른쪽으로 최대한 이동했다.

카캉!

시월의 검이 흑화수의 검을 밀어내며 그대로 땅에 내리꽂혔다.

쿠웅!

시월의 검이 떨어진 곳에서 화산이 폭발한 듯 묵직한 파열음이 터져 나왔다. 그 충격에 일어난 흙먼지가 분수처럼 솟아올라 사방으로 흩어졌다.

"후우!"

흑화수의 입에서 다시 본능적인 한숨이 흘러나왔다. 그녀의 눈빛이 당혹감으로 흔들렸다.

시월의 검에 깃든 힘이 주는 위협보다도 더 그녀를 두렵게 만드는 것은 시월이 보여주는 무공의 다양함이었다.

시월은 처음 사대나찰을 상대할 때는 빠른 움직임과 쾌속한 검법을 사용했다. 그 빠름을 감당하지 못하고 나찰들이 연이어 패배하는 것을 두 눈으로 지켜본 흑화수였다.

그런데 이번에 자신을 공격한 일초는 전혀 다른 사람의 무공처럼 장중하고 무거웠다.

산을 밀어 무너뜨릴 기세로 떨어졌던 검기는 검법에 어울리는 것이 아니었다. 도법이나 부법(斧法)을 사용하는 무인들만이 만들어낼 수 있는 장대함이 묻어나는 검법이었던 것이다.

이런 상이한 무공을 극성으로 연마한 사람을 무림에서 만나는 것은 극히 드문 일이다. 수련하는 무공이 많아질수록 궁극의 경지에 이르기가 어려운 것이 정설이기 때문이었다.

그런데 시월은 그 무공들을 하나같이 절정의 수준으로 펼쳐내고 있었던 것이다.

흑화수는 시월의 다양한 무공에 당황하면서도, 이런 무공을 가진 시월의 정체에 강렬한 호기심을 느꼈지만, 시월은 그런 흑화수에게 여유를 주지 않았다.

"뒤로 물러나기만 할 것이오? 그럴 거면 싸움을 포기하는 것이 어떻소?"

시월이 계속 물러나는 흑화수에게 패배를 요구하며 다시 흑화수를 압박해 들어갔다.

순간 흑화수가 모멸감을 느낀 듯 차가운 안광을 토해내며 짧게 입을 열었다.

"아니. 이젠 나도 제대로 시작하지!"

팟!

흑화수가 짧게 검을 올려 그었다. 그러자 그녀의 검에서 검기가 뻗어 나와 시월의 검기와 격돌했다.

캉!

두 개의 검기가 충돌하면서 달빛과는 비교할 수 없이 눈부신 불꽃이 일어났다.

순간 흑화수가 다시 뒤로 밀리는가 싶더니 갑자기 검을 들지 않은 왼손이 짙은 검은색으로 변하며 시월을 향해 뻗어 나왔다.

스스슷!

마치 길거리에서 눈속임으로 마술을 부려 약을 파는 장사꾼의 재주처럼 흑화수의 손에서 검은색의 수영(手影)들이 꽃송이처럼 떠올랐다.

순간 시월이 풍차처럼 검을 휘두르며 뒤로 물러났다.

그러자 흑화수의 손에서 만들어진 검은 수영들이 시월을 따라 밀려들었다.

"이래서 흑화수군!"

시월이 중얼거리면서 더욱 빨리 검을 휘둘렀다.

우우웅!

시월의 검이 만들어내는 광채가 어느 순간 빈틈없이 촘촘히 이어져 마치 둥근 방패를 들고 있는 것 같은 형상을 만들었다.

파파팟!

검기의 방패에 닿은 흑화수의 검은 수영들이 하나둘 쪼개져 허공으로 흩어졌다.

그런데 그렇게 꽃잎처럼 흩어지는 수영들이 갑자기 방향을 틀어 시월 쪽으로 다시 몰려오기 시작했다.

콰아!

봄날 한 방향으로 흩날리는 꽃잎처럼, 수많은 작은 흑점들이 시월 한 사람에게 폭사했다. 그리고 그건 시월이 만들어낸 검광의 방패로는 다 막을 수 없을 만큼 광범위했다.

"과연!"

시월의 입에서 감탄사가 흘러나왔다. 삼십육마의 위력을 제대로 느끼는 순간이었다.

그렇다고 이대로 흑화수의 공격에 당하고 있을 시월은 아니었다.

푹!

시월의 몸이 갑자기 땅으로 꺼지듯 사라졌다.

파파팟!

시월이 사라진 지점으로 흑화수가 만들어낸 흑점들이 화살처럼 꽂혔다.

흑화수가 갑자기 사라진 시월을 찾기 위해 자세를 낮추고 사방을 돌아봤다.

그 순간 갑자기 그녀의 발아래서 검 한 자루가 불쑥 튀어나왔다.

"흡!"

땅을 뚫고 나온 검기에 놀란 흑화수 금사가 다급성을 토해내며 본능적으로 좌측으로 몸을 날렸다.

하지만 시월이 뻗어내는 검기의 속도는 상상할 수 없을 만큼 쾌속했다.

촤악!

시월의 검기가 물러나는 금사의 등줄기를 길게 베어냈고, 뒤를 이어 금사의 입에서 나직한 신음 소리가 흘러나왔다.

"윽!"

"주인님!"

금사가 부상을 입자 나찰녀들이 자신들의 몸 상태를 잊고 흑화수 금사를 향해 달려왔다.

그리고 시월이 부상당한 금사를 공격하기 전에 그의 앞을 막고 시월과 대치했다.

"패배를 인정하겠소?"

시월이 나찰녀들에게 둘러싸인 금사에게 물었다.

"인정하면 뭐가 달라지나?"

금사가 등에 입은 부상은 아무렇지도 않은 듯 침착한 음성으로 되물었다.

"어쩌면… 살 수도 있을 거요."

시월이 말했다.

"…알 수 없는 자군. 월문 출신이라면서 삼십육마의 한 사람을 죽이지 않고 살려줄 수도 있다니……"

"월문은 당신이 아는 것과는 조금 다른 문파니까."

시월이 담담하게 대답했다.

그런데 그때 금사의 뒤쪽에 있던 흑상들 중 한 사내가 앞으로 달려 나오면서 소리쳤다.

"대협! 그 마녀(魔女)를 절대 살려둬서는 안됩니다. 그 마녀는 마인 중의 마인, 세상에서 가장 악독하고 잔인한 계집입니다. 수십 년 동안 그 마녀의 손에 죽은 자의 숫자가 수백입니다. 월문의 대협이시라면 절대 이런 마녀를 살려두시면 안됩니다."

"누구시오?"

시월이 자신에게 금사를 죽일 것을 강권하는 중년 사내에게 물었다.

"전, 우사라고 합니다. 이 마녀에게 잡혀 흑사회에 속하게 되었지요."

"그 전에는……?"

"그 전에는… 사막에서 장사를 좀 했지요."

"무슨 장사를 했소?"

"…그, 그것이……."

중년 사내가 쉽게 대답을 하지 못하고 우물쭈물거렸다.

그러자 뒤쪽에서 황평의 목소리가 들렸다.

"그 양반 아주 유명한 사람 장사꾼입니다. 주로 어린 여아들을 납치해 와 노예 시장에서 팔아넘겼지요. 물론 그 아이들 중 몸이 성한 아이도 없었습니다. 솔직히 그에 비하면 저희 대인은 군자나 다름없었지요."

"저! 저놈이! 입 닥치지 못해!"

황평의 고자질에 우사라 불린 흑상이 황평을 노려보며 고함을 질렀다.

그런데 그 순간 시월의 검이 허공을 갈랐다.

팟!

"컥!"

흑상 우사가 가슴을 움켜쥐며 움직임을 멈췄다.

"그동안 한 짓을 생각하면 편한 죽음일 것이오."

시월이 차갑게 말했다.

쿵!

우사는 시월의 말을 다 듣지도 못하고 마른땅의 고목처럼 쓰러져 숨이 끊겼다.

그렇게 갑작스레 우사를 죽여 버리자 다른 흑상들은 감히 앞으로 나서지 못하고 두려움에 떨며 뒤로 물러났다. 개중에는 도망칠 준비를 하는 자도 있었다.

하지만 흑상 우사를 죽인 시월은 다른 흑상들에게는 관심이 없는지 다시 흑화수 금사에게 시선을 돌렸다.

"이야기 좀 합시다."

시월의 말에 흑화수 금사가 이해할 수 없다는 시선으로 시월을 바라봤다.

흑상 우사를 죽이는 것으로 봐서는 마인에게 사정을 두지 않는 독한 사람이 분명한데, 감히 우사 따위는 비교할 수 없는 악명을 떨치는 자신을 굳이 죽이려 하지 않는 이유를 알 수 없었기 때문이었다.

"대체 원하는 것이 뭐냐?"

"그걸 알아보려는 것이오. 당신이 내게 줄 수 있는 게 뭐가 있는지. 그래서 이야기를 하자는 거요."

시월이 대답했다.

"쓸모가 없으면 죽는 건가?"

"난 쓰임에 따라 사람을 죽이고 살리는 사람은 아니오. 당신이 죽고 사는 문제는… 사실 당신 자신에게 달려 있다고 할 수 있소."

"그게 대체 무슨 소리냐?"

시월의 의도를 파악하지 못한 금사가 짜증스러운 목소리로 되물었다.

"당신의 진면목을 알아봐야겠다는 뜻이오."

시월이 신중한 목소리로 말했다.

순간 금사의 눈빛이 짧게 흔들렸다. 어떻게 보면 당혹감이 느껴지는 눈빛이다. 하지만 그것도 잠시, 금사가 천천히 고개를 끄떡였다.

"하긴… 나도 그대의 진면목이 궁금하긴 하군."

금사 역시 시월의 정체에 대한 의구심과 호기심을 느끼고 있는 모양이었다.

"오늘의 흑사회 모임은 여기서 끝내는 것이 어떻겠소."

시월이 말했다.

"그렇게 하지. 이번 모임은 이것으로 파하겠소! 다음 모임에 대해선 따로 연락을 할 것이니 모두 성을 떠나시오."

흑화수 금사가 꼿꼿이 허리를 편 후 우두커니 서 있는 흑상들에게 소리쳤다.

그러자 흑상들이 잠시 주저하다가 이내 금사에게 고개를 숙여 보이고 장내를 떠나기 시작했다.

시월과 흑화수 금사는 흑상들이 모두 폐성인 반산성을 떠날 때까지 그 자리에서 기다렸다.

흑상들은 밤 사막을 여행하는 데 능숙한 자들이라 빠르게 반산성을 떠나 사막 속으로 사라졌다.

그들이 사라지자 오랫동안 조용한 침묵이 찾아왔다. 그즈음 시월이 다시 입을 열었다.

"성안에 이야기를 나눌 곳이 있소?"

"당연하지, 흑사회가 모임을 갖던 곳인데 쉴 곳이 없겠는가."

흑화수 금사가 퉁명스레 대답했다.

"그럼 안으로 들어갑시다. 차가운 밤공기는 검상에 좋지 않을 테니."

시월이 말했다.

"병 주고 약 주는군."

"당신이 뭐라 하든 지금은 약을 발라야 할 시간이 맞지 않소?"

시월이 되물었다.

그러자 금사가 한숨을 쉬며 대답했다.

"그렇군. 후우……! 내가 이런 수모를 겪을 줄이야. 들어가자!"

금사가 고개를 저으며 나찰녀들에게 명을 내리고 자신이 먼저 성안으로 걸음을 옮겼다.

*   *   *

사방이 뚫려 있는 허름한 석실. 그래도 바닥은 깨끗했고, 사람들이 요기를 하던 음식들의 흔적도 그대로 남아 있었다.

흑화수 금사가 흑상들을 모아 흑사회의 일을 논의하던 장소다.

시월은 석실로 들어가 흑화수가 본래 자신의 자리였던 곳에 앉자 그 맞은편 빈자리를 찾아 앉았다.

"자! 무슨 이야기를 할 건가?"

흑화수 금사가 시월이 앉기를 기다렸다가 물었다.

"상처는 괜찮소?"

시월이 자신의 검에 등을 베인 흑화수의 몸 상태를 먼저 물었다.

"이 정도 부상은 나에게 아무런 영향도 미치지 못한다."

"다행이오. 그나저나 내 무공에 대해서 어떻게 생각하시오?"

시월이 엉뚱한 질문을 던졌다.

"설마 날 이겼다고 내게 추앙이라도 받고 싶은 건가?"

금사가 차갑게 되물었다.

"그게 아니고, 내 무공의 내력을 아시겠소?"

"…그 말은 내가 그대의 무공 내력을 알 수도 있단 뜻인가?"

금사의 목소리가 살짝 변했다.

금사의 반문에 시월이 물끄러미 금사를 바라보다가 또다시 예상치 못한 말을 내뱉었다.

"정말 당신은 과거의 흑화수 금사가 아니군!"

순간 금사의 눈동자가 다시 한번 크게 흔들렸다.

"무슨 말을 하는 것이냐?"

금사가 당장에라도 시월을 향해 검을 빼 들 것 같은 기세로 물었다. 그 말의 기세가 차갑고 날카로워서 말이 아니라 검을 뱉어 내는 것 같은 금사다.

하지만 시월은 금사의 살기를 무던하게 받아넘겼다.

"과거의 흑화수라면 내 무공을 알아보지 못했을 리 없으니까."

"…대체 넌 누구냐?"

금사가 분노를 넘어 경악스러운 표정으로 재차 물었다.

그러자 시월이 고개를 저었다.

"이쯤 되면 당신의 정체를 먼저 밝히는 게 순서겠지. 그 이야기를 하자고 당신과 대화를 하려고 한 것이니까. 만약 당신이 과거의 흑화수였다면 당신은 이미 이 세상 사람이 아닐 것이오."

시월이 지금까지와 달리 살기가 느껴지는 서늘한 목소리로 말했다. 살기를 드러낸 시월은 정말로 흑화수 금사 정도는 단번에 죽일 수 있는 사람처럼 느껴졌다.

그런 시월을 흑화수 금사가 한동안 지켜봤다. 그러다가 아무렇지도 않은 듯 입을 열었다.

"당신 말이 맞아. 난 과거의 흑화수는 아니다. 하지만 흑화수라는 별호는 본래 특정한 한 사람을 지칭하는 것이 아니라 하나의 무맥을 지칭하는 말이다. 그러니 난 과거의 흑화수는 아나 당대의 흑화수인 것은 분명한 사실이다. 다만… 전대 흑화수의 이름을 잠시 빌려 썼을 뿐이지."

흑화수 금사가 큰 비밀도 아니라는 듯 말했다.

하지만 그녀가 부리는 여유와 달리 이 일은 무척 중대한 문제였다.

그녀가 과거 삼십육마에 속했던 흑화수가 아니라는 사실이 알려지면 그녀는 마도무림에서 결코 지금과 같은 존중을 받을 수 없을 것이 분명했다.

물론 그래서 시월에게서 살아남을 수 있었지만.

"그럼 전대 흑화수의 제자요?"

"제자라… 뭐, 무공의 이어짐을 보자면 그렇지만 전대 흑화수는 단 한 번도 날 제자로 인정하지 않았지. 물론 나 역시 그녀를 단 한 번도 사부라 생각한 적이 없지만."

"그녀는 죽었소?"

"살아 있다면 내가 그 이름을 쓸 수는 없었겠지."

"당신이 죽였소?"

시월이 무심하게 물었다. 설혹 앞의 여인이 전대 흑화수를 죽였다고 해도 놀랄 일이 아니라는 태도였다.

"너무 많은 것을 묻는군."

흑화수가 대답을 거부했다.

"…뭐, 그야 짐작할 수 있는 일이니 대답하지 않아도 좋고. 그런데 마련의 거마들은 당신이 전대 흑화수가 아니라는 것을 알 수 있었을 텐데? 문제가 없었소?"

"그들에겐 내가 전대 흑화수인지 아니면 다른 사람인지가 중요치 않아. 그리고 사실 그들 중에 전대 흑화수의 얼굴이나 무공을 본 자도 없고. 의심해도 확신은 하지 못하겠지."

"…과거의 흑화수가 평생 지금 당신과 같은 모습이었다는 것이구려."

"그게 흑화수의 전통이지. 그래서 사람은 변해도 흑화수는 언제나 무림에 존재하는 것이고."

흑화수의 대답에 시월이 이해가 되었다는 듯 천천히 고개를 끄떡였다.

그러자 흑화수 금사가 기회를 놓치지 않고 재빨리 물었다.

"이젠 당신의 정체를 알고 싶군. 정말 월문의 사람인가?"

"그렇소."

시월이 망설이지 않고 대답했다.

"…이해할 수가 없군. 백문보가 월문신룡 백유검 외에 당신과 같은 젊은 고수를 길러냈다는 이야기를 들은 적이 없는데……."

"꽤 오랫동안 세상에 나오지 않았었소. 물론… 그 이전에 월문을 떠났고."

시월이 감추지 않고 자신의 월문 출신이기는 하나 월문을 떠난 사람임을 밝혔다.

"꽤 오래전이라… 혹 월문칠랑과 관련이 있나?"

흑화수가 뭔가를 짐작한 듯 물었다.

"월문칠랑을 아시오?"

"마련의 수뇌라면 모르는 사람이 없지. 잔마 요찬을 죽인 그들을 모를 수 있나. 다만, 그 이후 그들이 만계지마를 추격하다 죽었다는 사실은 믿을 수 없었지. 만계지마 자신이 그들의 추격을 받은 적이 없다고 했으니까. 그들이 살아 있다면 딱 당신 같은 사람이 되어 있을 것 같더군. 월문 출신이고 월문신룡이 아니라면, 역시 칠랑을 떠올릴 수밖에 없군."

"…만계지마가 마련의 주인이오?"

"마도의 세력에 주인이 있을 리가 있나. 하지만 그가 마련의 중심축인 것은 사실이지."

별 비밀이 아니라는 듯 흑화수가 순순히 마련의 상황을 말해 줬다.

그런 흑화수를 물끄러미 바라보다가 시월이 불쑥 물었다.

"계속 마련(魔聯) 거마로 살아갈 거요? 전대 흑화수들처럼? 평생 손에 피가 마를 날이 없을 텐데?"

시월의 질문에 흑화수가 피식 실소를 흘렸다.

"설마 지금 나더러 개과천선이라도 해서 정파의 개가 되라는 말이냐?"

"아, 오해 마시오. 나조차도 정파의 개는 아니오. 말했지만 월문을 떠난 지도 오래됐고."

시월이 고개를 저었다.

"대체 내게 원하는 게 뭐냐?"

흑화수가 진심으로 궁금한 표정으로 물었다.

그러자 시월이 잠시 뜸을 들이다가 대답했다.

"솔직히 말해서 원하는 건 없소."

"…무슨 수작이냐?"

흑화수가 노기를 드러냈다.

"사실이 그렇소. 애초에 난 이곳에 와서 흑사회를 전멸시키려 했소. 사람을 사고파는 무리들은 세상에 살아 있을 이유가 없기 때문이오. 물론 당신도 그 대상에 포함돼 있었소. 그런데 당신이 전대 흑화수가 아닐 수도 있다는 생각이 들자 호기심이 생겼소. 당신의 진정한 정체를 알고 싶어진 거요. 그래서 뭐 이렇게 된 거요."

시월이 어깨를 으쓱하며 대답을 마쳤다. 지나치게 단순한 설명이었지만, 그 단순함이 오히려 신뢰감을 주었다.

흑화수는 시월의 말에서 어떤 가식이나 술책을 쓴다는 느낌을 받지 못했다. 그래서 더 당혹스러운 흑화수였다.

시월의 담백한 대답에 당황해 잠시 침묵을 지키던 흑화수가 다시 질문을 던졌다.

"흑사회를 전멸시키려고 한 것은 역시 월문 출신이라서인가?"

"월문 출신이어서는 아니오. 본래 혈수금귀 석자부에게 가진 원한… 음, 난 어린 시절 그의 손에 끌려와 사막 노예 시장에 나온 노예였었소. 결국 팔리지 않고 사막에 버려졌는데, 어쩌다 보니 복수할 힘이 생겨서 그 빚을 갚으려 했던 거요. 그런데 그의 입에서 흑사회의 존재를 듣고 복수의 대상을 좀 더 넓혀본 것이오."

시월은 자신이 왜 지금 흑화수 앞에 있는지 간단히 자세하게 설명했다.

"비슷하군."

흑화수가 중얼거렸다.

"뭐가 말이오?"

"나 역시 어릴 때 이곳 사막 노예 시장에 끌려 나온 노예였지. 난 그대와 달리 제법 인기가 있었어. 그래서 아주 높은 가격에 전대 흑화수에게 팔렸지. 전대 흑화수는 그렇게 사들인 여아들을 가혹하게 수련시켰지. 얼마나 가혹한지 죽는 사람이 살아남은 사람보다 훨씬 많았다. 그 결과 끝까지 살아남은 사람은 우리 다섯이 전부였지."

"나찰녀들과 당신 말이오?"

"그렇다. 살아남은 우린 힘을 모아 전대 흑화수를 죽였다. 그리고 우릴 노예로 만든 자들을 모두 죽여 버리려고 사막으로 왔는데, 그즈음 마련이 만들어지기 시작해서 우리도 계획을 바꿨지. 흑상들을 죽이지 않고 마련 내에서 우리의 입지를 강화해 줄 도구로 선택한 거다. 그들이 하는 짓이 더러운 만큼 막대한 금자를 동원할 수 있으니까."

"사람을 납치하다 팔아넘기는 일임을 알면서도 말이오?"

"사람은… 익숙한 것에 너그럽지. 살인이라도."

순간 흑화수의 눈에서 절망이 보인다. 헤어 나올 수 없는 마(魔)의 그림자가 그녀의 눈에 있었다.

"그래서 오늘 살아나도 계속 이 짓을 하겠다는 거요?"

"그게 조건인가? 노예상을 모두 죽이는 거?"

"그들을 죽이든 말든 상관없소. 다만 사막의 노예 시장을 없애 주시오."

"…쉽지 않군. 그렇게 되면 난 마련에서 급격하게 입지를 잃을 테니까."

"마련에 매여 있을 필요가 있소?"

"지금 강호에서 마련과 의천무맹이 아니면 어디에 몸을 두겠는 가?"

"마인들은 얽매이지 않는 것을 선호하는 줄 알았는데?"

"후후후, 마인도 무인이고 강호 무림에서 사는 존재니까."

흑화수 금사가 자조적으로 말했다.

"뭐, 선택은 당신의 몫이오. 거부한다면 나와 한 번 더 싸워보는 것도 나쁘지 않고."

시월이 노예 시장을 해체한 이후의 흑화수의 삶은 자기가 관여할 바가 아니라는 듯 금사에게 대답을 요구했다.

그러자 금사가 시월을 물끄러미 바라보다 고개를 저었다.

"정말 속을 알 수 없는 사람이군. 아무리 생각해도 이런 모든 행동에는 분명 어떤 목적이 있을 것 같기는 한데……."

"우리가 서로에게 모든 것을 말할 사이는 아니잖소?"

시월이 무심하게 말했다.

"그렇군. 어쨌든 결정은 해야 한다는 거지? 날 믿나?"

"흑화수 금사가 허언을 하겠소? 아무리 마인이라도!"

시월이 되물었다.

그러자 금사가 고개를 끄덕였다.

"좋아! 그럼 그렇게 하지. 하지만, 흑사회는 여전히 존재할 것이고, 흑상들도 살아 있을 것이네. 다만 노예 시장은 접지!"

"뭐, 그 정도로 합시다."

시월이 고개를 끄떡이고는 자리를 털고 일어났다.

"그게 단가?"

갑작스레 시월이 떠나려 하자, 흑화수 금사가 당황스러운 표정으로 물었다.

"모두 죽이지 않을 거면 더 남아서 할 일이 없지 않소."

시월이 참혹한 말을 아무렇지도 않게 내뱉었다.

그러자 흑화수 금사도 자리에서 일어나며 물었다.

"그대의 진짜 정체가 뭐지?"

"당신의 진짜 이름은 뭐요?"

"……"

시월의 반문에 흑화수가 침묵을 지켰다.

그러자 시월이 빙그레 웃으며 말했다.

"서로 말하기 껄끄러운 것은 묻어둡시다. 강호에서 살다 보면 결국 언젠가는 알게 되지 않겠소? 약속은 지키리라 믿겠소."

시월이 그 말을 남기고 낡은 석실을 나가기 위해 걸음을 옮겼다.

그런데 그가 막 석실 문을 나서려는 순간 갑자기 흑화수 금사의 목소리가 등 뒤에서 들렸다.

"내 이름은 예당서, 서른 살이고, 개봉이 고향이죠. 다른 사람들에게는 비밀로 해줘요!"

순간 시월의 입에서 가볍게 한숨이 새어 나왔다.

"후우… 위험한 선택을 하셨구려. 차라리 서로 거리를 두는 게 덜 위험할 수도 있는데. 아무튼 그렇다면 나도 말해주겠소. 난 시월이라 하오. 월문주 백문보에게 버림받은 제자들인 칠랑 중 한 명이라는 것 정도만 알아두시오. 내 비밀 역시 일단은 비밀로 해주시오! 물론 결국 조만간 내 정체가 무림에 알려질 테지만."

자신의 정체를 밝힌 시월이 흑화수의 대답도 듣지 않고 한순간에 어둠 속으로 사라졌다.

"역시 월문칠랑이 사라진 것은 백문보에게 버림을 받아서였군. 아무튼 좋아! 재미있는 사람을 만났어. 그런데 전대 흑화수라면 정말 그의 무공을 알아봤을까? 어떻게?"

흑화수, 아니, 예당서가 고개를 갸웃하며 중얼거렸다.

제3장

—

스승과 제자

"젠장, 사람 장사를 그만두고 소금 장사를 하라니! 이게 말이
되나?"

흑상 오결륵이 화를 참지 못하겠다는 듯 투덜댔다.

그러자 오랫동안 그의 곁을 지켜온 수하가 조심스럽게 물었다.

"흑사회를 떠나 남쪽으로 가면 어떻겠습니까? 그쪽에서 새로
시작할 수 있을 것 같은데요. 소문에 듣자 하니 남만(南蠻)하고 인
접한 곳에서 열리는 노예 시장이 적지 않다고 들었습니다."

"멍청한 소리를 지껄이는구나."

"……?"

왜 자신의 말이 멍청한 소리인지 모르겠다는 듯 수하가 오결륵
을 바라봤다.

"예전이라면 가능했을 수도 있다. 하지만 지금은 불가능해. 마

련(魔聯)의 힘이 사천이나 귀주까지 닿아 있어. 그곳으로 도망간다고 흑화수의 손에서 벗어날 수 있을 것 같으냐? 아마 얼마 지나지 않아 잡혀서 얼굴 가죽이 벗겨질 거다."

"…그, 그런데 정말 그 소문이 사실입니까? 흑화수가 사람의 얼굴 가죽을 벗긴다는……."

"삼십육마의 난 때 그 광경을 본 자가 한둘이 아니야. 최근 들어서는 어떨지 모르지만."

"흑사회에서는 그런 일이 없지 않았습니까?"

"그야 그럴 만한 이유가 없었으니까. 흑화수가 노예 시장에 나타났을 때 아무도 감히 그녀에게 반발을 하지 못했다. 그녀의 잔인함을 모두 알고 있었기 때문에. 물론 나찰녀들에게 잔혹하게 죽임을 당한 사람이 몇 있기는 했지만."

오걸륵이 소름 끼친다는 듯 몸을 떨며 말했다.

"그런데 왜 흑화수는 노예 시장을 폐쇄한 걸까요? 노예 시장만큼 이득이 많이 나는 장사도 없는데… 염상이나 다른 밀매도 이득이 큰 사업이지만, 변경에서 노예 시장을 여는 것보다는 못하지 않습니까?"

"아마 그 인간 때문이겠지."

"…반산성으로 흑화수를 찾아온 젊은 고수 말입니까?"

"음… 아무래도 그자와 모종의 거래를 한 것 같아."

"하지만 월문과 흑화수의 거래라면 너무 어울리지 않는 것 같은데요."

"그자가 월문 출신이라고 말했지만, 정말 월문 출신인지는 알 수 없지. 아니면 월문과 약간의 인연이 있는 자일 수도 있고… 혹은 월문의 적일 수도 있고."

"월문의 적이요?"

"음, 이번 일이 세상에 알려지면 월문은 여러모로 곤란해질 거야. 마련 쪽에서는 흑사회를 공격했다는 사실에 분노할 거고, 의천무맹 쪽에서는 대마인 중 한 명인 흑화수와 거래를 했다는 것에 분노할 거고 이래저래… 엇? 누구냐?"

말을 하던 흑상 오걸륵이 갑자기 빠르게 몸을 일으키며 검을 뽑아 들었다.

언제부터인지 모르지만 그들의 노숙지 뒤쪽 숲에서 일단의 사람들이 나타나 자신들을 지켜보고 있었기 때문이었다.

월문 장로 천중한은 씁쓸한 시선으로 오걸륵을 바라봤다. 겨우 흑상 따위의 입에서 흘러나온 말이긴 하지만, 지금 사막에서 벌어지고 있는 일이 월문에 결코 유리한 일이 아니라는 흑상 오걸륵의 판단은 정확하기 때문이었다.

"웬 자냐? 정체를 밝혀라."

자신을 바라볼 뿐 아무런 움직임도 보이지 않는 천중한과 월문 고수들을 불안한 시선으로 응시하며 오걸륵이 소리쳤다.

"꿇리게."

천중한이 오걸륵 따위를 상대하기 싫다는 듯 따라온 의룡단의 고수들에게 명을 내렸다.

"예."

천중한의 명을 받은 묵천의룡단 고수 다섯이 일제히 오걸륵과 그 수하들을 향해 달려 나갔다.

퍼퍽!

"욱!"

"컥!"

곳곳에서 오걸륵을 따르는 흑상들의 비명 소리가 들렸다. 그리고 비명이 터져 나올 때마다 흑상들이 맨땅에 나뒹굴었다.

그렇게 쓰러진 흑상들은 한동안 몸을 일으키지 못할 만큼 큰 고통에 시달렸는데, 그만큼 월문 고수들의 손속은 독하고 매서웠다.

마치 그들은 사막과 초원에 돌고 있는 월문 출신 무사의 소문을 오걸륵과 그 수하들이 만들어낸 것이라 생각하는 사람들 같았다.

"이, 이놈들……!"

오걸륵이 다가오는 월문 고수를 노려보며 검을 쥔 채 소리쳤다.

"꿇어라!"

오걸륵 앞으로 다가온 월문 고수가 차갑게 소리쳤다.

"이놈! 내가 누군 줄 알고……!"

오걸륵이 소용없는 호기를 보였다.

순간 월문 고수의 검이 허공을 갈랐다.

창!

자신의 목을 향해 날아오는 월문 고수의 검을 오걸륵이 재빨리 막았다.

"호, 제법?"

흑상 주제에 자신의 공격을 막아낸 것이 뜻밖이라는 듯 월문 고수가 놀란 표정을 지었다.

"네놈 따위에게 당할 것 같으냐?"

일단 일합을 겨뤄 상대의 무공을 가늠한 오걸륵이 자신이 생겼는지 좀 더 대범하게 소리쳤다.

"겨우 흑상 따위가……."

월문 고수가 오걸륵의 반발에 자존심이 상했는지 싸늘한 살기를 뿌려내며 오걸륵을 향해 날아들었다.

카카캉!

흑상 오걸륵과 월문 고수의 대결이 예상외로 치열하게 펼쳐졌다.

흑상 오걸륵의 무공은 예상보다 훨씬 강했다. 혈수금귀 석자부처럼 오걸륵 역시 일신에 생각보다 고강한 무공을 숨기고 있었던 것이다.

하지만 어찌 보면 당연한 일이었다. 그런 무공이 없다면 거친 흑상들 사이에서 노예상으로 성공할 수 없었을 것이기 때문이었다.

하지만 그런 사정을 생각할 수 없는 월문 고수에게는 당혹스러운 일이 아닐 수 없었다.

자칫하다가는 패할 수도 있다는 위기감이 월문 고수로 하여금 더 강한 힘을 쓰게 만들었다. 그럼에도 시간이 흐를수록 오걸륵의 움직임은 점점 더 단단해져 갔다.

"물러나라!"

오걸륵과 월문 고수의 대결을 지켜보던 천중한이 싸움이 길어지는 것이 못마땅한지 월문 고수를 향해 소리쳤다.

그러자 월문 고수가 훌쩍 뒤로 물러나 천중한에게 고개를 숙여보였다.

"죄송합니다."

"그동안 수련을 제대로 한 것 맞느냐? 겨우 흑상 따위 한 놈 꿇리지 못하고!"

천중한의 호통이 이어졌다.

월문에서 천중한은 독하고 엄한 무공 사부로 유명했다. 무공 수련을 게을리하는 문도를 결코 용서치 않는 천중한이었다.

"죄송합니다."

천중한의 분노에 월문의 고수가 부끄러운 표정을 지으며 다시 고개를 숙였다.

"너희들 이단의 무사들이 자만심에 빠져 무공 수련을 게을리한다는 말이 돌더니… 쯔쯔, 뒤로 가 있어라."

천중한의 힐난에 월문 고수가 아무런 대답을 하지 못하고 뒤로 물러났다.

천중한이 흑상 오걸륵에게로 시선을 돌렸다.

"사람 장사나 하는 놈치고는 뛰어나군."

"대체… 나와 무슨 원한이 있다고 이러는 것이오?"

오걸륵이 자신을 공격하는 천중한 일행의 행동을 이해할 수 없다는 듯 물었다.

"네게 물을 말이 몇 가지 있다."

"겨우 질문 몇 개 하려고 이런 일을 벌인단 말이오?"

"제대로 된 대답을 들어야 하니까. 그리고……."

"달리 원하는 게 있소?"

"우린 월문의 사람들이다."

천중한이 오걸륵의 질문에 대답하는 대신 자신의 신분을 밝혔다.

순간 오걸특의 표정이 벌레 씹은 표정으로 변했다.

"월… 문… 젠장!"

오걸특의 입에서 자신도 모르게 욕설이 흘러나왔다.

현무림에서 마도에 속한 인물들이 가장 만나고 싶어 하지 않는 문파 중 하나가 월문이었다.

월문신룡 백유검을 필두로 마련의 발호에 맞서 정파의 자존심을 지키고 있는 곳 중 월문이 가장 두드러진 활약을 보이고 있기 때문이었다.

오걸특이 정통 마련의 인물은 아니지만, 흑사회의 일원이니 마련과의 인연을 부인할 수 없었다.

"살길은 있다."

천중한이 살길을 포기한 듯한 오걸특에게 말했다.

"뭘 알고 싶으시오?"

"일단… 꿇어라!"

쿠오!

천중한이 벼락처럼 검을 내리그었다. 그러자 그의 검이 여러 갈래로 갈라지면서 유성 같은 검기를 뿌려댔다.

"헉!"

오걸특의 입에서 다급성이 흘러나왔다. 그가 본능적으로 검을 들어 천중한의 공격을 막았다.

그러나 천중한이 만들어낸 검기들을 모두 막아낼 수는 없었다.

파팟!

오걸특의 검을 지나친 검기들이 그의 몸을 파고들었다.

"악!"

오결륵의 입에서 단말마의 비명 소리가 터져 나왔다.

그의 손에 들려 있던 검이 손에서 벗어나 날카로운 소리를 내며 맨땅에 떨어졌다.

쿵!

오결륵이 자신의 의지와 상관없이 두 무릎을 꿇고 천중한 앞에 주저앉았다.

"끄으윽!"

전신에 부상을 입은 오결륵의 입에서 비명 소리가 흘러나왔다.

"금창약은 있을 것이고, 그걸 써서 네 목숨을 구할 시간은… 대략 반 시진 정도 될까?"

"알고 싶은 게 무엇입니까?"

살고 싶다는 욕망이 오결륵으로 하여금 천중한에게 굴복하게 만들었다.

"듣자 하니 흑사회가 공격을 받았다고?"

천중한이 물었다.

"그렇습니다."

"누구에게?"

"젊은 무사였습니다. 그의 말로는 월문 출신이라고 했는데… 모르십니까?"

"월문을 스쳐 간 무인이 한 둘은 아니지. 그런데 그가 흑화수 금사를 꺾었느냐?"

"…그렇습니다. 그것도 아주 쉽게……."

"음……."

천중한이 나직하게 신음성을 흘렸다.

흑화수 금사라면 삼십육마에 속하는 거마 중의 거마다. 천중한 자신도 승부를 자신할 수 없는, 아니, 오히려 패할 가능성이 많은 마도의 고수였다.

그렇다면 그 젊은 고수가 시월일 가능성은 거의 확실해 보였다. 하지만 그래도 확인할 것은 확인해야 한다.

"그자의 생김새를 말해봐라."

"그러니까… 그게 자세히 본 것은 아닙니다만. 일단 키는 그리 크지 않았고, 몸집도 건장하지는 않았습니다. 아니, 오히려 호리 호리한 몸을 가지고 있었지요. 그런데 무공은 정말 무서웠습니다. 움직임은 눈으로 쫓을 수 없을 정도로 빨랐고, 검은 빛처럼 날카 로웠지요. 마지막에는 엄청난 무게감을 지닌 검법도 선보였는데… 후, 지금 생각해 보니 정말 이상하군요. 어떻게 한 사람이 그렇게 다양한 무공을 가질 수 있는지……."

오걸륵이 새삼스레 시월이 선보인 무공의 불가사의함을 떠올리 고는 고개를 갸웃했다.

그럴수록 천중한의 표정은 어두워졌다. 그는 오걸륵이 의아해 하는 무공들이 어디에서 연유한 것인지 알고 있기 때문이었다.

"그래서 흑화수 금사가 그에게 굴복했느냐?"

"굴복인지는 모르겠습니다만, 그가 흑화수를 죽이지는 않았습 니다. 그냥 마치 아무 일 없었다는 듯 홀연히 떠났지요. 그 뒤에 흑화수에 의해 노예 시장을 폐쇄한다는 명이 흑상들에게 전해졌 습니다. 그런 면에서 보자면 그자의 목적은 흑사회보다 노예 시장 을 없애는 데 있었던 것이 아닌가 싶습니다."

오걸륵이 여유를 찾았는지 자신의 생각까지 입에 올렸다.

"그의 행방은?"

"그건 모릅니다."

오걸륵이 고개를 저었다.

천중한도 시월의 행방에 대해서는 더 이상 오걸륵을 추궁하지 않았다. 그가 시월의 행방을 알 리 없기 때문이었다.

"며칠이나 지났느냐?"

잠시 침묵하던 천중한이 물었다.

"닷새 전의 일입니다."

"닷새… 찾을 수 있을까?"

천중한이 한쪽에 모여 있는 묵천의룡단의 고수들에게 물었다.

"근방의 인맥을 동원하면 꼬리를 잡을 수 있을 겁니다."

의룡단 고수가 대답했다.

"좋아. 서두르게."

"예, 장로님!"

의룡단의 고수가 대답했다.

"전 그럼 이만……."

오걸륵이 자신이 할 일은 끝났으니 약속대로 살려달라는 듯 조심스럽게 뒤로 물러나며 천중한의 눈치를 봤다.

그러자 천중한이 흘깃 오걸륵을 바라보고는 차갑게 입을 열었다.

"약속했으니 내 손으로 널 죽이지는 않겠다. 하지만 저 친구들은 모르겠군."

천중한이 의룡단의 고수들을 가리키며 말했다.

"이런 교활한 늙은이! 정파의 고수라는 놈이⋯⋯."

"아이들이나 사고파는 놈에게 지킬 신의는 없다. 처리하게!"

천중한이 냉정하게 명을 내렸다.

그러자 의룡단의 고수들이 검을 빼 들고 오걸특을 향해 달려들었다.

*　　　　*　　　　*

"저, 저기 대협!"

황평이 조심스럽게 시월을 불렀다.

흑사회의 회합 장소였던 반산성을 떠난 이후에도 황평은 시월을 떠나지 않고 계속 따라오고 있었다. 반산성을 떠날 때 시월이 떠나도 좋다고 허락했음에도 불구하고 떠나지 않은 황평이었다.

"⋯후, 또 무슨 일이오?"

자신을 따라오는 황평이 불편한 시월이 한숨을 쉬며 물었다.

사실 그는 황평을 살려두는 것 자체가 찜찜한 상태였다. 노예상으로 과거 황평이 했던 악행들을 머릿속에서 지워 버릴 수 없기 때문이었다.

"그게⋯ 계속 따라오는데요."

황평이 손을 들어 허리까지 오는 초원의 풀들을 헤치고 걸어오는 사람을 가리켰다.

혈수금귀 석자부다. 혈수금귀는 반산성에서 시월이 흑사회주 금사를 만나기 직전에 서둘러 자리를 피했지만, 멀리 떠나 버린 것은 아니었다. 흑사회주에 대한 두려움은 강했지만, 시월과 흑사회주의 대결을 보고 싶다는 호기심도 그 못지않았기 때문이었다.

그래서 두 사람이 대결하는 광경을 숨어서 지켜본 이후에는 다시 시월을 따라다니기 시작한 혈수금귀 석자부였다.

어떻게 보면 당연한 결정이라고 할 수 있었다. 시월이 흑사회주를 죽이지 않고 살려둔 이상 그녀의 보복을 피하려면 그녀를 굴복시킨 시월 옆에 있는 것이 가장 안전하기 때문이었다.

만약 시월이 금사를 죽였다면 석자부는 미련 없이 시월에게서 도망쳤을 것이다.

"불러보시오."

시월이 멀리 보이는 석자부를 물끄러미 바라보다 황평에게 말했다.

그러자 황평이 잠시 머뭇거리다가 석자부 쪽으로 달려가며 소리쳤다.

"대인, 대인! 대협께서 오시랍니다!"

시월은 석자부와 황평을 데리고 홍안령 서쪽 끝자락에 위치한 숲으로 들어와 노숙할 장소를 찾았다. 그리고 능숙하게 모닥불을 피워 노숙할 준비를 했다.

황평이 나서서 시월을 도우려 했지만, 시월은 도움을 거절하고 묵묵히 자신의 손으로 불을 피우고 노숙할 준비를 했다.

물론 시월의 거절에도 황평은 하룻밤 지내는 데는 과하게, 적어도 십여 일은 땔 수 있는 땔감을 준비해 노숙지 옆에 쌓아 놓았다.

석자부는 자신을 부른 이후 묵묵부답인 시월을 불안한 시선으로 바라볼 뿐 감히 입을 열지 못했다.

그는 시월이 강한 무공을 가졌다는 것은 알았지만, 설마 삼십육 마의 일인인 흑화수 금사를 그렇게 쉽게 제압할 거라고는 전혀 예상치 못했었다.

그래서 지금은 시월에 대한 반감보다는 공포심이 더 커 살기 위해선 그의 옆에 머물러야 한다는 생각에 시월에 대해 강한 집착을 보이고 있었다.

"어쩔 생각이오?"

시월이 불에 구운 마른 육포를 몇 점 씹어 먹고는 석자부에게 물었다.

그러자 석자부가 얼른 고개를 숙이며 대답했다.

"대협께서 써주시기만 한다면 무슨 일이든 하겠습니다."

"저 역시……."

황평은 얼른 무릎을 꿇었다.

"목숨을 걱정해서라면 그럴 필요 없소. 흑화수는 그대들을 죽이지 않을 거요."

"꼭 그것 때문이 아니라……."

"미안하지만 솔직히 흑화수에게 당신들은 그리 중요한 사람들이 아니었소. 특히 그녀와 내가 원만하게 대화를 마무리 지었으니 더더욱 그대들을 찾지 않을 거요. 그러니 어디 먼 곳으로 가서 새로운 삶을 사시오. 노예상 같은 일은 집어치우고."

"…대협은 어찌 하실 생각이십니까?"

"내 미래까지 알고 싶소?"

시월이 퉁명스럽게 되물었다.

"그, 그런 게 아니라 하시고자 하는 일에 저희들이 조금이라도 도움이 될 수 있을까 해서……."

"그런 일은 없을 거요. 그리고 난 본래 세상의 부귀영화를 원하는 사람이 아니어서 내 곁에 있어도 크게 호사를 누릴 일은 없소. 그러니 내일 아침에는 다른 길로 가보시오."

"…정말 그런 놀라운 능력을 가지시고도 이렇게 강호를 떠돌며 혼자 살아가실 거란 말입니까? 대협의 능력이시라면 무림에 위대한 전설을 쓰실 수도 있으실 텐데요?"

욕심 많은 사람은 타인의 무욕(無慾)을 이해하지 못한다. 석자부 역시 마찬가지였다. 시월이 가진 능력을 자신의 두 눈으로 보았으므로, 그 능력을 권력과 부를 얻는 데 쓰지 않겠다는 말을 이해할 수가 없었다.

"더 이상 할 말 없소. 내일 아침 떠나시오. 물론 당신들이 따라오고 싶어도 더 이상 따라오지 못하겠지만!"

시월이 할 말 다 했다는 듯 모포를 뒤집어쓰고 잠을 청했다. 더이상 석자부와 할 말이 없다는 태도다.

그런 시월을 석자부는 감히 방해하지 못했다. 그는 못내 아쉬운 듯 시월을 바라보다가 모닥불 옆에 몸을 뉘었다.

황평 역시 앞으로의 일이 걱정스럽다는 듯한 표정을 지으며 잠을 청했다.

"이런!"

아직 해가 뜨지 않은 이른 아침, 문득 석자부의 당황한 목소리가 흘러나왔다.

석자부의 목소리에 잠들어 있던 황평이 번쩍 눈을 떴다.

"무슨 일입니까?"

황평이 벌떡 일어나 물었다.

"그가 사라졌어."

"예?"

"젠장, 우리가 자는 동안 떠난 모양이다."

석자부가 당황한 얼굴로 주변을 돌아보며 중얼거렸다. 하지만 지난밤 함께 있었던 시월의 모습은 찾을 수 없었다.

"아주… 떠났군요. 깨끗하게 잠자리를 걷어서 간 것을 보면……."

황평이 허탈한 표정으로 중얼거렸다.

시월이 깔고 덮던 모포는 깨끗이 사라지고 없었다. 시월과 함께 여행하던 낙타 두 필 중 한 필도 사라지고 없었다.

그래도 두 사람을 생각해서인지 낙타 한 마리는 남겨두고 떠난 시월이었다.

"제길… 어떻게든 설득해서 큰일을 해보고 싶었는데……."

석자부가 입맛을 다셨다.

"이제 어떡하죠?"

황평이 시무룩한 표정으로 물었다.

"어떡하긴. 우리도 이제 각자 흩어져서 살길을 찾아야지."

"따로 가자는 말이십니까?"

황평이 되물었다.

"그럼 계속 내 밑에서 시종 노릇이나 하고 살래?"

"그, 그건……."

"미련한 놈. 기회는 왔을 때 잡아야 해. 그동안 날 떠나고 싶어 하지 않았느냐. 잡지 않을 테니 이번 기회에 독립해 봐. 네놈 실력이면 어딜 가든 잘 살 수 있을 거다."

"그래도 그게……."

"그게 뭐?"

"대인께서 절 좀 예전보다 낮게 대우해 주신다면 전 대인 옆에 있고 싶습니다."

"너 미쳤냐? 내 밑에 있으면 평생 하인 노릇이야!"

"그래도… 이인자는 되지 않습니까? 노예상으로 살 때도 그랬고요."

"이인자? 미친놈, 겨우 사람 장사꾼 밑에서 이인자 노릇하는 게 뭐 대수라고."

"대인께서 보통 상인은 아니시죠."

"…정말 내 옆에 있을 거냐?"

"화 좀 덜 내시면 그러고 싶습니다."

"후우… 미련한 것이 인간이라더니. 평생 구박받으며 이용만 당하고도 그 삶에서 벗어나길 두려워하는구나. 하긴, 그게 인간이지. 에라, 모르겠다. 좋다! 다시 한번 같이 살아보자. 네 말대로 이번에는 제대로 대우를 해주마."

"고맙습니다, 대인!"

"일단 낙타를 끌고 와."

"예, 대인!"

황평이 다시 석자부의 수하가 되어 재빨리 그의 명을 실행했다.

"어디로 가실 겁니까?"

낙타를 끌고 온 황평이 물었다.

"일단 흥안령 깊이 들어간다."

"산속으로요?"

"음."

"뭘 하시게요? 이젠 산적이 되는 건가요?"

"산적? 겨우 산적 따위나 할 나 석자부가 아니다. 내가 흥안령 깊은 곳에 만약을 위해 숨겨둔 재물이 있어. 그걸 찾아서 새로운 삶을 살아보자. 이번에는 제대로 된 장사를 한번 해보자꾸나."

"제대로 된 장사요?"

"음, 흑상으로 사는 게 재밌기도 했고 내 성격에 잘 맞았지만, 그의 말처럼 언제까지 사람 장사나 하며 살 수는 없는 일이고. 또 혹시라도……"

"혹시 왜요?"

"혹시라도 그를 다시 만날 수도 있으니까. 다시 만났을 때 여전히 흑상 노릇을 하고 있으면 그때는 정말 우릴 죽일 거다."

"그건… 그렇지요."

"이문은 적어도 마음 편한 장사를 해보자! 객잔이나 주루 같은 것도 괜찮겠지. 대신 이 황량한 곳에선 그런 장사를 할 수 없으니 장성 이남으로 가보자꾸나."

"알겠습니다, 대인!"

황평은 오히려 한결 마음이 놓인다는 듯 활기차게 대답했다.

그러자 석자부가 앞서서 숲으로 걸음을 옮기기 시작했다.

*　　　　　*　　　　　*

"겨우 한 시진이 지나지 않았습니다. 그런데……"

묵천의룡단 고수가 고개를 갸웃했다.

"왜? 뭐가 이상한가?"

천중한이 물었다.

"이곳에서 두 갈래로 갈렸습니다. 새벽이슬이 내릴 때 앞서 떠난 자의 발자국이 더 깊게 남았다고 가정하면, 앞서 한 사람이 먼저 떠났고, 얼마 뒤에 두 사람이 떠났습니다. 그런데 간 방향이 서로 다릅니다."

"음……."

천중한이 침음성을 흘리며 의룡단 고수 옆으로 다가왔다. 그리고 신중하게 숲에 남아 있는 발자국을 살피기 시작했다.

"앞서 간 자를 따라가게."

한동안 발자국을 살피던 천중한이 말했다.

"이유를 여쭤도 될는지요?"

배움을 청하는 사람처럼 의룡단 고수가 물었다.

"그 아이는 몸이 왜소한 편이네. 세월이 흘렀지만 월문을 떠날 때의 체형이 크게 변하지는 않았을 걸세. 선천적인 근골이 그러했으니. 그런 면에서 볼 때 앞서 떠난 자의 발자국이 그 아이와 어울리네. 물론… 틀릴 수도 있지만 그래도 가능성이 높은 쪽을 따라가야겠지."

천중한이 신중하게 말했다.

"알겠습니다."

"속도를 높이게. 오늘 중으로 그 아이를 만나겠네."

천중한이 굳은 표정으로 말했다.

"예, 장로님!"

대답을 한 의룡단 고수가 몸을 일으켜 두 사람을 지켜보고 있는 동료들에게 다가갔다.

그리고 그들에게 천중한의 명을 전한 후 바람처럼 숲으로 달려 들어갔다.

*   *   *

시월이 깊은 계곡을 따라 흐르는 작은 물줄기 앞에 쪼그려 앉아 손에 물을 담아 얼굴을 씻었다.

"후우!"

얼굴을 씻은 시월이 길게 한숨을 내쉬었다.

뭔가 마음에 걸리는 게 있는 사람의 한숨 소리다. 하지만 시월은 이내 머리를 흔들어 얼굴에 묻은 물방울들을 흩뿌리고는 천천히 주변을 걸으며 지형을 살폈다.

그렇게 한동안 주변 지형을 살핀 시월이 마지막으로 향한 곳은 계곡 한쪽에 위치한 낮은 높이의 넓은 바위였다.

시월은 바위 위에 넓게 모포를 깔고 그 위에 가부좌를 틀고 앉았다.

조금 떨어진 곳에서 나무에 묶여 있는 낙타가 이 인간이 뭘 하는 건가 하는 눈으로 멀뚱하게 시월을 바라보고 있었다.

가부좌를 틀고 앉은 시월은 눈을 반개하고 손을 무릎 위에 모은 채 깊은 침묵에 빠져 들어갔다.

찌르르!

시월이 바위처럼 변하자 산새들이 날아와 시월이 앉아 있는 바위에 내려 먹을 것을 찾다가 다시 날아갔다. 새들에게조차 아무런 위협이 되지 않을 정도로 시월의 호흡은 가늘었다.

그러던 중, 한순간 계곡 맞은편 숲이 살짝 흔들렸다. 그리고 뒤를 이어 시월의 뒤를 쫓던 묵천의룡단 고수들이 계곡 앞에 이르러 시월을 발견하고는 걸음을 멈췄다.

걸음을 멈춘 묵천의룡단 고수들은 뭔가 초연한 시월의 분위기에 압도된 듯 계곡을 건너지 못하고 침묵에 빠졌다.

시월을 추격할 때는 발견만 하면 단숨에 그를 제압할 생각이었지만, 막상 바위 위에 조용히 앉아 있는 시월을 보자 함부로 도발하지 못하는 의룡단 고수들이었다.

그사이 천중한 역시 장내에 도착했다.

천중한이 도착하자 묵천의룡단 고수들이 좌우로 비켜서며 길을 열었다. 천중한 역시 의룡단 고수들과 마찬가지로 계곡을 앞에 두고 잠시 걸음을 멈췄다.

그 순간 시월이 마치 천중한이 도착하는 것을 알고 있었다는 듯 가부좌를 풀고 자리에서 일어났다. 그리고는 천중한을 향해 가볍게 포권을 하며 인사를 했다.

"오랜만에 뵙습니다, 장로님!"

*　　　　　*　　　　　*

천중한은 한동안 시월을 지켜봤다. 시월이 인사를 했음에도 불구하고 천중한은 어떤 반응도 하지 않았다. 그러다가 불쑥 한숨을 쉬며 입을 열었다.

"그냥… 사라진 듯 숨어 살지 그랬느냐?"

"그건 장로님의 가르침이 아니지요."

"내가 어떻게 가르쳤지?"

"두려움은 회피하는 것이 아니라 극복하는 것이라고 하셨지요. 하물며 이제 전 월문이 두렵지도 않습니다. 숨어살 이유가 없지요."

시월이 담담하게 대답했다.

"이놈! 감히 월문을 모욕하느냐?"

듣고 있던 의룡단의 고수가 분노를 참지 못하고 소리쳤다.

그러자 시월이 의룡단의 고수를 물끄러미 바라보다 천중한에게 물었다.

"겨우 이 정도 사람들을 믿고 칠랑을 버리신 겁니까?"

"이놈이!"

의룡단의 고수가 검을 빼 들고 시월에게 달려들려는데 천중한이 손을 들어 그를 막았다. 그리고 다시 입을 열었다.

"묵천이단의 힘은 현 무림 최강이다. 그리고 월문은 지금 구대천문의 자리를 바라보고 있다. 과연 너희들 칠랑으로 이런 성과를 이뤄냈을 것 같으냐?"

천중한의 질문에 시월이 잠시 생각에 잠겼다가 대답했다.

"그렇군요. 저희 칠랑의 힘으로는 이루지 못했을 겁니다. 묵천의룡단과 대호단은 거리낄 게 없는 힘이니까요. 반면 우리 칠랑은 감춰 써야 하는 힘이었으니 제대로 쓰지 못했을 겁니다. 그리고 언젠가는 버려질 운명이었지요. 하지만!"

시월이 갑자기 말을 끊으며 차가운 시선으로 천중한을 바라봤다.

천중한은 갑자기 날아든 시월의 날카롭고 차가운 시선에 자신도 모르게 흠칫했다. 그러면서 그 순간 깨달았다. 어리고 왜소하던 시월이 이젠 깨뜨릴 수 없는 불괴의 사내가 되었음을.

"음……."

천중한의 입에서 자신도 모르게 신음 소리가 흘러나왔다. 시월의 진면목이 드러나는 순간 시월이 자신이 상대할 수 없는 존재라는 느낌이 들었기 때문이었다.

그런 천중한을 보며 시월이 말을 이어갔다.

"하지만 말입니다. 그때나 지금이나 칠랑이 월문을 천하제일가로 만들 수는 없지만, 무림에서 사라지게 만들 수는 있지요. 그때는 마공을 전수받은 우리의 존재가 월문을 멸문으로 이끌 수 있었고, 지금은……."

시월이 말꼬리를 흐렸다.

"지금은 네 힘으로 그 일을 할 수 있다는 거냐?"

천중한이 무겁게 물었다.

그러자 시월이 천중한의 물음에 대답을 하는 대신 한 가지 요구를 했다.

"한 달 뒤에 잠룡동에 있겠습니다. 그때… 사형들을 보고 싶군요. 모두 살아계시겠지요?"

시월이 물었다.

천중한은 시인도 부인하도 하지 않았다.

그러자 시월이 경고했다.

"아무도 오지 않거나, 혹은 누구든 사형들이 죽었다면 월문은 주춧돌 하나 남지 않게 될 겁니다. 백씨 일가를 위해 검을 든 자라면 단 한 사람도 살아남지 못할 겁니다. 더불어 월문 외에 사형들의 죽음에 관여된 자들 역시 단 한 명도 살려두지 않을 겁니다. 그들이 설혹… 운중오문이라 해도 말입니다. 문주께 그리 전해주세요. 무슨 수를 쓰든 사형들을 잠룡동으로 데려 오라고. 한 달 뒤에 뵙지요."

시월이 무서운 경고를 남기고 천중한에게 정중하게 고개를 숙여 보였다. 그리고 자리를 뜨려는데 천중한이 무겁게 입을 열었다.

"떠날 수 없다."

"절 막을 수 있다고 생각하십니까?"

"수련 시절 너희들에게 늘 하던 말이 있지 않느냐. 어떤 경우든 한 사람의 손이 열 사람의 손을 당하지 못한다는… 문주의 명을 시행하게!"

천중한이 묵천의룡단 소속 고수들을 보며 말했다.

"예, 삼장로님!"

의룡단의 고수들이 일제히 대답을 하고는 검을 빼 들고 계곡을 날아 넘었다. 그러고는 바위 주변을 포위해 시월의 퇴로를 막아섰다.

"그 가르침을 잊은 것은 아니지만, 가끔 예외도 있는 법이지요. 문주가 명하고, 장로께서 실행하셨으니 절 원망치 마십시오!"

경고와 함께 시월이 움직였다.

팟!

바위 위에 있던 시월의 몸이 안개처럼 흐릿해지는 순간 뒤쪽을 막고 있던 의룡단 고수의 입에서 비명이 터져 나왔다.

"악!"

순식간에 오른쪽 다리를 깊게 베인 의룡단 고수가 그 자리에 한쪽 무릎을 꿇고 무너졌다. 그러자 시월이 발로 그의 어깨를 밟고 허공을 날아올랐다.

탁!

"억!"

어깨를 밟힌 의룡단 고수가 압력을 이기지 못하고 땅에 너부러지는 사이, 허공에 떠오른 시월이 다른 한 명의 의룡단 고수를 향해 검을 뿌렸다.

챠라랑!

시월의 검이 강력한 공력을 이기지 못하고 잘게 떨리면서 맑은 파공음을 만들어냈다. 그러나 맑은 소리와 달리 그 검이 만들어낸 일은 섬뜩했다.

파팟!

시월이 검을 열십자로 휘두르자, 두 명의 의룡단 고수가 한 번에 등과 허리에 검을 맞고 허공에 붉은 피를 뿌렸다.

"욱!"

"젠장!"

제대로 반격도 하지 못하고 시월의 검에 베인 의룡단 고수들이 비틀거리며 뒤로 물러났다.

단숨에 세 명의 의룡단 고수를 벤 시월은 조금의 여유도 주지 않고 남은 두 명의 의룡단 고수를 향해 걸음을 옮겼다.

그러자 의룡단 고수들이 시월의 놀라운 무공과 가차 없는 손속에 질린 듯 주춤거리며 뒤로 물러났다.

그 순간 천중한의 목소리가 허공에서 들려왔다.

"기대 이상이구나!"

가볍게 물러나는 두 의룡단 고수의 머리를 날아 넘은 천중한이 시월을 향해 검을 내리찍고 있었다.

그러자 시월이 훌쩍 뒤로 물러났다.

퍼퍼퍽!

벼락같은 천중한의 검기가 세 차례 연속해서 시월이 물러난 자리에 꽂혔다.

그리고 네 번째 검기가 시월을 향해 꽂힐 때 시월이 검을 휘둘렀다.

캉!

시월의 검이 천중한의 강력한 검기를 가볍게 걷어냈다. 천중한이 검기가 막힌 충격에 잠시 주춤거렸다.

그런데 천중한의 공격을 막아낸 시월은 기회가 왔음에도 반격을 하지 않았다. 대신 한 번 더 뒤로 물러난 후, 검을 내리며 말했다.

"제 무공의 절반은 누가 뭐래도 삼장로님의 가르침 덕분입니다. 어린 시절 좋은 스승을 만난 것이 지금의 나를 만들었지요. 적어도 그 시절 삼장로님은 진심으로 저희를 가르쳤다고 생각합니다."

"적과의 싸움에서 어쭙잖은 감상은 금물이라고 가르쳤을 텐데?"

천중한이 검을 들어 시월을 겨누며 말했다. 그의 말대로 그의 눈에서는 시월을 베어야 할 적으로 생각할 뿐 어떤 감정도 느껴지지 않았다.

하지만 시월은 그런 천중한의 태도에 아랑곳하지 않고 계속 말을 이었다.

"감정에 흔들릴 나이도 지났고, 그럴 사람도 아닙니다. 다만 이쯤에서 장로님이 검을 거두시길 바랄 뿐입니다. 어떤 경우라도 장로님을 제 손으로 베지는 않을 겁니다. 하지만!"

시월이 말을 끊고 두려움과 분노가 뒤섞인 시선으로 자신을 노려보고 있는 월문의 고수들을 둘러본 후 다시 말을 이었다.

"하지만 저들은 다르지요."

시월이 검을 들어 의룡단의 고수들을 가리켰다.

"이놈! 네놈에게 우리가 당할 성싶으냐?"

의룡단의 고수들이 분노를 참지 못하고 소리쳤다.

그러자 시월이 천중한을 보며 말했다.

"이들에게는 장로님의 가르침이 닿지 않았나 보군요. 분노 때문에 이성을 잃는 것을 보니."

"후우⋯⋯."

시월의 말에 천중한이 한숨을 쉬었다. 그러고는 침착하게 입을 열었다.

"물론 나도 무인이니 너의 경지를 읽을 수 있다. 내가 상대할 수 없는 경지에 이른 너의 모습이 한편으로는 기특하구나. 하지만! 그렇다고 제대로 겨뤄보지도 않고 물러날 수는 없다. 그것이⋯ 무인의 자존심이랄까."

"우리에게 언제나 겉모습보다 실체를 중시하라고 가르치셨지요."

시월이 담담하게 말했다.

"후후, 그랬었나? 그래, 그랬을 거야. 그때까지만 해도 나는 무인의 허영심 따위는 개나 물어 가라고 던져줄 사람이었지. 하지만 세월이 흐르니 사람도 변하는구나. 지금의 월문 장로는 순순히 패배를 인정할 수 없는 사람이다."

천중한이 씁쓸하게 웃으며 말했다.

그러자 시월도 더 이상 천중한을 설득하지 않았다. 대신 검을 들어 천중한을 겨눈 후, 가볍게 도약하면서 경고했다.

"원하신다면 지금의 저를 온전히 보여 드리지요!"

시월의 검이 도끼처럼 천중한에게 떨어졌다.

"음!"

천중한이 시월의 검에 실린 태산 같은 힘을 느끼고는 검을 들어 올리면서 한 걸음 뒤로 물러났다.

쾅!

시월의 검이 천중한의 검을 그대로 찍어 눌렀다.

주룩!

천중한의 발이 길게 자국을 남기며 뒤로 밀렸다.

순간 시월이 부드럽게 몸을 회전하며 검을 횡으로 그었다.

"흡!"

강함에서 부드러움으로 자연스럽게 변화하는 시월의 초식에 놀란 천중한이 허공으로 떠올랐다.

삭!

천중한의 옷자락이 시월의 검에 날카롭게 잘려 나갔다. 그 순간 시월이 검을 들지 않은 왼손을 날카롭게 휘둘렀다.

찌직!

시월의 손에 천중한의 바짓가랑이가 걸려 찢어졌다.

"핫!"

바지가 시월의 손에 잡히자 천중한이 중심이 흔들리면서도 날카롭게 검을 휘둘러 시월의 팔목을 잘라갔다.

그러자 시월이 천중한의 바지 자락을 놓고 훌쩍 뒤로 물러났다.

웅!

천중한이 휘두른 검이 애꿎게 허공을 갈랐다.

그 순간 뒤로 물러났던 시월이 다시 천중한을 덮쳐왔다. 그의 검에서 눈부신 검기들이 유성처럼 천중한을 향해 쏟아졌다.

파파팟!

"아!"

천중한이 시월의 공격에 대응하는 것을 잊고 아름답게 자신을 향해 떨어지는 검기의 유성을 감탄한 시선으로 바라봤다.

파파팟!

시월의 검기들이 빛살처럼 천중한을 스쳐 지나갔다.

그럼에도 천중한은 아무런 움직임이 없었다. 그런데 더 놀라운 것은 그런 천중한의 몸에 단 하나의 상처도 없다는 것이었다.

그를 뚫고 지나간 검기들이 맨땅에 깊이 자국을 남기고 사라졌다.

그사이 시월은 어느새 사오 장 뒤로 물러나 검을 검집에 넣었다. 그러고는 미련 없이 몸을 돌려 계곡을 떠나며 말했다.

"과거 스승으로 모셨던 분에 대한 예의는 오늘로 끝입니다. 제 무공을 보여 드린 것은 제자가 이렇게 성장했다는 것을 보여 드리기 위함이 아니라, 월문의 문주가 잘못된 선택을 하지 말라는 경고입니다. 장로님이라면 조금 전 제가 펼친 검법의 의미를 아실 겁니다. 월문에 그 검법을 이렇게 펼칠 수 있는 사람이 있다면, 그때는 제 요구를 거절해도 좋겠지요. 그럼… 한 달 뒤 잠룡동에서 뵙겠습니다."

시월의 마지막 말이 들렸을 때 그의 모습은 이미 사라지고 없었다.

그때까지도 천중한은 그대로 그 자리에 서 있었다. 그러다가 의룡단의 고수들이 그를 향해 모여들자 나직하게 입을 열었다.

"성하검……! 대월문의 조사이신 검선 백월 이후 그 누구도 완성하지 못했다는 성하검이 가장 두려워해야 할 적의 손에서 완성되었구나!"

제4장
—
팔 년의 기다림

후우웅!

산 정상에 오르자 대호가 포효하는 듯한 바람 소리가 초목을 뒤흔들었다.

어둑한 하늘, 밤은 아직 멀었으니 비구름이 몰려오고 있다는 신호다. 북방에서 밀려오는 검은 구름은 당장에라도 폭우를 쏟아낼 것 같았다.

"후우……."

시월이 길게 한숨을 내쉬었다. 쉽지 않은 만남이었다. 월문 고수들을 무공으로 상대하는 것이 힘든 것은 아니었다.

다만 천중한과 검을 맞대는 일은 감정적으로 쉬운 일이 아니었다. 천중한이 자신들을 가르칠 때만큼은 진심이었다는 것을 알기 때문이었다.

어쩌면 천중한은 월문주 백문보가 칠랑을 폐기하는 것에 반대했을 수도 있었다. 아니, 분명 반대했을 거라고 기대하는 시월이었다.

그건 월문의 문도 중 적어도 한 명은 진심으로 칠랑을 대했기를 바라는 마음이 있었기 때문이었다.

그런 천중한과 생사 대결을 펼치는 것은 결코 쉬운 일이 아니었다.

"잘한 결정이야."

시월이 중얼거렸다.

아마 천중한이 아닌 장로 고태나 다른 사람이 찾아왔다면, 시월은 반드시 그들을 시체로 만들어 백문보에게 돌려보냈을 것이다.

하지만 천중한은 그렇게 할 수 없었다. 무공을 가르칠 때의 가혹함은 그 누구보다 심했지만, 그것이 스승이 제자를 아끼는 마음에서였음을 알고 있기 때문이었다.

그렇게 천중한을 돌려보내고 산 위로 오르는 동안 시월의 마음은 돌덩이처럼 무거웠다.

월문에 대한 복수심으로 불타던 그에게, 천중한과의 만남 이후 느껴지는 이 묘한 기분은 그를 만나기 전까지는 미처 예상치 못했던 감정이었다.

아무튼 그런 무거운 마음이 산 정상에 올라 북방에서 불어오는 바람을 만나자 조금씩 엷게 흩어지기 시작했다.

"그분 한 분의 존재로 인해 월문의, 백문보의 죄가 사라지는 것은 아니지……."

스스로에게 다짐을 하듯 시월이 중얼거렸다. 그러다 문득 시월의 눈빛이 반짝였다. 그의 손이 허리춤으로 이동해 자신의 검을 툭툭 건드렸다.

그러고는 천천히 몸을 돌려 자신이 올라온 숲을 바라보며 말했다.

"그만 나오시오. 지금이 아니면 나와 대화를 나눌 기회가 없을 테니까!"

시월의 말에 숲에서 가벼운 인기척과 함께 두 사람이 모습을 드러냈다.

숲에서 나온 두 사람 중 한 명은 선풍도골의 도사 차림을 한 노인이었고, 다른 한 명은 청색 무복을 깔끔하게 차려입은 스무 살 전후의 청년 무사였다.

시월은 노소 두 명의 불청객을 무심히 바라보다가 나직하게 입을 열었다.

"무당 동풍선 은학……."

"날 아는가?"

"청림에 들어가기 전 본 적이 있소."

"오래된 일인데도 날 기억하는군."

무당의 고수 동풍선 은학이 고개를 끄떡였다.

"잊을 수가 없지 않소? 아마도 그때의 만남으로 인해 우리 칠랑의 운명이 나락으로 떨어졌을 테니까."

시월이 차갑게 말했다.

"…팔 년 전 그 일의 내막을 알고 있나 보군."

동풍선 은학이 눈살을 찌푸리며 말했다.

"바보가 아닌 이상에야. 그런데… 사형들은 살아계시오?"

시월이 한기가 느껴지는 목소리로 물었다.

"살아는 있네."

"살아는 있다라… 살아 있긴 하지만 제대로 살고 있지는 않단 뜻이구려."

"음… 아무래도."

"사형들께 무슨 짓을 했소?"

시월이 살기를 억누르며 물었다.

"…무공을 연구하는 거지. 혹은… 마기를 억제하는 방법을 찾기도 하고."

"팔 년 동안이나 말이오?"

"운중오문이 원하는 바야 금세 얻었지만… 그 이후에는 그가 칠랑을 데리고 있기를 원하더군."

"그라면?"

"그에 대해선 모르고 있었나?"

"이 일에 월문과 운중오문 말고 제삼자가 개입되어 있소?"

"흠……."

동풍선 은학이 대답을 미뤘다.

"당신조차 함부로 입에 올릴 수 없는 인물인가 보구려."

시월의 입가에 조롱의 빛이 보였다.

스스로 세상 위의 존재로 자부하는 운중오문의 고수가 누구를 두려워하느냐는 조롱이었다.

"그를 두려워하는 것은 아니네. 하지만 그는 참 껄끄러운 사람이지. 가까이 두면 유용한 점이 많은데, 그만큼 위험한 자이기도 하고."

"그래서 여전히 말할 수 없는 존재란 거요?"

여전한 비웃음을 담은 시월의 질문이 이어졌다.

"일단… 그 대답을 들을 자격이 있는지 알아봐야겠군."

동풍선 은학이 옆으로 손을 내밀었다.

"사부님?"

청년 무사가 놀란 표정으로 동풍선을 바라봤다.

그러자 은학이 타이르듯 말했다.

"무당은 선도를 추구하지만 뿌리는 무도에 있지. 강한 상대를 앞에 두고 무공을 시험하지 않는다면 어찌 무도를 추구한다 할 수 있겠느냐? 이런 기회는 흔치 않아."

은학의 말에 청년 무사가 어쩔 수 없다는 듯 검을 건넸다.

스릉!

동풍선 은학이 검을 빼 들었다. 중간 길이의 투명한 검신이 모습을 드러냈다. 무당의 이름에 어울리는 검이다.

그런 은학을 지켜보다 시월도 검을 뽑으며 말했다.

"난 무당의 도인들처럼 무도를 추구하기 위해 무공을 수련한 사람이 아니오. 알겠지만, 월문칠랑은 적을 베기 위해 무공을 수련했소. 그리고 이제는 복수를 위해 검을 뽑을 생각이고. 그 대상에 운중오문이 포함되어 있다는 것을 아시오?"

"…운중오문은 한 사람이 상대할 문파가 아닐세. 그게 설혹 고금제일인이라도 해도."

"…그럴지도 모르겠소. 하지만 적어도 그중 몇 문파는 기둥뿌리가 뽑힐 거요. 당신은 자격을 시험하기 위해 나와 겨루겠다지만, 난 복수의 일환으로 당신을 상대할 것이오. 조심하시오. 애초에 내게 비무 따위는 없으니까!"

팟!

경고를 한 시월이 좌우로 몸을 움직여 상대의 시선을 분산시키면서 벼락처럼 동풍선 은학을 향해 짓쳐 들었다.

"음!"

동풍선 은학이 눈으로 따라갈 수 없는 시월의 속도에 나직한 신음성을 내며 훌쩍 뒤로 물러났다. 뒤로 물러나는 그의 몸이 마치 허공을 밟듯 부드럽고 유려하다.

무당 무학의 근본인 부드러움이 자연스레 발휘되는 은학의 무공은 살벌한 싸움임에도 아름다웠다.

반면 시월의 움직임은 빠르고 강렬했다.

팟!

시월이 허공에 뜬 은학을 향해 일검을 휘둘렀다.

번쩍!

시월의 검에서 뻗어 나간 검기가 은학의 가슴을 꿰뚫을 듯 닥쳐들었다. 순간 은학이 검을 사선으로 밀어냈다.

지잉!

시월의 검기가 은학의 검에 밀려 아슬아슬하게 은학의 옆구리를 스쳐 지나갔다.

그 순간 시월이 불쑥 왼손을 흩뿌렸다.

촤아악!

시월의 손에서 떠오른 한 자루의 비도가 꿈틀거리며 동풍선 은학을 향해 폭사했다.

"흡!"

시월의 검기를 밀어내고 한숨 돌리던 은학이 불현듯 눈앞에 날아든 비도를 발견하고는 다급한 소리를 흘리며 옆으로 몸을 굴렸다.

퐛!

땅으로 기울어지는 은학의 옆구리를 비도가 날카롭게 베며 지나갔다.

은학은 옆구리를 베이면서도 구르기를 멈추지 않았다. 대무당의 고고한 고수에게는 전혀 어울리지 않는 모습이었지만, 그것만이 유일하게 그가 목숨을 구할 수 있는 방법이었다.

그런 은학을 향해 시월이 여유를 주지 않고 달려들었다.

탁!

땅을 굴러 이삼 장 이동한 은학이 검으로 땅을 찍으며 일어서는 순간 어느새 다가온 시월이 은학을 향해 검기를 뿌려대고 있었다.

쏴아아!

은학을 향해 시월의 검기들이 유성처럼 떨어졌다. 앞서 천중한을 상대했던 바로 그 검법, 월문의 전통검법인 성하검이 극한의 아름다움을 만들어내며 은학에게 쏟아졌다.

"아!"

멀리서 두 사람의 싸움을 지켜보던 청년 무사의 입에서 나직한 탄성이 흘러나왔다.

그러나 그 아름다운 초식 끝에 도사리고 있는 것이 그의 스승 동풍선 은학의 죽음이라는 사실을 깨달았을 때, 청년 무사의 입에서 다급한 고함 소리가 터져 나왔다.

"시월 형님! 그만하세요!"

순간 동풍선 은학을 향해 떨어지던 시월의 검기들이 미세하게
흔들렸다.

파파팟!

성하검의 유성 같은 검기들이 아슬아슬하게 동풍선 은학을 스
치고 지나갔다.

푸스스!

동풍선 은학의 잘린 머리카락이 바람에 날렸다. 그의 옷자락
몇 조각 역시 베어져 너울거리며 땅으로 떨어졌다.

시월의 검은 은학의 이마 바로 앞에서 멈췄다.

그런데 그렇게 은학을 사경으로 몰아넣던 시월의 시선은 은학
을 보고 있지 않았다.

그는 검으로 은학을 겨눈 채 고함을 쳐서 자신의 검을 멈추게
한 청년 무사를 바라보고 있었다.

"날 아나?"

시월이 물었다.

"예, 형님!"

"형님?"

시월이 고개를 갸웃했다.

"그게… 오래전, 그러니까 십 년이 넘은 일인데요. 형님과 월문
의 사형제분들이 마적들의 손에서 저와 가족을 구해주셨어요. 그
때… 제게 이걸 주셨지요."

청년 무사가 초승달이 새겨진 은패를 꺼내 들었다.

"월문신패군."

"예… 맞아요."

청년무사가 고개를 끄떡였다. 그러자 시월이 한참 동안 청년 무사를 바라보다가 물었다.

"이름이 뭐냐?"

"흑오! 그때 형님께서 절 마적의 손에서 구해주셨어요."

"…흑오! 그래, 흑오. 그렇구나. 기억난다."

시월이 고개를 끄떡이며 은학을 겨누고 있던 검을 거뒀다.

"정말 절 기억하세요?"

"음, 월문에서의 수련 시절, 우리 사형제들의 협행은 삼 년 넘게 이어져서 그때 만난 인연을 모두 기억할 수 없지만 흑오란 이름은 기억하고 있지. 왜냐하면 내가 첫 협행에 나갔을 때 구한 아이였으니까. 어린 나이에도 마적을 상대로 가족을 지키려 검을 들 만큼 용기 있던 아이기도 해서."

"정말 기억하시는군요!"

흑오가 기쁜 듯 소리쳤다.

"그런데 어떻게 이 사람과 함께 있는 거냐?"

시월이 검을 들어 은학을 가리키며 물었다.

동풍선 은학 역시 제자 흑오의 행동을 예상치 못했는지 당혹스러운 시선으로 두 사람을 바라보고 있었다.

"그분은 제 스승님이세요."

"스승……? 무당의 제자가 되었어?"

"예."

흑오가 고개를 끄떡였다.

그러자 시월이 고개를 갸웃했다.

"무당이 비록 출신에 상관없이 재능 있는 재목들을 제자로 들인다고 하지만, 초원에 사는 너에게까지 그 인연이 닿았다니 신기한 일이구나."

"청림의 변 이후, 만계지마 중산을 쫓아 북방 초원까지 갔다 저아이를 만났지. 한눈에 봐도 욕심나는 재목이라 제자로 들였네. 그런데 서로 인연이 있는 줄은 나도 몰랐군."

흑오 덕에 겨우 목숨을 건진 동풍선 은학이 대답했다.

"나일 거란 걸 알고 따라온 거냐?"

시월이 물었다.

"그렇지 않을까 짐작은 했어요. 확신은 하지 못했지만. 스승님께서 아마도 월문칠랑 중 탈출한 마지막 제자일 거라 하셔서… 형님의 이름도 들었고요."

"그래서 고집을 피워 사형들 대신 날 따라온 것이냐? 이 사람을 만나기 위해?"

듣고 있던 은학이 흑오에게 물었다.

"그게… 예."

"왜 내게 미리 말하지 않았느냐?"

"그건 확실하지 않았으니까요. 그리고… 사실 형님과의 인연은 저에게만 중요하지 형님께 저는 협행 당시 구한 한 아이에 지나지 않았을 테니 굳이 말씀드릴 일은 아니라고 생각했습니다."

"그렇긴 하군."

동풍선 은학이 고개를 끄떡였다.

그러자 시월이 잠시 생각에 잠겼다가 은학에게 물었다.

"앞서 말한 자가 누구요? 우리 사형제들을 나락에 떨어뜨리는데 관여한 자가?"

"그는… 군자의 공천보라는 사람이네."

"군자의… 역시! 그였군."

"이미 그를 의심하고 있었나?"

은학이 물었다. 그러자 시월이 은학의 질문에 대답하는 대신 한 가지 경고를 했다.

"좋은 제자를 두셨소! 흑오 덕분에 목숨을 구했으니. 월문과 상의해 한 달 뒤, 월문칠랑의 수련처였던 잠룡동으로 사형들을 데려오시오. 그들이 어떤 상태이든 좋으니까. 만약 데려오지 못한다면 운중오문도 월문과 같은 어려움에 처하게 될 거요. 흑오! 반가웠다. 나중에 다시 보자!"

"형님!"

홀연히 떠나는 시월을 흑오가 불렀지만 시월은 순식간에 두 사람 앞에서 자취를 감췄다.

*   *   *

철컹!

철장의 문이 열리면서 검은 무복을 입은 사내가 뇌옥으로 들어왔다.

양쪽 발목에 족쇄를 찬 채 가부좌를 틀고 앉아 있던 무광이 고개를 들어 뇌옥으로 들어온 사내를 바라봤다.

어깨를 지나 등까지 자란 덥수룩한 머리카락, 턱을 지나 가슴까지 자란 수염, 그리고 오랫동안 햇빛을 보지 못해 병이 걸린 사람처럼 창백하게 변한 얼굴. 당연하게 몸도 피골이 상접한 상태로 말라 있었다.

그러나 그럼에도 불구하고 무광의 몸은 쇠처럼 단단해 보였고, 그의 눈에 흐르는 안광은 검처럼 날카로웠다.

툭!

검은 무복의 사내는 자신을 바라보는 무광과 눈을 마주치길 꺼리는지 거리를 둔 채로 무광 앞에 음식을 던졌다. 마치 우리에 넣어 기르는 짐승에게 먹이를 주는 모습이었다.

무광이 바닥에 떨어진 음식을 집어 들고 천천히 입으로 밀어 넣었다.

"차라리… 죽는 게 낫지 않나?"

꾸역꾸역 음식을 먹는 무광을 흘깃 바라본 무사가 물었다.

"누구에게나 살 이유가 있소."

무광이 무심하게 대답했다.

"하지만 평생 이렇게 살아야 한다면 죽는 게 낫지 않겠나?"

"평생 이렇게 살 생각은 없소."

"허! 그럼 이곳에서 벗어날 수 있다고 생각하나? 할 말은 아니지만, 자네들은 살아 있는 동안 평생 그 노인의 실험 도구로 쓰이게 될 거야. 설혹 나중에 그 노인이 늙어 죽게 되어도 그때는… 자네들을 죽이라는 명이 내려올 거야."

검은 무복의 사내가 측은한 표정으로 말했다.

"세상일은 늘 알 수 없는 것 아니겠소? 내일 당장 무슨 일이 벌어질지 모르는 것이 세상이니."

무광이 입에 넣은 음식을 꼭꼭 씹어 먹으며 말했다.

그러자 사내가 고개를 젓다가 문득 고개를 끄떡였다.

"하긴 세상에는 예상치 못한 일들이 간혹 일어나긴 하지. 소문을 듣자니 근자에 자네들 이름을 팔고 다니는 자들이 있는 것 같더군."

"그게 무슨 말이오?"

입안의 음식을 꿀꺽 삼키며 무광이 되물었다.

"어제 양식과 약재를 가져온 사람에게 들은 말인데, 최근 흥안령 서쪽 초원과 사막에서 자네들, 월문칠랑의 이름을 빌려 쓰는 자들이 있는 것 같다더군. 자네들은 여기 이렇게 갇혀 있는데 말이야."

"그게… 정말이오? 그런 자가 최근에 나타났다는 거요?"

무광이 다시 물었다.

"내가 뭣 하러 거짓말을 하겠는가."

사내가 퉁명스럽게 대답했다.

그러자 무광의 표정이 묘하게 변했다. 그러고는 갑자기 큰 소리로 외쳤다.

"사제들! 들었나?"

무광의 외침에 갑자기 사방에서 떠들썩한 대답이 들려왔다.

"물론 잘 들었습니다, 사형! 드디어 막내가 돌아온 것 같군요! 하하하!"

"흐흐흐, 백문보가 아주 똥줄이 타겠습니다. 죽었다고 무림에 공포한 월문칠랑이 살아서 돌아다니고 있으니까요, 크크!"

"막내는 침착하고 섬세한 녀석이지요. 그런 녀석이 강호에 나왔다는 것은… 후후, 충분히 월문을 상대할 자신이 있다는 뜻일 겁니다. 녀석, 그냥 편히 숨어 살라니까."

"사제가 그냥 숨어 살 사람이냐? 어떻게든 우리 복수를 해줄 사람이지!"

"우릴 구하러 올까요?"

가장 마지막 질문을 던진 것은 곽부였다.

그러자 무광이 단호한 목소리로 말했다.

"그런 기대는 아예 하지 마! 막내가 우릴 구하려 하면 너무 위험해져. 우린 그냥 막내가 시원하게 화풀이하는 소식을 듣는 것으로 만족해야 해!"

"물론, 그렇긴 하지만요."

곽부가 시무룩한 목소리로 대답했다.

"자네들… 정말 전부 미친 사람들이군."

서로 다른 뇌옥에 갇힌 사형제들 간의 대화를 듣고 있던 사내가 고개를 저으며 말했다.

"뭐가 말이오?"

"설마 자네들 흉내를 내며 다니는 자들이 자네들의 막내 사제란 말인가?"

"그 녀석이 아니면 누가 이런 일을 하겠소. 대월문의 비위를 건드리는 일이기도 하고, 또 월문칠랑의 존재 자체가 무림에 잠시 나타났다 꺼진 불꽃 같아서 기억하는 사람도 제대로 없을 것인데……."

"설혹 그렇다고 해도, 만약 그렇다면 자네 막내 사제는 참 어리석은 친구지. 혼자서 대월문을 상대로 싸우겠다는 것이니까."

"후후, 그 아이에게는 충분히 그럴 능력이 있소."

무광이 가벼운 웃음과 함께 대답했다.

"답답하군. 지금의 대월문은 과거 자네들이 있던 월문이 아닐 세. 지난 팔 년 동안 눈부시게 발전했지. 얼마 후에 화록산에서 의천무맹의 대회합이 열릴 걸세. 그 자리에서 대월문이 구대천문 의 일원이 되어 이제 맹에 십대천문의 시대가 열릴 거란 소문이 자자해. 그런 문파를 한 사람이 상대할 수 있단 말인가?"

사내가 추궁하듯 물었다.

"곧 알게 될 것이오. 우리 막내 사제가 얼마나 대단한 친구인 지."

"너무 오랫동안 갇혀 있더니 정신이 이상해졌나 보군. 꿈과 현 실을 구분하지 못하는 것을 보니… 쯔쯔."

사내가 혀를 찼다.

"그 아이의 이름은 시월이오. 이제 곧 그 아이의 이름을 온 무림 이 듣게 될 것이오. 월문을 공포에 떨게 만드는 그 이름을 말이오."

"…시월? 좋아! 기억해 두지. 만약 자네 말대로 그렇게 된다면 내가 약속하지. 자네들에게 특별히 술과 고기를 선물하겠네."

"하하하! 막내 사제 덕에 십 년 만에 술과 고기를 먹게 되겠구 나!"

먼 뇌옥에서 부리의 목소리가 들려왔다.

"후… 정말 어쩔 수 없는 사람들이군. 꿈들 많이 꾸게. 난 그만 가겠네."

"그 아이의 소식을 들으면 꼭 좀 전해주시오!"

"뭐… 들려오는 소문이 있으면 그렇게 하지. 하지만 정말 자네 들 사제라면 결국 월문의 손에 죽었다는 소식을 전하게 되지 않 을까?"

"아마도… 그런 일은 없을 것이오."

무광이 단호하게 고개를 저었다.

*　　　　　*　　　　　*

산허리를 감아 도는 길 끝에 이르자 짙은 약향이 코를 찌른다.

두 채의 기와집이 어깨를 나란히 하고 서 있는 작은 장원, 약 냄새는 장원 안에서 흘러나오고 있었다.

산길을 오른 승려와 하늘색 무복의 노인이 장원 앞으로 다가갔다. 그러자 장원을 지키고 있던 무인이 황급히 달려 나와 두 사람 중 승려에게 인사를 했다.

"대사님!"

"음, 잘 있었는가?"

"예. 저희들이야 뭐… 그런데 어떻게……?"

"급히 그를 만날 일이 있어서 들렀네. 일단 인사드리게. 화산의 매화신검이시네."

승려가 함께 온 노인을 소개했다. 그러자 중년 무사의 눈이 커졌다.

"앗! 죄송합니다. 미처 몰라뵙고… 인사드립니다. 소림외가인 상산 유가장의 유위자라고 합니다."

"수고 많네. 그는 안에 있는가?"

화산파에서 열 손가락 안에 꼽힌다고 알려진 매화신검 유은복이 인사를 받으며 되물었다.

"예, 안에 계십니다."

"요즘도 계속 그들을 상대로 의술을 시험 중인가?"

"그렇습니다."

유위자가 대답했다.

그러자 매화신검 유은복이 살짝 눈살을 찌푸렸다.

"의술에 대한 열정은 알겠지만, 팔 년 동안 사람을 가둬놓고 의술을 연구한다는 것은… 역시 그의 심성이 소문처럼 좋지는 않은 것 같습니다."

"아무래도 그렇지요. 사람의 성정은 오래 두고 봐야 드러나는 것이지요."

소림 승려 법철이 고개를 끄떡였다.

"의술에 병적인 집착을 보인다던데… 그가 이번 일에 동의할지 모르겠군요."

유위자가 걱정스레 말했다.

"반대한다고 해도 어쩔 수 없는 일이지요. 그 하나 반대한다고 운중오문의 행사를 바꿀 수는 없으니……."

"그동안 그에게서 받은 도움이 적지 않은데, 그 도움이 끊길까 걱정이군요."

유은복이 아쉬운 듯 말했다.

"그의 의술이 뛰어나기는 하나 세상에 명의가 그 하나만도 아니고… 또 최근 들어서는 더욱 괴팍해져서 우리 오문의 부탁도 거절하는 경우가 많지 않습니까? 이제는 그와의 관계를 끝낼 때가 된 듯합니다만."

"그렇기는 한데… 일단 들어가서 설득을 해보지요."

유은복의 말에 법철이 고개를 끄떡이고 중년 무사 유위자에게 말했다.

"가서 알리게. 반 각 후에 들어가지."

"알겠습니다, 대사님!"

대답을 한 유위자가 황급히 장원 안으로 뛰어 들어갔다.

"누가요?"

세월의 힘을 이기지 못한 것인지, 아니면 의술에 몰두해서인지 팔 년 전보다 훨씬 노쇠해 보이는 군자의 공천보가 슬쩍 눈을 치뜨며 되물었다.

그 모습이 못마땅한지 매화신검 유은복이 차갑게 대답했다.

"그들 중 막내였던 시월이라는 아이 말이오."

"…그러니까 그 어린 녀석의 협박 때문에 그놈들을 데려가겠다는 말이오?"

"그렇소."

유은복이 설득하기도 싫다는 듯 대답했다.

"허……! 천하의 운중오문이 겨우 어린놈 하나 때문에……."

"군자의, 그 아이는 이제 평범한 어린애가 아니오. 월문의 장로를 꺾고, 운중오문의 고수들을 패배시킨 상승의 고수가 되었소."

"그래서 운중오문이 그 녀석을 두려워한다는 뜻이오?"

군자의 공천보가 비릿한 미소를 지으며 물었다.

쿵!

"지금 운중오문을 조롱하는 것인가?"

매화신검이 검으로 가볍게 바닥을 찍은 듯했는데 건물 전체를 뒤흔드는 충격이 일어났다. 그의 눈에 군자의 공천보에 대한 살기까지 느껴졌다. 아무리 중요한 인물이라도 운중오문을 조롱한 대가는 죽음뿐이었다.

순간 군자의가 얼른 손을 저었다.

"아아, 조롱이라니! 오해하지 마시오. 난 다만, 겨우 어린애 한 명 때문에 그 녀석들을 풀어줘야 한다는 것이 아쉽다는 거요. 더군다나 그 녀석들이 자유롭게 풀려나면, 아주 위험한 놈들이 될 것이 분명해서……."

군자의가 지나쳤다고 생각했는지 서둘러 변명을 했다.

그러자 소림선사 법철이 입을 열었다.

"그 아이들을 데려가는 것은 시월이라는 아이가 두려워서가 아니오. 오히려 그 아이를 데려오기 위함이지."

"…그럼. 이 동천재는 계속 유지될 수 있는 것이오?"

군자의 공천보가 눈빛을 반짝이며 물었다.

"약속은 약속이니까. 대신 군자의도 우리 운중오문의 일에 신경을 좀 더 써주셔야 할 것 같소. 최근 운중오문의 고수 중에서 군자의에 대해 불만을 드러내는 사람이 적지 않소."

"하하하! 제가 요즘 특별한 의술을 연구하느라 조금 소홀하기는 했지요. 하지만 시월이라는 그 아이까지 데려온다면야 저도 성의를 보여야지요, 하하하!"

군자의 공천보가 자신의 소중한 장원인 동천재를 계속 유지할 수 있다는 말을 듣고는 기분이 좋아졌는지 호탕한 웃음을 터뜨렸다.

그런 그를 보며 소림승 법철이 물었다.

"그 아이들이 여행을 할 수 있겠소?"

"말이나 마차에 태운다면 어려울 것이 없지요."

공천보가 고개를 끄떡였다.

"몸 상태는 어떻소?"

"뭐… 이런저런 연구를 하느라 쇠약해지긴 했지만, 환약 몇 가지를 먹이면 원기를 회복할 것이오."

"…마기는?"

법철이 다시 물었다.

"그야 이젠 거의 사라지고 없지요. 애초에 내공을 없애기도 했거니와 팔 년 동안 제대로 운공을 하지 않았으니……."

"알겠소. 그럼 내일 떠날 수 있게 준비해 주시오."

"그렇게 하지요. 그런데……."

공천보가 뭔가 불안한 표정으로 말꼬리를 흐렸다.

"말씀하시구려."

"월문도 함께 움직이는 것이오?"

"그렇소. 그 아이의 요구니까."

"음… 그럼 이 일의 모든 내막을 알게 되겠구려."

"후후, 이제야 그걸 걱정하시오? 모르긴 해도 아마 백문주도 군자의께서 한 일을 오래전부터 알고 있었을 것이오."

"그야 그렇겠지만 이렇게 명백하게 그 일의 전말이 드러나는 것은 좀……."

"운중오문이 있는 한 백문주가 그대에게 보복하는 일을 없을 것이오."

법철이 담담하게 말했다.

"물론… 그래야지요. 내가 이런 걱정을 하는 것은 월문이 두려워서가 아니라 귀찮아서니까."

군자의 공천보가 가볍게 미소를 지었다.

그 순간 소림승 법철과 매화신검 유은복은 짧은 순간이나마 군자의에게서 섬뜩한 느낌을 받았다.

하지만 공천보는 순식간에 그 기운을 풀어내고 몸을 돌려 장내를 벗어나고 있었다.

*   *   *

"아직도 내 제안을 받아들일 생각이 없느냐?"

공천보가 철창 너머로 무광을 보며 물었다.

"어리석은 늙은이……."

무광이 경멸 어린 시선으로 공천보를 보며 중얼거렸다.

"너야말로 어리석은 놈이다. 네놈들에게 어떤 일이 닥쳐오는지도 모르고……."

"기껏해야 죽음. 그래도 당신의 도구로 사는 것보다는 몇천 배 낫지."

"…천하제일의 무인으로 만들어주고, 세상을 지배할 권력을 주겠다는데도 마다하는 네놈들이 제정신이냐?"

공천보가 초조한 표정으로 소리쳤다. 그러자 무광이 의아한 표정을 지었다.

"오늘따라 왜 이렇게 난리지? 무슨 일이 있군."

무광의 말에 공천보가 잠시 입을 닫았다가 씹어뱉듯 말했다.

"운중오문에서 너희들을 데리러 왔다. 그들을 따라가면 결국… 죽을 가능성이 크지."

"오호라, 그래서 이렇게 의기소침해졌군. 당신의 의술을 연구할 실험 대상들을 잃게 되었으니까."

"이 녀석아! 의술을 연구할 상대는 세상에 널렸어. 내가 안타까운 건 네놈들의 재능이지. 네놈들이 내 말만 들었어도 난 네놈들에게 월문주 백문보가 준 것 이상의 것을 줄 수 있었다."

"후후후, 그런 제안을 하려면 시작을 잘했어야지. 음모와 배신으로 우리를 나락에 빠뜨리고 나서 그런 고귀한 관계를 원한다는 건 당신의 탐욕이지."

무광이 비웃었다.

그런 무광을 한참 노려보던 공천보가 씹어뱉듯 말했다.

"어쩔 수 없군. 좋다. 내일 떠날 거다. 이것들을 먹어라. 멀리 여행할 힘 정도는 만들어줄 테니까."

공천보의 손에서 환약들이 월문칠랑이 갇혀 있는 각각의 뇌옥으로 날아갔다.

환약들은 철창을 통과해 정확하게 월문칠랑 앞에 떨어졌다. 그 한 수만 보아도 공천보의 무공이 결코 의원의 그것이 아님을 알 수 있었다.

아마도 운중오문의 고수들은 이런 공천보의 놀라운 무공을 모르고 있을 것이다. 그들에게 공천보는 단지 의술에 미친 광의(狂醫)일 뿐이었다.

무광은 공천보가 던져준 환약을 아무 거리낌 없이 입에 넣었다. 더 나빠질 것이 없는 상황에서 의심하고 두려워할 것도 없었다.

그 모습을 지켜보던 공천보가 나직하게 탄식을 흘렸다.

"내가 한 가지 실수를 한 것이 있다면, 너희들의 잠재력을 너무 과소평가했다는 것이다. 네놈들의 자질을 정확히 알았다면, 백문보의 손에서 너희들을 그런 식으로 빼 오지는 않았을 텐데……."

"그런 후회를 하다니 당신답지 않구려."

그동안 칠랑을 가혹하게 대했던 공천보다. 그래서 이런 후회는 공천보에게 어울리지 않았다.

"맞아. 나답지 않은 일이지. 아쉽지만 이쯤에서 네놈들을 포기해야 할지도 모르겠다. 그래도 혹 살아남는다면 그때 다시 보자."

아쉬운 듯한 말을 남기고 공천보가 걸음을 옮겼다. 그러자 무광이 공천보의 등에 대고 물었다.

"그런데 대체 당신은 뭐가 그렇게 두려운 거요?"

"…뭐?"

"당신의 무공, 당신의 의술… 그리고 고약하긴 하지만 월문주와 운중오문까지 손안에서 가지고 놀 수 있는 당신의 지모… 그 모든 것을 갖고도 대체 뭐가 두려운 것이오?"

"내가 뭘 두려워한다는 거냐?"

공천보가 신경질적으로 되물었다.

"그걸 왜 나에게 물어보시오. 당신이 뭘 두려워하는지는 당신만이 아는 문제인데… 그렇게 흥분하는 것을 보니 무서운 것이 있긴 있는 모양이구려. 대체 그게 뭘까?"

무광이 정말 궁금한 듯 중얼거렸다. 공천보를 조롱하는 것 같지는 않았다.

그런 무광을 날카로운 시선으로 돌아본 공천보가 차갑게 말했다.

"그간 날 위해 고생한 것이 있으니 부디 살아 돌아오길 바란다. 그때 다시 한번 신나게 놀아보자."

그 말을 남기고 공천보가 뇌옥을 떠났다.

그러자 옆 뇌옥에서 소후가 중얼거렸다.

"저 노인네 하는 짓거리를 보니 정말 뭔가 두려운 게 있긴 한가 보네."

"그러게 말이야. 그게 뭘까? 그걸 알면 제대로 복수를 해줄 수도 있을 텐데."

부리가 더부룩한 머리를 쓸어 올리며 말했다.

그러자 무광이 어둠 속에 있는 사제들을 향해 말했다.

"운중오문이 우릴 데리러 온 것은 아마도 막내 때문일 것이다."

"아무래도 그렇겠지요. 막내의 검이 월문에게만 향하지는 않았을 테니까요."

소후가 대답했다.

"모두 공가가 준 환약들을 먹고 어떻게든 기운을 차려라. 막내를 만났을 때 너무 허약한 모습을 보이면 안 되니까."

무광이 다시 말했다.

그러자 무릉이 조심스럽게 물었다.

"그런데 정말 막내를 만나야 하는 걸까요?"

"무슨 소리야? 당연히 만나야지!"

부리가 무릉을 보며 소리쳤다.

"사형, 잘 생각해 봐요. 막내를 만났을 때, 그자들이 우릴 인질로 삼고 막내를 협박하면 어떻게 해요. 막내 성격에 우리가 죽게 내버려 두지도 않을 거고."

"그게… 그러니까. 음, 또 그러네. 거참……."

무릉의 반문에 부리가 떨떠름한 음성으로 대답했다.

그러자 무광이 입을 열었다.

"그래도 막내를 만나러 간다. 그리고… 이번에는 정말 목숨을 버릴 각오들을 해라. 만약 그자들이 우리 목숨을 가지고 막내를 협박하면 우리가 먼저 스스로 죽음을 택한다. 모두 알겠지?"

무광이 단호한 목소리로 물었다.

"알겠습니다, 대사형!"

"물론 그래야지요. 우리야 죽지 못해 살고 있었으니까요. 마지막으로 막내를 보고 죽는다면, 막내가 월문과 운중오문의 고수들을 베는 모습을 볼 수 있다면 여한 없이 죽어줄 수 있지요. 막내를 위해서가 아니라 우리 한을 풀기 위해서 말입니다!"

소후가 기분 좋은 목소리로 소리쳤다.

"좋아. 그런 마음으로 막내를 만나러 간다. 모두 몸을 추슬러."

"예, 대사형!"

무광의 말에 뇌옥 사방에서 월문칠랑의 생기 흐르는 목소리가 들려왔다.

                    *   *   *

신검산 앞에 형성된 거대한 시전은 언제나 불야성을 이룬다.

신검산에 똬리를 튼 대월문이 곧 의천무맹 구대천문의 지위에 올라, 의천무맹이 십대천문의 시대로 들어설 거란 소문이 퍼진 이후에는 더더욱 신검산으로 몰려드는 사람들이 많아졌다.

십 년 전만 해도 겨우 수십 호에 불과하던 마을의 가구 수가 이제는 수백 호로 늘어났다.

그리고 거주민이 늘어나는 속도보다 더 빨리 여행객의 숫자가 늘었다.

개중에는 정말 여행 삼아 월문이 있는 신검산을 구경하기 위해 온 사람들도 있었지만, 급격하게 세력을 불려가는 대월문의 무사가 되기 위해 찾아온 무인들도 적지 않았다.

그런 여행객들을 상대로 음식과 객방을 제공하는 객관 역시 십여 곳이나 있었다.

화노는 그중 한 곳에 들어가 술잔을 기울이며 신검산을 바라보고 있었다.

"이 녀석이 갑자기 연락을 해서 이런 고약한 일을 시키다니. 참나……."

술잔을 기울이며 화노가 투덜거렸다.

시월과 화노는 각자 길을 달리해 무림으로 나왔지만, 일정한 시간을 주기로 연락을 주고받고 있었다.

물론 연락을 주고받기 위해서는 일정한 시간에 일정한 장소에 들러야 하는 단점이 있었지만, 서로 소식을 모르고 지내는 것보다는 그런 불편을 감수하는 편이 훨씬 나은 두 사람이었다.

그런데 시월에게서 받은 마지막 연락에서 시월이 화노에게 부탁한 일이 몇 가지 있었다.

화노는 시월이 부탁한 일을 하기 위해 벌써 며칠째 이 객잔에서 지루한 시간을 보내고 있었다. 화노에게는 무척이나 괴로운 일이었다.

평생의 대부분을 만화원에서 지낸 화노여서 강호로 나온 이후
에는 제법 즐거운 여행을 즐기고 있었다. 물론 군자의 공천보를
찾는 일이 그의 목적이었지만, 그 일이 다급한 것은 아니었다. 또
서두른다고 쉽게 찾아질 군자의 공천보도 아니었다.

그래서 유유히 장성 이북의 명소들을 구경하며 공천보의 행적
을 찾던 중에 신검산으로 가서 대월문을 출입하는 자들을 살펴봐
달라는 시월의 부탁을 받은 것이다.

부탁을 받은 후 급히 신검산으로 온 지 벌써 오 일이 지나고 있
었다. 그러나 그의 시선을 끄는 인물들은 없었다.

그런 지루함을 참는 것이 화노에게는 곤욕이었다.

"운중오문에서 사람이 올 거라고 했는데… 그것참."

화노가 술을 들이켜며 투덜거렸다. 그런데 그 순간 화노가 술병
을 입에 댄 채 눈을 크게 떴다.

"어라?"

화노가 급히 술병을 내려놓고 자리에서 일어났다. 그의 눈에 월
문 문도와는 다른 복장을 한 무인들 서너 명이 월문의 정문에서
극진한 환대를 받으며 안으로 들어가는 것이 보였던 것이다.

"소림과 화산이라. 저자들인 것 같군. 지루한 기다림은 끝이군."

화노가 생기가 도는 얼굴을 하고는 자신이 묵는 객방으로 뛰어
들어갔다.

"아니, 어르신, 이 저녁에 어딜 가시려고?"

갑자기 짐을 챙겨 나온 화노를 보고 객관 주인이 놀라서 물었다.

"급히 갈 곳이 생각나서 말이오. 자, 이걸로 계산 끝냅시다. 조
금 남을 거요."

화노가 작은 금 조각을 객잔의 주인에게 건넸다.

"아이구, 조금이 아니라 많이 남을 것 같은데요?"

"그럼 다행이고. 나중에 다시 봅시다."

화노가 작별 인사를 하는 둥 마는 둥 하고는 급하게 객관을 빠져나갔다.

"조심히 가십시오. 나중에 다시 꼭 들르시고요!"

객잔 주인이 떠나는 화노는 보지도 않고 손에 들린 작은 금 조각을 살피며 소리쳤다.

객잔을 떠난 화노는 빠르게 걸음을 옮겨 신검산 쪽으로 향했다. 사람들이 보기에는 조금 서둘러 걷는 듯 보였지만, 한 걸음 옮길 때마다 그는 거의 일 장 가까이 움직였다.

그래서 보통 사람이 뛰는 것보다 빠르게 신검산 아래 자락에 도착한 화노가 주위를 살피더니 길을 벗어나 숲으로 들어갔다.

숲으로 들어간 화노는 그때부터는 사람들의 시선을 신경 쓰지 않고 산을 오르기 시작했다. 그야말로 나이를 무색케 하는 빠름. 과거 만화원을 찾아온 월문칠랑을 혼자 굴복시켰던 화노의 고절한 무공이 여실히 그 위력을 발휘했다.

그렇게 산을 오른 화노가 대월문의 장원이 가까워지자 방향을 바꿔 하늘 높이 자란 아름드리나무를 타고 오르기 시작했다.

날짐승처럼 나무를 오르자 한순간 화노의 시선이 사방으로 시원하게 트였다. 그 아래로 대낮처럼 불을 밝힌 대월문이 눈에 들어왔다.

화노는 나무 위에서 밤이 깊어지는 대월문을 지켜보고 있다가 어느 순간 눈빛을 빛내며 중얼거렸다.

"역시, 하룻밤도 머물지 않고 떠나는군. 이곳으로 오기를 잘
했어."

 화노가 나뭇가지에서 몸을 일으켰다. 그의 시선은 밤늦게 대월
문을 떠나는 소림승과 무당의 도사 그리고 일단의 월문 고수들을
쫓고 있었다.

제 5장
—
모든 일이 시작된 곳

두두두두!

두 대의 검은 마차가 초원을 질주했다. 앞뒤로 수십 필의 말에 탄 무사들이 마차를 보호하듯 둘러싸고 북쪽으로 함께 달렸다.

마차는 초원에 사는 유목민이 게르를 옮기는 마차와는 많이 달랐다.

검은 천으로 높게 지붕을 만들었고, 창이 하나도 없는 것이 마치 뇌옥을 마차에 옮겨 실어놓은 것처럼 보였다.

그럼에도 불구하고 마차가 바람처럼 빠르게 이동할 수 있는 이유는 마차를 끄는 말이 네 필이나 되기 때문이었다.

그렇게 초원을 달린 마차는 북방의 높은 산봉우리들이 하늘을 받치는 기둥처럼 보이는 곳에서 갑자기 방향을 틀어 고산준령 속으로 사라졌다.

펄럭!

마차를 덮은 검은 천이 벗겨지자, 그 안의 뇌옥이 모습을 드러냈다.

나무로 만든 뇌옥이지만 견고하게 만든 뇌옥은 수백 리 질주에도 불구하고 어느 한 곳 틀어진 곳이 보이지 않았다. 그리고 그 안에 짐승처럼 갇혀 있는 사람들이 보였다.

하나같이 봉두난발에 얼굴은 오랫동안 씻지 않아서 그 정체를 알아보기 힘들었다. 입고 있는 옷 역시 시전의 거지보다 못한 모습이었다.

"열어라!"

화산의 매화신검 유은복이 명을 하자 그를 따라온 운중오문의 무사들 중 두 명이 마차로 달려가 옥(獄)의 자물쇠를 열었다.

철컹!

자물쇠가 풀리자 문을 얽어맨 쇠사슬이 흘러내리며 요란한 소리를 냈다.

"내려라. 이곳부터는 걸어간다."

매화신검 유은복이 마차에 타고 있는 칠랑에게 소리쳤다.

그러자 잠시 뭉그적거리던 칠랑이 무광을 선두로 뇌옥을 나와 땅에 내려섰다.

"후우!"

땅에 내려선 무광이 깊게 숨을 들이마시며 주변을 둘러보았다.

빽빽하게 들어선 나무들, 하늘 높이 솟아 있는 준봉들, 그리고 더 이상 마차가 달릴 수 없는 오래된 산길이 그들 앞에 있었다.

"후후, 역시 막내군. 잠룡동이라… 하하하!"

평소 과묵함의 상징 같던 무광이 호탕하게 웃음을 터뜨렸다. 그 순간 한 자루 검이 날아와 그의 어깨를 후려쳤다.

퍽!

"음!"

무광이 어깨가 부서지는 듯한 고통을 느끼면서 한쪽 무릎을 꿇었다.

"허락 없이 입을 열지 마라. 다음번에는 목을 자를 것이니!"

매화신검 유은복이 차갑게 경고했다. 다행히 검집 채로 무광을 때렸기에 팔이 잘려 나가지는 않았다.

그런데 바로 그 순간, 갑자기 숲속에서 한 줄기 파공음이 들려 왔다.

퍽!

"악!"

파공음이 장내에 들리기도 전에 순간 둔탁한 파열음과 함께 운 중오문의 무인들 중 한 명이 어깨를 부여잡으며 쓰러져 땅 위에 나뒹굴었다.

땅에 나뒹굴고 있는 무사의 어깨를 한 자루 화살이 관통해 그 촉이 등 뒤로 삐져나와 있었다.

"웬 놈이냐?"

매화신검 유은복이 검을 빼 들며 소리쳤다. 마차를 호위해 온 무 사들 역시 하나같이 검을 빼 들고 둥글게 원형의 검진을 형성했다.

그사이 어깨를 다친 자는 동료에 의해 마차 뒤쪽으로 옮겨져 상처를 치료하기 시작했다.

"경고한다! 사형들을 함부로 대하지 마라! 사형들의 족쇄를 풀고 정중하게 잠룡동으로 모셔 와라! 다시 한번 사형들에게 무례를 범하면 그때는 이 거래는 끝이다."

숲에서 얼음처럼 차가운 목소리가 들렸다.

"시월!"

"시월이구나! 하하하!"

거지꼴을 하고서도 월문칠랑이 호탕하게 웃음을 터뜨렸다.

"이놈! 모습을 보여라!"

매화신검이 목소리가 들린 숲을 보며 소리쳤다.

그러자 숲에서 다시 시월의 목소리가 들렸다.

"매화신검! 당신과 할 말은 없다. 잠룡동에서 월문의 사람들을 만나겠다. 운중오문은 비록 그동안 사형들을 잡아두고 있었지만, 이 일에서는 제삼자다. 그러니… 괜한 위험을 자초하지 말기 바란다. 사형들! 잠룡동에서 뵙겠습니다!"

"오냐! 시월! 잠룡동에서 보자!"

곽부가 산이 쩌렁하게 울리게 소리쳤다.

그러자 여전히 한쪽 무릎을 꿇고 있던 무광이 소리쳤다.

"시월! 거래가 틀어지면 네 손으로 우릴 모두 죽여라. 그래야 네가 자유롭게 그들을 벌할 수 있다! 알겠느냐!"

"…알겠습니다, 대사형!"

숲속에서 무거운 대답이 들렸다. 그 이후에는 다시 어떤 말도 더 이상 들리지 않았다.

운중오문의 고수들은 한동안 그 자리에서 움직이지 않았다. 부상당한 동료의 치료 때문이 아니었다.

그들은 시월이 혹시 함정을 파고 기다렸다가 기습을 할 수도 있다는 생각에 일부의 고수들을 앞으로 보내 주변의 상황을 살필 시간을 가졌던 것이다.

그사이 또 다른 사람들이 장내에 도착했다.

월문의 제일장로 고태와 삼장로 천중한, 그리고 현재 월문의 고수 중 월문신룡 백유검을 제외하고는 무림에 가장 널리 알려진 의룡단주 국자량과 십여 명의 월문 무사들이었다.

"와! 이거 정말 반가운 얼굴들인데요!"

월문의 문도들이 장내에 도착하자 부리가 시뻘건 안광을 토해 내며 소리쳤다. 말은 반갑다고 했지만 그의 눈과 목소리에서는 참을 수 없는 살기가 느껴졌다.

하지만 고태는 월문칠랑의 살기 어린 시선을 무시하고 매화신검 유은복과 소림의 법철 그리고 동풍선 은학이 모여 있는 곳으로 다가갔다.

"굳이 따로 갈 일은 아닌 것 같습니다."

세 사람에게 다가간 고태가 입을 열었다.

"맞소. 그자가 무리를 동원한 것은 아닌 것 같으니."

매화신검 유은복이 고개를 끄떡였다.

"이제부터는 저희가 그 아이를 상대하지요."

고태가 다시 입을 열었다.

"그러시겠소?"

유은복이 되물었다.

"우리가 뿌린 씨앗이니까요."

고태가 굳은 표정으로 말했다.

"그럼… 그럽시다."

매화신검 유은복이 순순히 고태의 제안을 받아들였다.

그러자 고태가 월문의 문도들에게 명을 내렸다.

"아이들을 인계받고, 몇 명은 앞으로 나가 주위를 살피게!"

고태의 명이 떨어지자 월문의 문도들 중 일부가 월문칠랑에게 다가갔다. 그리고 또 다른 일부는 잠룡동으로 향하는 산길을 향해 달려갔다.

"오랜만입니다, 장로님!"

고태가 자신들을 상대해 주지 않자, 부리가 이번에는 가까이 다가온 삼장로 천중한에게 히죽거리며 인사를 했다.

"살아 있으니 죽지 않고 보는구나. 몸들은 어떠냐?"

천중한이 담담하게 물었다.

"뭐, 보다시피… 죽느니보다 못한 상황입니다."

부리가 어깨를 으쓱하며 대답했다.

그러자 천중한이 잠시 불편한 시선으로 칠랑들을 살펴보다가 물었다.

"대체 그동안 무슨 일을 겪은 것이냐?"

"설마 모르고 계셨습니까?"

부리가 의아한 표정으로 되물었다.

"굳이 알려고 하지 않았다. 물론 들을 수도 없었지만."

천중한의 대답에 이번에는 무광이 물었다.

"그럼 그의 존재도 모르십니까?"

"그?"

"군자의 공천보 말입니다."

"…설마 그자와 함께 있었다는 말이냐?"

"정말 모르고 계셨나 보네. 허참! 에이, 그래도 문주님은 아시고 계셨을 겁니다."

곁에서 부리가 투덜거렸다.

"대체 그자가 왜……?"

천중한이 이해할 수 없다는 듯 물었다.

"그자가 이 일의 원흉이란 건 아십니까?"

"…그건 확인한 바는 아니지만 짐작은 하고 있었다. 너희들이 그렇게 된 후 군자의가 월문에 발길을 끊었으니까. 그리고 간혹 운중오문에 모습을 드러낸다는 말도 있었고. 하지만 그자가 너희들을 데리고 있었을 거라고는 전혀 생각지 못했다."

천중한이 여전히 놀란 표정으로 대답했다. 확실히 그는 군자의 공천보가 월문칠랑을 실험 도구로 잡아둔 것을 모르고 있었던 것 같았다.

"그렇군요. 모르시고 계셨군요."

무광이 고개를 끄떡였다.

"그런데 그자가 왜 너희들을?"

"그의 말로는 오래전부터 우릴 욕심냈다고 하더군요."

"뭐?"

"우리 사형제들처럼 특별한 근골을 가진 사람들은 의술을 연구하는 데 훌륭한 도구가 된다고 하더군요. 물론 그 전에 자신에게 복종할 것을 약속한다면 무림 최고의 고수로 만들어주겠다는 제안을 먼저 했지요. 월문의 문주가 해줄 수 있는 것 이상을 해줄 수 있다면서……."

"그자가 감히!"

천중한의 눈에서 분노가 이글거린다. 월문을 배신하고 운중오문에게 칠랑의 존재를 알린 것도 참을 수 없는 일인데, 그렇게 빼앗긴 칠랑을 자신의 수족으로 만들려고 했다는 사실이 천중한의 분노를 일으킨 것이다.

"그런데 너희들은 왜 그의 제안을 거절했느냐? 그를 따랐다면 사정이 지금과 많이 달라졌을 텐데."

뒤에서 불편한 얼굴로 칠랑을 지켜보던 고태가 소리쳐 물었다.

"우릴 겨우 그런 정도 사람들로 보셨습니까?"

무광이 고태에게 되물었다.

"…월문 제자로서의 자존심을 지켰다는 것이냐?"

"하하하! 장로께서는 농담도 잘하십니다. 우릴 벌레 버리듯 배신한 월문에 무슨 의리가 남았을 거라고 그런 말씀을 하십니까! 그리고 월문이 자존심 따위를 가진 문파도 아니고 말입니다, 하하하!"

"이놈, 함부로 지껄이지 마라!"

고태가 무광의 조롱에 분노를 터뜨렸다.

그러자 무광이 고태를 차갑게 응시하며 말했다.

"설마 월문에 지켜야 할 명예라는 것이 있다는 겁니까?"

"이놈이 그런데……!"

고태가 검을 잡아 갔다. 그러자 천중한이 고태의 소매를 슬며시 잡았다.

"형님, 고정하시지요. 사람들의 시선이 있으니… 그리고 이 아이들의 마음도 이해를 하시고."

천중한의 만류에 고태가 얼굴을 굳혔다. 정신을 차리고 보니 사방에서 운중오문의 고수들이 자신을 바라보고 있었다.

월문칠랑의 일은 월문에겐 감추고 싶은 치부다. 그 치부를 모두에게 드러내 사람들의 조롱거리가 될 수는 없었다. 대신 그는 무광을 협박했다.

"이번에는… 시월과 함께 깨끗하게 보내주마."

"예전에 그러셨어야 합니다. 버릴 거면… 이젠 조금 늦은 것 같군요. 막내 사제를 아시지 않습니까? 그 아이는 생존에 대한 감각이 우리 중에 가장 뛰어났지요. 그래서 자신 없는 싸움을 걸어올 아이가 아닙니다. 월문은, 그리고 운중오문은 아주 커다란 곤경에 처한 것이지요, 하하하!"

무광이 다시 한번 호탕한 웃음을 터뜨렸다.

그런 무광을 고태가 이번에는 잠자코 지켜봤다. 그러다가 신경질적으로 월문 고수들에게 명을 내렸다.

"잠룡동으로 간다!"

*   *   *

시월은 위태로운 절벽 중턱에 앉아 잠룡동으로 오는 길에 존재하는 계곡 안으로 진입하는 월문과 운중오문의 고수들을 바라보고 있었다. 두 발을 까딱이며 앉아 있는 모습이 마치 이 일과 아무런 관련이 없는 사람인 것처럼 느껴진다.

그런 시월의 곁에는 만화원의 주인 화노가 어깨를 나란히 하고 앉아 있었다.

"정말 다 죽일 거냐?"

화노가 시월을 보며 물었다.

"일이 잘못되면 그럴 수도 있지요."

시월이 대답했다.

"대답은 쉽다만 저들의 숫자가 근 삼십여 명에 이른다. 모두 각 파의 정예 고수들이고. 아무리 네 무공이 뛰어나도 혼자서 모두 상대할 수는 없다. 또 그러다 보면 자칫 네 사형들이 죽을 수도 있어."

화노가 걱정스럽게 말했다.

"말로 해결이 될까요?"

"그건… 어렵겠지."

화노가 대답했다.

"그럼 어쩔 수 없죠. 싸울 수밖에."

"이놈아, 글쎄 너무 위험하다니까? 혼자서 어떻게 서른 명이 넘는 고수들을 당해낼 수 있겠느냐? 그것도 운중오문과 월문의 최정예 고수들이다."

"그래 봐야 제대로 절 상대할 수 있는 사람은 열 명 안쪽이죠."

"그게 적은 숫자냐? 당금 천하에 홀로 저들의 합공을 정면으로 싸워 이겨낼 고수는 없어!"

화노가 어떻게든 정면 대결은 막으려는 듯 시월을 설득했다.

"누가 저 혼자 정면 대결을 한다고 했나요?"

"그럼?"

화노가 의아한 표정으로 물었다.

"어르신이 계시잖아요."

"나? 나도 싸우라고?"

"아니면 뭣 하러 어르신을 모셨겠어요."

"난… 검이나 휘두르면서 피를 보기는 싫은데……."

"누가 검으로 싸우시라고 했나요? 어르신은, 어르신 편한 방법으로 싸우시면 되는 거죠."

시월이 빙그레 미소를 지으며 말했다.

*　　　　　*　　　　　*

"와! 잠룡동이다!"

부리가 큰 소리로 외쳤다. 줄에 묶여 끌려다니는 자신들의 신세를 잊은 것 같은 모습이다.

다른 월문칠랑들도 감격스러운 표정으로 하늘 높이 솟은 절벽을, 그리고 그 절벽 사이에 난 투박한 돌계단을 바라봤다.

"조용히 해라!"

묵천의룡단의 단주 국자량이 부리를 노려보며 소리쳤다.

"아니, 왜요? 고향에 오니까 기분이 좋아서 하는 말인데."

"그놈에게 우리의 위치를 알리기 위해 일부러 한 말인 줄 모를 줄 아느냐?"

"하하, 이거 생각보다 소심하신 분이셨네. 대 묵천의룡단의 단주께서! 설마 시월이 지금 이 상황을 안 보고 있을 거라고 생각하시는 겁니까? 그건 시월을 너무 무시하는 말이죠. 시월은 개미 새끼 한 마리의 움직임까지 보고 있을 겁니다. 그 녀석은 말이죠… 아주 겁이 많은 녀석이에요. 그래서 어떤 변수도 허락지 않을 겁니다. 지옥에서도 그런 방식으로 살아남을 녀석이라니까요, 흐흐."

부리가 능글맞은 웃음을 흘리며 말했다.

"네놈이 지금 날 협박하는 거냐?"

"협박이라뇨. 전혀! 다만 시월에 대해 잘 모르시는 것 같아서 충고해 드린 거죠."

"건방진 놈! 두고 봐라. 네가 그렇게 믿는 그놈의 잘린 모가지가 오늘 중으로 네 앞에 놓일 테니."

"…거참 말 사납게 하시네. 뭐, 하실 수 있으면 그렇게 하시든지, 흐흐흐!"

부리가 다시 비웃는 듯 웃음을 흘렸다.

"이놈이!"

국자량이 화를 참지 못하고 검을 들어 부리를 내려치려는데 장로 고태가 국자량의 행동을 막았다.

"그만하게! 어린놈을 상대로!"

"끙… 죄송합니다."

자신이 지나치게 흥분했다는 것을 깨달은 국자량이 겸연쩍은 표정을 지으며 고개를 숙였다.

그러자 고태가 운중오문의 고수들을 돌아보며 말했다.

"저 계단을 오르면 잠룡동이 나오게 됩니다. 이곳부터는 외길이니 각별히 조심해야 합니다."

"알겠소이다."

매화신검 유은복이 고개를 끄떡였다.

유은복의 대답을 들은 고태가 국자량에게 말했다.

"앞서 가게."

"예, 어르신! 가자!"

국자량이 명이 떨어지자 월문의 무사들이 칠랑을 이끌고 잠룡동으로 오르는 계단을 향해 움직였다.

*   *   *

후우웅!

처음 경험하는 사람들에게는 거칠고 차가운 바람이다. 그러나 오랫동안 잠룡동에서 수련한 시월 등 월문칠랑에게는 아침 새소리만큼이나 익숙한 바람소리다.

수련 시절, 월문칠랑은 그 바람 소리를 어머니가 불러주는 자장가처럼 느끼기도 했다. 그들의 숙소가 있는 동굴 안에서도 잠룡동 주변을 흐르는 바람 소리는 들을 수 있었으므로, 그들은 이 거친 북방의 바람 소리를 푸근하게 느끼며 잠이 들곤 했었다.

시월은 동굴 입구에서 이삼 장 앞으로 나와 잠룡동을 지나가는 바람을 바라보며 서 있었다.

거친 마의가 바람에 휘날리고 가끔은 눈을 뜨지 못할 만큼 맹렬했지만, 기분은 상쾌했다.

미래에 대한 기대감도 그 상쾌함에 한몫했다. 계획한 대로 오늘 일이 끝나면 그와 월문칠랑은 전혀 다른 삶을 살아갈 수도 있었다.

"후우……."

시월이 길게 한숨을 내쉬었다. 자신은 있었지만, 그래도 칠랑을 구하는 일이 긴장되지 않을 수 없었다.

하지만 시월은 자신을 믿고 있었다. 화노가 말한 대로 시월이 자신을 믿기만 한다면 그는 무림에서 가장 강한 인물 중 하나일 것이기 때문이었다.

후욱후욱!

시월의 귀에 사람들의 거친 숨소리가 들렸다.

"왔군."

시월이 상념에서 깨어나 다시 서너 걸음 앞으로 걸어 나왔다. 그러자 그의 눈에 막 절벽 중턱의 공터로 올라서는 월문의 무사들이 보였다.

월문의 무사들이 잠룡동 앞 공터로 올라서다가 시월을 발견하고 걸음을 멈췄다.

"무슨 일이냐?"

선두에 선 무사들이 걸음을 멈추자 묵천의룡단의 단주 국자량이 긴장한 목소리로 물었다.

"그가… 나와 있습니다."

선두에 선 무사가 시월에게서 눈을 떼지 않으며 말했다.

"비켜라!"

국자량이 앞선 무사들을 헤치고 날듯이 계단을 올라와 공터에 올라섰다.

그러고는 담담한 시선으로 자신을 바라보고 있는 시월을 발견했다.

"네가 시월이냐?"

국자량이 차가운 시선으로 시월을 보며 물었다.

"기억하지 못하는군요?"

시월이 되물었다.

"…날 보았던가?"

"오래전 청림에서 뵈었지요."

"아! 그렇군."

과거 잔마 추격전이 벌어졌던 청림에서 국자량은 월문칠랑을 처음 보았었다.

하지만 그때 시월의 존재감은 월문칠랑 중 가장 약했으므로 국자량의 기억 속에 시월의 모습은 남아 있지 않았다. 그래서 그는 마치 오늘 처음 시월을 보는 느낌이 들었다.

"사형들을 뵙고 싶군요."

시월이 담담하게 요구했다.

그러자 국자량이 잠시 망설이다가 고개를 돌려 돌계단 아래쪽을 보며 소리쳤다.

"장로님! 그 아이가 칠랑을 보길 원합니다."

어느새 고태와 천중한도 잠룡동 공터 바로 밑에 도착해 있었다.

"내가 먼저 만나보지."

고태의 말에 국자량이 옆으로 걸음을 옮겨 고태에게 길을 내줬다.

"오랜만이구나."

시월을 마주한 고태가 먼저 입을 열었다. 그러자 시월이 가볍게 고개를 까딱여 인사를 대신했다.

"일을… 힘들게 만들었더구나."

그러자 시월이 잠시 침묵을 지키다가 고개를 갸웃하며 말했다.

"생각해 보니 그런 면도 있군요. 차라리 월문으로 가서 문주와 소문주의 목을 자르는 것이 간단했을까요?"

"이… 놈!"

생각지도 못한 섬뜩한 대답에 고태가 분노를 터뜨렸다.

"못 할 것 같습니까?"

시월이 차갑게 되물었다.

"천 아우에게 네놈의 재주가 놀랄 정도로 변했다는 말은 들었다. 그러나 월문은 결코 너 하나 때문에 흔들릴 곳이 아니다. 월문은 이제 네가 알던 그 시절의 월문이 아니다."

고태가 협박하듯 말했다.

"위험한 말을 하시는군요. 장로님의 말을 들으니 정말 월문을 시험해 보고 싶은 생각이 드니 말입니다. 그래 볼까요?"

시월의 목소리가 냉혹하고 차갑다. 고태의 분노가 사라질 만큼. 대신 고태는 무슨 일이 있어도 오늘 시월을 제거해야겠다는 생각을 굳히는 듯 보였다.

"후… 이곳으로 오면서 너희들과 월문의 일이 말로 해결될 수 없을 거란 생각은 하고 있었다. 게다가 이런 감정싸움은 늙은 내게 무척 피곤하구나. 시월, 난 널 데려가야겠다. 순순히 가겠다면 너와 저 아이들 모두 목숨은 건질 것이다. 그러나 반항한다면 이곳이 너희들의 무덤이 될 것 같구나."

장로 고태가 단호한 표정으로 말했다. 그리고 월문칠랑에 대한 옛정이 없을 수는 없었다. 하지만 그것보다는 월문의 명예와 번영이 훨씬 중요한 고태였다.

고태의 경고가 끝나자마자 뒤에 있던 무광이 소리쳤다.

"시월! 네가 무사한 것을 봤으니 우리 사형들은 이제 죽어도 여한이 없다. 그러니 우릴 살릴 생각 말고 떠나거라!"

"맞아, 시월! 우린 이제 죽어도 좋아!"

부리가 무광의 말에 맞장구를 쳤다.

그러자 시월이 고개를 저으며 큰 소리로 외쳤다.

"그게 무슨 서운한 말입니까? 설마 절 못 믿는 건가요? 전 사형들 모두 구할 겁니다. 장로님들! 잘 들으세요. 사형들을 놓아주시고 물러가세요. 그럼 월문과 운중오문에 대한 복수는 접지요."

시월이 고태와 천중한을 보며 경고하듯 말했다. 그러자 고태가 대답했다.

"오만하구나. 이곳에 온 월문과 운중오문 고수들의 힘은 설사 천하제일인이 와도 견딜 수 없다. 그리고, 무림에서 후환을 남기는 것만큼 어리석은 일도 없고."

"후회하실 텐데요?"

"네 무공이 아무리 뛰어나도 안 되는 일은 안 되는 일이다. 혼자서 이 모든 사람들을 상대하겠다는 건 망상이다."

고태가 물러날 뜻이 없음을 확고하게 밝혔다.

그러자 시월이 빙그레 미소를 지으며 말했다.

"누가 혼자서 여기 오신 분들을 상대하겠다고 했나요? 제가 그렇게 어리석지 않다는 것을 아시지 않습니까?"

시월의 말에 고태의 눈이 가늘어졌다.

"설마… 조력자가 있느냐?"

"아주 특별한 조력자가 있지요. 제게는… 시작하시죠!"

시월이 갑자기 허공을 보며 소리쳤다.

하지만 그의 외침에도 장내에는 아무런 변화가 없었다. 그렇다고 잠룡동에서 모습을 드러내는 사람들도 없었다. 덕분에 시월의 외침 뒤에도 장내에는 공허한 침묵이 이어졌다.

"대체 무슨 장난을 치는 거냐?"

국자량이 시월을 보며 소리쳤다.

그런데 그때 갑자기 절벽 아래에서 이상한 소리가 들리기 시작했다.

우우웅!

갑작스레 들려오는 기이한 소리에 사람들이 주변을 살피기 시작했다. 그리고 잠시 후 누군가의 입에서 신경질적인 소리가 흘러나왔다.

"무슨 놈의 벌들이 늦가을에……."

그런데 한두 마리 모습을 드러내던 벌들이 갑자기 안개가 솟아오르는 것처럼 거대한 군집을 형성하며 잠룡동을 덮쳤다.

"대체 이게 무슨……?"

"벌 떼들을 쫓아버려!"

곳곳에서 월문과 운중오문 무사들의 고함 소리가 터져 나왔다.

그런데 그러면 그럴수록 더 많은 벌 떼들이 몰려와 순식간에 잠룡동을 장악했다. 워낙 많은 벌 떼들이 몰려와서 삼사 장 앞을 볼 수도 없었다.

그 와중에 고태 등 무공이 뛰어난 고수들이 벌 떼를 흩어내기 위해 도검을 뽑아 검기까지 만들어내며 휘둘렀다.

후두둑!

절정 고수의 검이 휘둘러질 때마다 수백 마리의 벌들이 바닥에 떨어졌다. 그러나 그 뒤에는 더 많은 벌 떼들이 몰려들었다.

"앗!"

"아얏!"

곳곳에서 벌에 쏘인 무사들의 고함 소리가 들렸다.

그리고 그렇게 사람들의 시야가 완전히 벌 떼에 가려진 사이 맑은 날씨에 어울리지 않게 희미한 연무가 소리 없이 몰려들기 시작했다.

연무는 사람들이 알아채지 못하는 사이에 벌 떼들 사이로 스며들어 운중오문과 월문 고수들의 코와 입으로 들어갔다.

그렇게 백색의 희미한 연무를 마신 고수들은 시나브로 정신을 잃고 쓰러졌다.

쿵쿵!

곳곳에서 월문과 운중오문 무사들이 소리를 내며 쓰러졌다.

고태 등 양 세력의 우두머리들이 그 사실을 눈치챘을 때는 이미 쓰러지지 않은 무사들이 거의 없었다.

"독이다. 호흡을 아껴라!"

독이 벌들 사이로 스며들어 무사들을 쓰러뜨리고 있음을 깨달은 매화신검 유은복이 날카롭게 외쳤다. 하지만 그의 경고는 너무 늦었다. 그 자신조차도 독을 흡입해 그 기운이 그의 몸에 영향을 미치고 있었기 때문이었다.

이대로 있다가는 그조차 쓰러지고 말 상황. 그렇다고 운기를 해서 독을 몰아내자니 몰려드는 벌 떼들 때문에 그럴 수도 없었다.

그런데 그렇게 월문과 운중오문의 무사들이 벌과 독의 공격에 거의 쓰러질 지경에 처했을 때, 시월의 목소리가 다시 들려왔다.

"이쯤 했으면 된 것 같습니다. 그만하시죠!"

"왜? 아주 끝을 보지 그러느냐?"

위치를 알 수 없는 곳에서 화노의 목소리가 들려왔다.

"그래도 거래할 상대는 있어야죠."

"알겠다."

화노의 대답이 들리자마자 벌 떼들이 구름 가라앉듯 절벽 아래로 내려가기 시작했다.

벌 떼들이 물러가자 장내의 처참한 상황이 드러났다.

월문과 운중오문의 무사들 대부분이 전장에 패한 군사들처럼 공터와 돌계단 여기저기에 정신을 잃고 너부러져 있었다.

양 세력의 무사들 중 그나마 정신이 있는 사람들은 우두머리 몇몇이 전부였다.

그 고수들을 향해 시월이 차갑게 물었다.

"자, 이제 제 제안을 수락할 준비가 되셨나요?"

*　　　　　*　　　　　*

고태와 천중한 그리고 소림승 법철과 화산의 매화신검 유은복, 무당의 동풍선 은학은 자신들 주위에 펼쳐진 광경을 믿을 수 없다는 듯 바라보며 얼이 나간 사람들처럼 서 있었다.

그들에게는 시월의 질문에 대답할 여유도 없는 듯 보였다.

그들이 이끌고 온 삼십여 명의 무인들 중 제대로 정신을 차리고 서 있는 사람은 그들을 포함해도 채 열 명이 되지 않았다.

그 열 명 중에서도 자신의 무공을 제대로 쓸 수 있는 사람은 절반이 되지 않았다.

벌 떼의 습격이 가져온 이 곤욕스러운 상황을 그들이 현실로 받아들이는 데는 적지 않은 시간이 필요했다.

"대체… 무슨 짓을 한 거냐?"

정신을 차린 고태가 시월을 노려보며 물었다.

"보시다시피 독을 썼지요."

"독! 이런 악독한 놈……."

"사천의 당가도 독을 쓰고, 의천무맹에도 독을 다루는 문파가 적지 않은데 그들도 악독한 것입니까?"

"이놈……."

"악독하기로 따지면 어린 소년들을 꾀어 마공을 수련하게 하고, 자신의 욕심을 채운 후 벌레 버리듯 버린 월문만 하겠습니까? 그러니 악독하다느니, 사악하다느니 하는 말은 제게 하지 마세요. 그 말은 월문과… 그리고 고고한 척 세상을 속이고 살아가는 자들에게나 어울리는 말입니다."

시월이 싸늘한 시선으로 고태와 운중오문의 고수들을 응시하며 말했다.

그런데 그 순간 국자량이 슬그머니 뒤로 물러나더니 갑자기 검을 빼 월문칠랑의 대사형 무광의 목에 검을 들이밀며 소리쳤다.

"이놈! 당장 무릎을 꿇고 항복해라. 그리고 해약을 내놓아라. 그렇지 않으면 이놈들을 모두 죽이겠다!"

국자량의 행동은 고태 등도 미처 예상하지 못한 것이었지만, 그들은 굳이 국자량을 만류하지 않았다.

지금으로서는 칠랑을 이용해 시월을 굴복시키는 것이 그들이 선택할 수 유일한 방법이기 때문이었다.

"…참 사악하고, 악독하지 않습니까? 월문의 묵천의룡단 단주라는 자가 하는 짓이?"

시월이 물끄러미 고태와 천중한을 보며 물었다.

고태는 입을 닫았고, 천중한은 슬쩍 고개를 돌려 시월의 시선을 회피했다.

그러자 시월이 국자량을 보며 소리쳤다.

"국 대협, 검을 거두고 물러나세요. 그 행동은 국 대협을 무척 위험하게 만드는 일입니다."

"흥, 네놈에게 하늘을 나는 재주가 있어도 이놈들의 목숨을 지키지는 못한다. 당장 검을 버리고 무릎을 꿇어라!"

국자량이 검을 밀며 소리쳤다.

그러자 그의 검에 베인 무광의 목에서 피가 흐르기 시작했다.

"시월! 우린 죽어도 된다. 오늘 네 능력을 보니 죽는 것이 전혀 아쉽지 않구나. 우리가 죽거든 신검산 월문을 완전히 무너뜨리고 그곳에 우리의 무덤을 만들어다오!"

무광이 목에서 피가 흐름에도 얼굴에 미소를 띠며 말했다.

"이놈! 입 닥쳐라!"

국자량이 다시 검으로 무광의 목을 찌를 듯 위협하며 소리쳤다.

"그래도 월문 사람인데 깨끗하게 죽여주시기 바랍니다."

무광이 국자량을 보며 담담하게 말했다. 그 모습에 국자량은 질린 표정을 지을 뿐 대꾸를 하지 못했다.

그런데 그때 시월이 소리쳤다.

"사형도 참, 제 능력을 보셨다면서 죽을 생각을 하세요? 살아서 함께 신검산을 가시죠. 사형이 직접 가서 문주의 무릎을 꿇리든 문주의 목을 베든 하세요. 뭘 하세요? 지켜만 보실 거예요?"

시월이 허공을 보며 소리쳤다.

순간 검으로 무광을 위협하고 있던 국자량의 목덜미에 작은 벌이 내려앉았다.

"앗!"

탁!

국자량이 목덜미를 쏜 벌을 손으로 후려쳤다. 그러자 그의 목을 쏜 벌이 단번에 즉사했다.

그런데 벌을 때려죽인 국자량의 팔이 쉽게 목에서 내려오지 않았다. 어느새 그의 몸이 마비되어 손발이 돌처럼 굳어진 것이다.

순간 사람들의 시선이 국자량에게로 향한 틈을 타서 시월이 한 줄기 빛처럼 앞으로 달려 나갔다.

"기습! 조심하시오!"

뒤쪽에서 장내의 상황을 지켜보고 있던 법철이 그나마 시월의 공격을 눈치채고 황급히 경고했다.

그러자 고태 등이 흠칫 놀라며 재빨리 검을 빼 들고 시월을 막으려 했다.

그런데 시월은 그들을 공격하지 않고, 그들 사이를 바람처럼 빠져나가며 손에 들고 있던 검을 앞으로 쭉 밀어냈다.

슈욱!

시월의 손에서 떠난 검이 꿈틀거리면서 몸이 마비된 국자량을 향해 폭사했다.

픽!

시월의 검이 그대로 국자량의 오른쪽 어깨를 꿰뚫었다.

"억!"

국자량이 비명을 지르며 검을 든 채 뒤쪽으로 날아갔다. 그러면서도 그는 검을 휘둘러 겨누고 무광을 베려 했다. 그러나 독에 마비되고, 시월의 검에 관통당한 팔로는 아무것도 할 수 없었다.

슥!

무광이 가볍게 고개를 틀어 힘없이 흘러가는 국자량의 검을 피했다.

그 순간 어느새 무광 옆에 도달한 시월이 손을 뻗어 국자량의 어깨에 박힌 검을 낚아챘다.

팟!

시월이 검을 잡아 위로 쳐올리듯 빼내자 국자량의 오른팔이 그의 몸에서 맥없이 떨어져 나갔다.

"악!"

국자량이 오른팔이 잘려 나가는 고통을 이기지 못하고 비명을 지르며 바닥에 나뒹굴었다.

그 순간 시월이 빠르게 검로를 바꿔 무광과 그의 사형제들의 발에 채워진 족쇄들을 깨뜨리기 시작했다. 시월의 검은 환영을 만드는 것처럼 유려하게 움직여 거짓말처럼 사형제들의 족쇄를 단번에 제거했다.

"멈추세요!"

순식간에 사형제들의 족쇄를 풀어버린 시월이 검을 들어 자신에게 다가오려는 고태와 천중한에게 경고했다.

시월의 경고에 고태 등이 자신들의 의사와 상관없이 본능적으로 걸음을 멈췄다.

"오늘의 만남은 이쯤에서 정리하죠. 저도 사형들을 돌봐야 하고, 장로님들도 문도들을 돌봐야 하는 상황이니."

"…이 일이 이렇게 끝나리라 보느냐?"

고태가 굳은 얼굴로 물었다.

"물론 이대로 끝나지 않을 겁니다. 제가 그렇게 하지 않지요. 이 일이 끝나려면 월문의 문주와 운중오문의 문주들이 우리 사형제를 찾아와 자신들의 잘못을 빌어야 할 겁니다!"

시월이 차갑게 경고했다.

그러자 그의 뒤에서 부리가 소리쳤다.

"그리고 운중오문은 그자를 우리 앞에 데려와야 할 것이오!"

갑작스러운 부리의 외침에 시월이 뒤를 돌아보며 물었다.

"그자라뇨?"

"군자의 공천보! 지금까지 우리를 가둬놓고 자신의 의술을 연구하는 실험 도구로 썼어!"

"역시 그자가……."

"우리가 월문에서 버려진 것도 그자 때문이야. 그 늙은이가 우리가 마공을 수련하고 있다는 걸 운중오문에 알린 거지. 그 전에는 오히려 우리가 마공을 부작용 없이 수련할 수 있게 월문에 청명환을 만들어줬으면서 말이야. 아주 빌어먹을 늙은이라고. 그러니까 운중오문은 그자를 반드시 데려오시오! 그렇지 않으면 앞으로 아주 곤란하게 될 테니까!"

부리가 운중오문의 고수들을 보며 소리쳤다.

그러자 매화신검 유은복이 차가운 목소리로 대꾸했다.

"감히 운중오문을 협박하느냐? 운중오문이 겨우 너희들 따위에게 협박당할 곳으로 보인단 말이냐. 마공이나 얻어 익힌 주제에… 흡!"

매화신검 유은복이 미처 말을 다 마치지 못하고 다급하게 숨을 들이켜며 뒤로 물러났다. 동시에 들고 있던 검을 뽑아 쾌속하게 앞으로 뻗어냈다.

차차창!

어느새 다가온 시월이 유은복을 몰아쳤다. 매화신검 유은복이
화산의 정묘한 검법을 이용해 시월의 공격을 막아냈지만, 기습을
당해 선공을 빼앗겼고 또 시월의 초식들이 그가 전혀 읽어낼 수
없는 생경한 것들이라 단번에 위기에 몰렸다.

사삭!

시월의 검이 유은복의 방어를 뚫고 들어가 그의 옷자락과 머리
카락을 베어냈다. 유은복이 어떻게든 시월의 검세에서 벗어나려
했지만, 시월의 놀라운 보법은 유은복이 자신의 검세에서 벗어나
는 것을 허락하지 않았다.

시월이 유은복이 움직일 공간을 완벽히 통제하고 나서 그의 심
장을 향해 검을 꽂아 넣었다.

"헉!"

유은복이 황급하게 검을 들어 시월의 검을 막았지만, 시월의 검
은 유은복의 좌측 가슴을 날카롭게 베고 지나갔다.

심장을 정통으로 찔리지 않은 것이 다행인 상황. 가슴을 베인
유은복이 비틀거리며 뒤로 물러났다.

그 순간 소림승 법철과 무당의 동풍선 은학이 다급하게 달려와
시월의 앞을 막았다.

"시주, 이제 그만하시오. 이미 싸울 수 없는 사람이오!"

소림승 법철이 선장을 들어 시월을 막으며 소리쳤다.

그러자 시월이 순순히 검을 거두고 월문칠랑이 있는 곳으로 물
러났다.

검을 거두고 월문칠랑 옆으로 돌아온 시월이 법철 등 운중오문의 고수들을 보며 말했다.

"운중오문이 오늘 이대로 돌아가겠다면 막지 않겠습니다. 다만, 앞서 부리 사형께서 한 말은 꼭 기억하시기 바랍니다. 그리고… 앞으로 다시는 사형들을 모욕하지 마세요. 다시 한번 사형들을 모욕하면 이 잠룡동에서 살아 돌아가는 자는 한 명도 없을 겁니다. 정신을 잃은 문도들을 수습할 시간을 드리지요. 극독에 중독된 것은 아니고, 산공독과 수면독을 섞어 쓴 것이니 시간이 지나면 깨어나 걸을 수 있을 것입니다."

"…후, 알겠소. 소협의 사형제들이 겪은 고난을 모르는 바가 아니니 오늘은 이만 물러가겠소. 하지만, 오늘 이후 가급적 무림을 떠나길 바라겠소. 아무리 대단한 무인이라도 운중오문을 적으로 두고는 강호에서 살아갈 수 없소."

법철이 진심으로 충고했다.

그러자 시월이 가볍게 미소를 지었다.

"그런가요? 대사님 충고의 답례로 저도 충고 한마디 드리지요. 운중오문을 적으로 두고 무림에서 살아갈 사람이 없듯, 칠선문을 적으로 두고 건재할 문파도 없을 겁니다. 그러니 부디 사형이 말한 사람을 데려오세요."

"칠선문(七仙門)? 그런 문파가 강호에 존재한다는 말을 들어보지 못했소만……."

법철이 의아한 표정으로 말했다.

"강호에는 세상에 알려지지 않은 은거문파가 모래알처럼 많지요."

"그렇긴 하지만… 아무튼 알겠소. 운중오문은 그만 물러가겠소. 그리고, 오늘 소협의 무공은 정말 인상 깊었소. 그 역시 삼십육마의 마공에서 비롯된 것이오?"

법철이 물었다. 그의 얼굴에 일말의 걱정이 보였다. 그러자 시월이 되물었다.

"마공처럼 보이던가요?"

"…그렇지는 않았소."

"그럼 아닌가 보군요. 선사 같은 분이 마공으로 보지 않았다면."

시월의 말에 법철이 잠시 시월을 바라보다 고개를 저으며 말했다.

"설마 마공의 마기를 뛰어넘는 경지에 이른 것은 아닐 것이고. 소협의 나이를 생각하면 그 경지는 불가능하니까. 역시, 소협이 말한 칠선문의 무공인가 보구려. 후우! 월문이, 그리고 운중오문이 참 어려운 상대를 만났구려. 부디 운중오문의 적이 되지 않기를 바라겠소."

"그야 운중오문의 선택에 달려 있겠지요."

"…그렇겠구려. 우린 그만 돌아갑시다!"

법철이 동풍선 은학을 보며 말했다.

그러자 동풍선 은학이 얼른 고개를 끄떡였다.

"그러시지요. 조금씩 깨어나는 것 같으니."

동풍선 은학의 말대로 쓰러졌던 무인들이 서서히 정신을 차리고 있었다.

그런데 그 순간 시월이 동풍선 은학에게 말을 건넸다.

"동풍선께 한 가지 부탁을 드려도 되겠습니까?"

갑작스러운 시월의 말에 동풍선이 시월을 바라보며 말했다.

"무엇을 원하시오?"

동풍선의 물음에 시월이 대답 대신 품속에서 작은 목함을 꺼내 가볍게 동풍선에게 던졌다. 목함은 마치 눈송이처럼 너울거리며 날아가 동풍선의 손에 들어갔다.

"흑오를 잘 부탁드립니다. 그 신약을 흑오에게 복용시키면 흑오의 무공에 큰 도움이 될 겁니다."

"…고맙소. 하지만 흑오에 대한 관심은 오늘로 접어주시오. 그 아이는 무당의 제자이니."

그 말을 끝으로 동풍선과 운중오문의 고수들이 서둘러 문도들을 깨워 일으킨 후 그들을 부축해 잠룡동을 떠났다.

제 6장

—

칠선문(七仙門)

　운중오문의 고수들이 황급히 떠나자 묘한 긴장감이 잠룡동 앞
공터를 휘감았다.

　고태를 비롯한 월문의 고수들은 쉽게 떠나지도, 그렇다고 칠랑
을 공격할 수도 없었다. 그들은 마치 시월의 처분을 기다리는 것
처럼 어색한 모습으로 시간을 보내고 있었다.

　그리고 그사이 정신을 잃었던 월문의 문도들도 정신을 거의 차
리고 있었다.

　정신을 차린 문도들은 월문의 장로들과 시월의 아슬아슬한 긴
장감에 주눅이 들어 제대로 숨도 쉬지 못했다.

"안 돌아가실 겁니까?"

　긴 침묵을 견딜 수 없었는지 부리가 버럭 소리를 질렀다.

　그러자 천중한이 물었다.

"몸들은 괜찮은 거냐?"

"젠장, 지금 저희 걱정을 하는 겁니까?"

부리가 퉁명스럽게 쏘아붙였다.

"화를 내는 걸 보니 아주 나쁘지는 않은 모양이구나. 그럼 됐다. 나중에 다시 볼 기회가 있겠지. 형님, 돌아가십시다."

천중한이 힘이 빠진 목소리로 고태에게 말했다.

"문주에게 어떻게 말을 해야 할지 모르겠군."

"그렇다고 지금 달리 할 수 있는 일도 없지 않습니까?"

"…그렇기는 하네만."

고태가 곤욕스러운 표정으로 대답했다.

돌아가서 백문보에게 겨우 시월 한 명을 상대하지 못해 칠랑을 놓아주고 빈손으로 돌아왔다고 말하는 것은 난감한 일이었다.

그렇다고 시월과 다시 싸울 수도 없었다. 시월의 무공은 자신들이 상대할 수 없는 경지에 이른 듯 보였고, 벌 떼를 움직이고 독을 사용하는 숨은 조력자도 두렵기 때문이었다.

그렇게 망설이는 고태에게 시월이 냉정하게 충고했다.

"그만 돌아가세요. 사형들도 쉬어야 하니까. 오늘이 아니어도 조만간 다시 보게 될 겁니다."

"정말 월문의 적이 되겠다는 말이냐?"

고태가 무겁게 물었다.

"이미 오래전에 적이 되었지 않습니까. 다만, 앞으로도 그럴지는 문주에게 달린 문제고……."

"설마 진심으로 문주가 너희들 앞에 무릎을 꿇고 용서를 빌길 바라는 것은 아니겠지? 그게 가능한 일이라고 보느냐?"

"가능할 겁니다. 문주라면."

"뭐?"

"문주는 가슴이 야심으로 가득한 분이지요. 자신의 야망을 위해서는 무엇이든 할 수 있는… 그런 분이기 때문에 저희들에게 용서를 비는 일도 할 수 있을 겁니다. 진심은 아니어도 말이죠. 이득을 위해 한순간의 수모쯤 너끈히 참아낼 수 있는 분 아닙니까? 과거 모용세가에게 그러했듯이……."

"음……."

시월의 말에 고태가 신음 소리를 냈다. 시월의 말이 틀리지 않았다. 백문보는 야심을 위해서는 수십 년 굴욕도 참아낸 사람이었다.

하지만 그 요구를 전해야 하는 고태의 입장에서는 곤욕스러운 일이 아닐 수 없었다.

"일단… 돌아가세요. 저희들은 이곳에 한 달 정도 머물 겁니다. 그때까지 문주님을 만날 수 있으면 좋겠군요."

"그 뒤에는 어디로 갈 것이냐?"

천중한이 물었다.

"오늘 일로 잠룡동은 세상에 너무 많이 알려졌어요. 운중오문이 알게 된 이상. 사형들의 몸이 얼추 회복되면 이곳을 떠나 사람들의 시선이 닿지 않은 곳에 정착할 겁니다."

"무림을 떠나겠다는 말이냐?"

"몇 가지 해야 할 일들은 있는데, 그 일들을 마무리 지으면 가급적 무림에 나오는 일은 없을 겁니다. 하지만 그렇다고 아주 숨어 살 생각은 아니고요. 간간이 칠선문의 이름을 듣게 되실 겁니다."

"…그 해야 할 일이란 것이 칠선문(七仙門)이라는 문파의 일이냐? 아니면 너희들과 우리 월문과의 일이냐?"

고태가 심각하게 물었다.

"…뭐, 둘 다라고 봐야죠."

시월이 모호하게 대답했다.

"대체 칠선문은 어떤 문파지? 지금의 네 무공은 칠선문에서 얻
은 것이냐?"

고태가 조금이라도 칠선문에 대해 알아가겠다는 듯 계속 질문
을 던졌다. 그러자 시월이 아쉬운 듯 고개를 저었다.

"조금 실망스럽군요. 장로님께서 제 무공의 내력을 모르신다는
게. 제 무공은 모두 월문에서 비롯된 겁니다. 아니, 정확히는 삼십
육마 중 여섯 명의 무공이지요. 지금의 제 무공은 그 육마의 무공
을 기반으로 한 겁니다."

시월의 말에 고태는 물론 듣고 있던 천중한도 경악스러운 표정
을 지었다.

"어떻게 그게 가능하단 말이냐? 그 무공들은 성질이 서로 달라
서 한 사람이 두 개를 수련하기도 힘든데. 육마의 무공을 너희들
에게 따로 전수한 이유도 바로 그것 때문이었다. 더군다나 네게서
는 마공의 기운이 전혀 느껴지지 않는데……?"

천중한이 믿을 수 없다는 듯 물었다. 무공의 상식으로 설명되
지 않는 일이었다.

"무공이란 게 처음에는 물과 불처럼 서로 다른 듯해도 결국 하
나로 통하게 되더군요. 또 어느 경지에 이르면 마공의 마기는 자연
스럽게 통제가 되기도 하고요. 물론… 그런 면에서 칠선문의 도움
이 컸던 것은 사실입니다."

"칠선문… 대체 어떤 문파냐?"

고태가 어쨌거나 그것만이라도 반드시 알아 가야겠다는 듯 다시 물었다.

그러자 시월은 고개를 저었다.

"칠선문은 적어도 지금까지는 철저한 은거지문이었습니다. 그래서 저도 함부로 칠선문에 대해 말할 수 없군요. 다만 세력을 가진 문파는 아니어서 무림의 패권을 추구하지는 않습니다. 그러나 날카로운 검을 가진 문파라서 그게 누가 되든 칠선문의 적을 벨 수는 있는 문파지요. 이 말을 꼭 문주께 전해주시기 바랍니다."

시월이 고태에게 경고했다.

그러자 고태가 다시 질문을 던지려는데 천중한이 그의 말을 막았다.

"형님, 그만 돌아갑시다. 문도들도 모두 깨어났으니……."

천중한의 말에 고태가 주위를 둘러봤다. 천중한의 말처럼 월문의 문도들이 모두 깨어나서 자신들과 시월의 언쟁을 지켜보고 있었다.

비록 함께 온 월문의 문도들이 묵천의룡단의 고수들로, 월문칠랑이 과거 월문으로부터 버려진 자들이란 것은 알고 있었지만, 그 안에 얽힌 백문보의 치부를 모두 알고 있는 것은 아니었다.

만약 그 안에 깃든 백문보의 사악한 결정에 대해 모든 것을 듣게 된다면 문도들의 백문보에 대한 충성심이 흔들릴 수도 있었다.

그래서 천중한은 이 자리에서 더 이상 백문보의 치부를 드러내는 일을 멈추자고 한 것이었다.

"네 말대로 오늘은 이만 돌아가겠다. 그러나… 문주에게 많은 것을 기대하지는 말거라. 다만 너희들이 이대로 무림을 떠나, 깊은 산속에서 조용히 살아간다면 더 이상 너희들을 위협하는 일은 없도록 말씀드려 보겠다."

고태가 무겁게 말했다. 충고라지만 부탁을 하는 것 같은 말투였다.

그러자 시월이 빙그레 미소를 지었다.

"저희 걱정은 마세요. 이제 무림에서 더 이상 나와 사형들을 위협할 존재는 없습니다. 칠선문은 어떤 경우라도 적에게서 문도들을 지켜낼 충분한 힘이 있는 문파입니다. 그럼 다음에 뵙지요."

시월이 가볍게 고개를 숙여 보였다.

그러자 고태가 노기와 걱정이 서린 눈빛으로 시월을 바라보다가 신경질적으로 몸을 돌리며 소리쳤다.

"돌아간다!"

*　　　　*　　　　*

시월과 사형제들은 잠룡동 앞 공터에 걸터앉아 계곡 아래로 내려간 후 서둘러 산을 벗어나는 월문의 무사들을 바라보고 있었다.

어느새 서서히 해가 서쪽으로 기울어져 곧 석양이 뿌려질 시간이었다.

"시월! 그런데 정말 칠선문은 어떤 곳이냐?"

소후가 물었다.

팔 년 만의 만남으로 인한 어색함 같은 것은 찾아보기 힘들었다. 시월과 칠랑은 마치 어제까지 함께 있었던 사람들처럼 스스럼이 없었다.

"아, 그거요. 그건 그냥 내가 지어낸 문파예요. 실존하지 않는 문파죠."

시월이 대수롭지 않다는 듯 말했다.

"뭐?"

"뭐라고? 그럼 칠선문이란 문파는 없는 거야?"

무릉과 도원이 쌍둥이라는 것을 증명하듯 한 번에 두 가지 질문을 내뱉었다.

다른 사형제들도 어이없는 표정으로 시월을 바라봤다.

"예, 칠선문은 세상에 존재하지 않아요. 아니다! 이제부터 존재하는 문파라고 해야겠네요. 이제 우리도 우리 문파가 필요하니까요. 문주는 대사형이 하세요."

시월이 무광을 보며 말했다.

"허! 이런 싱거운 녀석! 왜 그런 거짓말을 했어?"

무광이 헛웃음을 지으며 물었다.

"뭔가 제 뒤에 대단한 것이 있어 보이잖아요. 월문주 같은 사람은 워낙 의심이 많고 경계심이 강해서 제 뒤에 뭔가 무서운 문파가 있다고 하면, 무척 조심해서 움직일 거예요. 그만큼 우린 편해지는 거죠."

"하긴 그런 면이 있기는 하지."

소후가 시월의 말에 동조했다.

그러자 무광이 다시 물었다.

"그럼 결국 칠선문이란 이름은 우리 일곱 사람을 두고 지은 것이냐?"

"당연하죠. 그럴듯하지 않나요?"

시월이 되물었다.

그런데 그때 칠랑의 뒤쪽에서 투덜거리는 노인의 목소리가 들려왔다.

"이놈아, 그럼 난 뭐냐? 번거로운 일은 다 시켜놓고! 나는 빠지라는 거냐?"

칠랑이 몸을 튕기며 일어나 싸울 자세를 취했다.

그러자 시월이 얼른 사형제들을 만류했다.

"괜찮아요. 절 도와주신 분이에요. 음… 벌 떼를 이용해 우릴 도와주신 분이라면 모두들 생각나는 사람이 있죠?"

시월이 사형제들을 보며 물었다.

"시월, 결국 만화원으로 갔구나?"

무광이 놀란 표정으로 시월을 보며 물었다.

"사형께서 만화원으로 가라고 하셨잖아요. 파괴된 단전을 고치고 무공을 회복시킬 분은 화노 어르신밖에 없을 거라 하셨고요."

시월이 대답했다.

그사이 화노가 월문칠랑 앞에 다가왔다. 그러고는 시월을 보며 다시 따졌다.

"일곱 사형제여서 칠선문이면 난 뭐냐?"

"어르신이야 만화원의 원주시잖아요."

"그러니까 만화원과 칠선문은 다르다?"

"설마 칠선문의 일원이 되고 싶으세요?"

시월이 되물었다.

"에… 문주는 이미 정해졌다니, 난 태상장로 같은 그럴듯한 자리가 생각나는구나."

"태상장로요? 뭐, 마음대로 하세요. 어차피 어쩌다 보니 장난처럼 만든 문파인데 태상장로 자리 하나 못 드리겠어요?"

"장난처럼 만들어지긴 했어도, 장난으로 운영하면 안 되지. 이미 무림에 칠선문이 존재한다고 선언까지 해놨는데……."

화노가 말했다.

"또 모르죠. 모호한 존재가 되어야 저들에게 더 큰 위협이 될지."

"그런가? 뭐, 그럴 수도 있겠구나. 그나저나 몸들은 괜찮으냐?"

화노가 무광 등을 보며 물었다.

"숨 쉬고 걸을 수는 있는데… 속은 많이 망가졌습니다."

무광이 어두운 표정으로 말했다.

"군자의 공천보의 짓이겠지?"

"그렇지요. 물론 처음 내공을 빼앗은 것은 백문주지만."

"그는 잘 있느냐?"

"군자의 말입니까?"

"음."

"그를 아십니까?"

무광이 되물었다.

"모르고 있었느냐? 그는 내 사형이다."

"예?"

무광이 눈을 크게 떴다.

"그 늙은이가 만화원 출신이라고요?"

부리도 큰 소리로 물었다.

"후… 그가 그래도 부끄러움은 아는 모양이구나. 자신이 만화원의 파문 제자이고, 너희들을 이용해 만화원에서 화정의서를 훔쳐냈다는 것을 말하지 않은 것을 보면."

"그럼 그때 만화원에 침입해서 귀중한 물건을 훔쳐 갔다는 도둑이 바로……."

"사형이지."

화노가 대답했다.

"그래 놓고 우리가 마공을 수련한 걸 알려 월문이 우리를 폐인으로 만들게 하다니. 생각할수록 악독한 노인네야."

부리가 혀를 내둘렀다.

"그뿐입니까? 지난 팔 년간 우리를 자기 의술을 시험하는 도구로 썼잖아요. 그래서 우린 몸이 완전히 망가진 거고. 걸어 다니기는 해도 무인으로서는 완전히 끝난 거죠."

곽부가 화가 나는 듯 비쩍 마른 팔로 주먹을 쥐며 소리쳤다. 월문칠랑 시절, 내공이 없어도 근육의 힘만으로 무림 고수를 상대할 수 있던 곽부의 강한 팔이 어린애 팔처럼 가늘어져 있었다.

"그런 짓을 해놓고 우리더러 자기 수하가 되라니. 참 뻔뻔한 늙은이야."

무릉이 도저히 이해할 수 없다는 듯 중얼거렸다.

그러자 화노가 위로하듯 말했다.

"그가 너희들에게 자신의 수하가 되라고 말한 것은 너희들의 몸을 고칠 수 있다는 의미다. 그리고 그가 고칠 수 있다면 나 역시 고칠 수 있다. 아니, 내가 그보다 훨씬 뛰어나다."

"정말입니까?"

부리가 흥분한 얼굴로 물었다.

"의술로 거짓말은 안 한다. 난 화의일맥의 유일한 전승자고 그는 겨우 흉내만 낼 수 있는 사람이다. 그런 내가 그가 할 수 있는 일을 못 하겠느냐? 내가 꼭 너희들을 과거 이상의 무인으로 만들어주마. 비록 파문을 당했다고 해도 그의 죄(罪)에서 화의일맥의도 자유로울 수 없으니… 후……."

화노가 군자의를 떠올리며 길게 한숨을 쉬며 말했다.

*　　　　*　　　　*

화노는 그날부터 바로 칠랑의 치료에 들어갔다. 칠랑의 몸은 생각보다 많이 망가져 있었다.

강한 정신력과 어린 시절의 고된 수련을 통해 만들어진 단단한 근골이 아니었다면, 그들은 이미 죽었을 거라고 화노는 말했다.

겉은 멀쩡해 보이지만 기맥은 뒤틀려 있었고 뼈와 관절도 곳곳이 망가져 있었다.

"날씨가 궂은 날에는 고생이 심했겠구나."

무광의 몸을 만지며 화노가 말했다.

"고통에는 익숙하니까요."

무광이 담담하게 대답했다.

"가끔은 고통에 무딘 게 나쁠 때도 있다. 몸이 망가져 가는 것을 방치하게 되거든. 무인의 감각에도 좋지 않고."

화노의 말에 무광이 묵묵히 고개를 끄떡였다.

그러자 그 옆에서 화노의 치료 과정을 지켜보고 있던 시월이 물었다.

"얼마나 걸릴까요?"

"글쎄… 각자 조금씩 다를 것 같은데……."

화노가 고개를 갸웃하며 말했다.

"만화원으로 가야 할까요?"

"그곳이 가장 좋지. 지열을 이용할 수 있으니까. 너도 의술을 아니까 알 거다. 열(熱)이라는 것이 과하면 사람을 위태롭게 하지만 굳은 몸과 마음을 치료하는 데는 꼭 필요한 것이라는 걸."

"그럼 돌아갈까요?"

다른 어떤 일보다 칠랑의 건강이 중요한 시월이다.

"그를 기다리지 않고?"

화노가 되물었다.

"설마 문주가 오겠습니까."

시월이 기대하지 않는다는 듯 말했다.

"그럼 뭣 하러 그런 무지막지한 협박을 해댔노?"

화노가 되물었다.

"그야 뭐… 그냥 화풀이죠. 그리고 솔직히 기대하지는 않지만 한 번 정도 기회는 주고 싶었죠."

"네 녀석은 여전히 마음이 여리구나. 그 여린 마음이 나중에 큰 화로 돌아올 수도 있어."

"……."

화노의 충고에 시월이 침묵을 지켰다. 스스로 생각해도 그런 면이 있기 때문이었다. 보통 사람이라면 잠룡동에 온 운중오문과 월문의 고수들을 절대 살려서 돌려보내지 않았을 것이다.

"시월은 걱정 안 합니다."

시월이 화노의 말에 대답하지 못하자 무광이 말했다.

"왜?"

화노가 되물었다.

"사실 독하다는 것은 충분히 강하지 못하다는 뜻도 되지요. 그래서 그 부족함을 독함으로 채우려는 것 아니겠습니까? 그런데 시월은 이미 충분히 강하더군요. 어떤 경우에도 자신을 지킬 겁니다."

"…뭐, 그렇긴 하지."

화노가 다른 시각으로 시월을 평가하는 무광의 의견을 굳이 반박하지 않았다. 그가 생각해도 시월은 충분히 강하기 때문이었다.

"아무튼 사제, 그래도 약속한 한 달은 기다려 보자."

무광이 시월에게 말했다.

"그럴까요?"

"혹시라도 우리 마음속에 남아 있을지 모르는 문주에 대한 일말의 애증을 깨끗이 씻어내야 월문을 제대로 상대할 수 있을 것 같으니까."

"…알았어요. 그렇게 해요."

"그래, 그렇게들 해라. 제삼자로서 너희들을 보면 너희들 마음속에는 여전히 자신이 월문 사람이라는 생각이 남아 있는 것 같아. 하지만 그런 생각은 앞으로의 행보에 결코 좋지 않아. 이 기회에 완전히 월문에 대한 감정을 정리하는 게 좋겠지."

화노도 무광의 말에 찬성했다.

다른 칠랑들도 무광의 결정에 반대하는 사람이 없었다. 그들 역시 배신을 당하고 그 모진 세월을 보냈어도, 여전히 어려서 무공을 배우고 성장한 월문에 대한 감정의 찌꺼기들이 남아 있기 때문이었다.

그리고 그중에서 가장 미련이 많은 사람은 소후였다.

"저기, 시월."

화노가 다시 무광의 치료에 집중하자 소후가 조용히 시월을 불렀다.

"예, 사형. 뭐 필요하신 게 있으세요?"

"음… 그게… 혹시 우담 소식은 들었니? 운중오문에 끌려간 이후 우담 소식을 도통 들을 수가 없어서……."

소후가 조심스럽게 물었다.

순간 시월의 표정이 일그러졌다. 설마 소후가 설우담의 일을 모르고 있을 거라고는 전혀 생각지 못했던 것이다.

"왜, 뭐가 잘못됐어? 우담에게 무슨 일이 생긴 거냐?"

시월의 표정이 일그러지는 것을 본 소후가 눈을 크게 뜨며 물었다.

"…우담 사매 걱정은 하지 마세요."

"아, 별일 없는 거지? 여전히 월문에 있고?"

"예."

그런데 설우담이 잘 지낸다는 말을 전하는 시월의 표정은 여전히 불편해 보였다.

"…그런데 표정이 왜 그래? 우담에게 무슨 일이 있지? 솔직하게 말해봐."

소후가 얼굴을 굳히며 다시 물었다.

"그게… 우담 사매는 소문주와 혼인을 했어요. 지금은 소문주의 부인인 거죠."

"뭐?"

"뭐라고?"

충격을 받아 넋이 나간 듯 입을 닫은 소후를 대신해 부리와 곽부가 벌떡 일어나며 소리쳤다.

"그렇게 되었어요."

시월이 마치 자신이 잘못한 일이라도 되는 듯 주눅이 든 표정으로 말했다.

그러자 부리 등이 다시 입을 열려는데 소후가 손을 들어 다른 사람의 말을 막으면서 억눌린 목소리로 물었다.

"확인한 사실이냐?"

"…예."

시월이 무겁게 대답했다.

"대체 왜……?"

소후가 이해할 수 없다는 듯 중얼거렸다.

그러자 화노의 치료를 받던 무광이 위로하듯 말했다.

"우담도 어쩔 수 없었을 거다. 우리가 사라진 이후 월문에서 우담이 의지할 수 있는 사람은 소문주뿐이었을 테니. 네게 말하지는 않았지만, 본래 소문주는 우담을 처음 보았을 때부터 호감을 가지고 있었다. 그래서 무리한 무령산 산적 토벌에 나섰던 거고."

"그렇다고 해도 어떻게 소후의 여자를 취합니까. 양심이 있다면! 분명히 소문주가 우담을 협박했을 겁니다."

부리가 분노를 참지 못하고 소리쳤다.

그러자 시월이 무겁게 말했다.

"사형들이 이 일에 대해 아셔야 할 게 있어요."

"…다른 내막이 있다는 거냐?"

무광이 물었다.

"내막까지는 아니고요… 이 일은 사매 스스로 원해서 소문주와 혼인을 한 겁니다. 물론 소문주도 사매를 원하고 있었고요. 두 사람이 맺어진 것은 우리가 월문으로부터 버려진 직후였어요. 제가 옥에서 탈출한 지 얼마 되지 않았을 때 그 사실을 알았으니까요."

"음……."

"허… 아무리 그래도 어떻게 그렇게 빨리……."

칠랑이 소후의 눈치를 보며 탄식했다.

소후는 더 이상 말을 하지 않았다.

처음에는 혼이 나간 것 같던 그의 표정도 그 어느 때보다 냉정하게 변해 있었다. 하지만 오히려 그런 냉정함이 사형제들의 마음을 아프게 했다.

"그래서 행복하게 살고는 있는 거냐?"

소후가 애써 덤덤하게 물었다.

그러자 시월이 잠시 생각에 잠겼다가 대답했다.

"아마도 그렇지 않을 겁니다."

"왜?"

"애초에 문주는 두 사람의 혼인을 허락하지 않았어요. 문주의 욕심에 사매가 며느리로 성이 찰 리 없잖아요. 문주로서는 무림 대파나 혹은 거상(巨商)의 딸을 원했지요. 하지만 소문주가 워낙 고집을 피워 어쩔 수 없이 그 혼인을 허락했다고 하더군요. 하지만 허락하는 대신 한 가지 조건을 달았지요."

"무슨 조건?"

소후가 침착하게 물었다.

"소문주의 제 일부인 자리를 비워두는 겁니다. 언제든 정략혼을 통해 다른 사람을 소문주의 제 일부인으로 받아들일 수 있게 말이죠."

"후… 고약하군."

소후가 한숨을 쉬었다.

"그래서 지금 월문에서는 사매를 동별당 작은 마님으로 부른다고 하더군요. 장원 동쪽에 작은 별당을 마련해 그곳에 기거하는 모양이에요. 아이도 없어서 더더욱 문주의 인정을 제대로 받지 못하고 있다고 하더군요."

"기왕 선택한 것 잘 살기나 하든지……."

소후가 짜증을 내며 중얼거렸다.

"사형, 제가 한마디 해도 될까요?"

"…뭔데?"

소후가 불안한 표정으로 되물었다.

"사매에 대해 동정심을 갖지 마세요. 사매는 사형의 동정을 받을 자격이 없습니다."

"시월… 왜 그런……."

"신검산을 떠나기 전에 제가 제 눈으로 보았고, 제 귀로 사매의 말을 들었으니까요. 그때 마지막 인사를 전하기 위해 사매를 찾아갔었어요. 그런데 마침 소문주와 함께 있더군요. 사형이 운중오문으로 잡혀가던 그 시기에 두 사람은 이미 부부와 다름없는 모습이었습니다."

시월이 하기 힘든 말을 하고 나서 시선을 돌렸다.

"…정말 그녀가?"

소후가 믿을 수 없다는 듯 되물었다.

"제 눈으로 보았으니 확실합니다. 그러니 사매에 대한 동정심은 버리세요."

"……."

"사형!"

"알았다. 그만해라. 잠깐 혼자 있고 싶구나."

소후가 손을 들어 시월의 말을 막은 후 벌떡 일어나 잠룡동 밖으로 나갔다.

"괜찮을까요?"

부리가 걱정스러운 표정으로 무광에게 물었다.

"놔둬. 이겨낼 거야. 그런 일로 무너질 소후가 아니다."

"그렇긴 해도……."

부리는 여전히 소후가 걱정되는지 동굴 입구에서 시선을 떼지 못했다.

그러자 무광이 다시 입을 열었다.

"차라리 잘된 일인지도 모르지."

"무슨 말씀이세요?"

부리가 되물었다.

"월문과 싸워야 할 경우 솔직히 사매의 존재가 늘 신경 쓰였거든. 사매가 월문의 문도로서 우리에게 검을 겨누면 어쩌나 하는. 혹은 문주가 사매를 인질로 이용할 수도 있고… 이젠 그런 걱정은 없으니까."

"…뭐 그건 그러네요."

부리가 떨떠름하게 말했다.

"아무튼 징그러운 인연이야. 정말… 에이!"

곽부가 짜증을 내며 벌렁 드러누웠다.

그때부터는 그 누구도 입을 열지 않았다. 단지 화노가 손짓을 하면 자기 차례가 되었다는 것을 알고 화노에게 치료를 받을 뿐이었다.

얼마의 시간이 흘렀을까. 문득 동굴 밖에서 구슬픈 풀피리 소리가 들렸다.

"어이구, 저놈 저거, 결국 청승을 떠는구나."

부리가 투덜거렸다. 풀피리는 소후가 부는 것이 분명했다. 소후는 과거 설우담에게도 이렇게 간혹 풀피리를 불어주고는 했었다.

"그래도 많이 안정이 된 모양이다."

무광이 말했다.

"안정이요? 풀피리나 불면서 과거를 그리워하는데 무슨 안정이요?"

부리가 말도 안 된다는 듯 물었다.

"소리가 흔들리지 않잖아. 감정이 격하면 저런 소리는 못 나오지."

무광이 담담하게 대답했다.

그러자 도원을 치료하고 있던 화노가 입을 열었다.

"역시 대사형이라 그런지 큰 놈의 귀가 다르긴 다르구나. 그런 것도 알아채고! 내가 봐도 괜찮은 것 같다. 그런데 의외구나. 시간이 꽤 필요할 줄 알았는데. 생긴 것과 달리 독한 면이 있네?"

화노가 고개를 갸웃하며 중얼거렸다.

"생긴 거로 소후를 판단하면 안 됩니다. 검을 쓸 때 보면 정말 무섭다니까요."

부리가 말했다.

"그래? 하긴 그러니까 칠랑이 되었겠지."

화노가 고개를 끄떡였다.

그런데 그때 피리 소리가 멈추면서 소후의 목소리가 들렸다.

"시월, 나와라! 사냥이나 가자! 오랜만에 고기 한번 먹어보자!"

"어… 예! 사형, 나갑니다!"

시월이 갑작스러운 소후의 제안에 당황한 표정을 짓다가 얼른 검을 들고 동굴을 뛰어나갔다.

그러자 부리가 어깨를 으쓱하며 말했다.

"정말 금세 돌아왔네. 우리가 알던 소후로! 물론 속마음이야 어떨지 모르지만!"

*　　　　*　　　　*

약속을 지키는 것이 무의미할지도 모른다고 생각했다. 그러나 적어도 시월은 월문에, 아니, 백문보에게 한 번쯤 기회는 줘야 한다고 생각했다.

사형제들은 그런 시월의 뜻을 존중했다. 화노가 반대했지만 그 역시 시월의 결정을 바꿀 수는 없었다.

"혹시 모르니까. 퇴로는 확실하게 만들어놔야 해."

시월의 뜻을 꺾을 수 없음을 알았을 때, 화노가 한 말이었다.

화노는 노련한 사람이었다. 평생 만화원에 은거해 살았지만 세상사에 밝았고, 사람의 마음에 대해서도 누구보다 잘 알고 있었다.

화노는 백문보가 잠룡동으로 오더라도 용서를 빌기 위함이 아니라 시월과 칠랑을 제거하기 위해서일 거라고 확신했다.

그리고 그런 의도로 그가 온다면 이번에는 지난번과 달리 월문의 정예들이 대거 몰려 올 것이 분명했다.

그래서 꼭 그를 기다려야 한다면 반드시 확실한 퇴로를 마련해야 한다는 것이 화노의 생각이었다.

그 말에는 칠랑 모두 동의했다. 본래 잠룡동은 깊은 산속 험준한 오지에 있어서 외부의 공격을 막아내거나, 조용히 사라지기도 좋은 지형이었지만 백문보라면 이야기가 달랐다. 백문보만큼 잠룡동 주변의 지리에 밝은 사람이 없기 때문이었다.

그래서 만약을 대비해 그가 알 수 없는 퇴로를 만들어두는 것이 중요했다. 특히 칠랑 중 유일하게 시월만이 제대로 싸울 수 있는 상황에서는 더더욱 그랬다.

그런 의미에서 보면 화노의 말처럼 이곳에서 백문보를 기다리는 것은 분명히 어리석은 결정이었다.

퇴로를 만드는 일은 화노와 소후가 맡았다. 길이 없는 곳에서 길을 찾는 일은 여전히 소후의 특기이기 때문이었다.

내공은 사라졌지만, 타고난 자질까지 사라진 것은 아니었다.

같은 이유로 잠룡동으로 접근하는 자들을 감시하는 일은 예전 수련 시절처럼 부리에게 맡겨졌다. 부리의 시력 역시 무공이 사라졌어도 여전히 뛰어나기 때문이었다.

다른 것이 있다면 시월이 동행하고, 예전보다 훨씬 먼 거리까지 나와 망을 본다는 것 정도였다.

"시월, 한 가지 물어봐도 될까?"

평원이 한눈에 바라보이는 산 중턱에 앉아서 남쪽 길을 관망하고 있던 부리가 불쑥 입을 열었다.

"예, 사형!"

"떠날 생각은 없었어?"

"예?"

시월이 무슨 말이냐는 듯 되물었다.

"거의… 불가능한 일이었잖아. 결국 성공했지만. 우리를 월문과 운중오문에서 빼내오는 것은. 그 일을 포기하고 그냥 멀리 떠날 생각이 없었냐고."

"전혀요."

"나 같으면 겁이 났을 텐데. 많이 망설였을 거야. 그래서 널 만났을 때 난 사실 조금 부끄러웠다."

"에이, 사형도 결국에는 저처럼 결정하셨을 거예요."

"물론 그랬을 것 같기는 한데… 아닐 수도 있지. 사람이니까."

"만약 제가 오지 않았다면 사형은 절 원망하셨을 건가요?"

시월이 되물었다.

"아니, 전혀. 우린 사실 네가 돌아오지 않기를 바랐었다. 너라도 제대로 살았으면 하는 생각이 있었지. 하지만 또 우린 알고 있었지. 네가 어떤 모습으로든 돌아올 거란 걸."

"그러니까요. 그런 사형들을 두고 어떻게 떠날 수 있겠어요. 그리고 제가 고민하지 않고 돌아온 다른 이유도 있어요."

"뭐지?"

"두렵지 않으니까요."

"응?"

"전 그들이 두렵지 않아요. 월문이든 운중오문이든 누구든요."

시월의 말에 부리가 뜨악한 표정으로 시월을 바라봤다.

하지만 시월이 허세를 떠는 것처럼 보이지는 않았다. 시월은 진지했고, 정말 월문도 운중오문도 두려운 것 같지 않았다.

"네 무공이 강해졌다는 건 알고 있지만… 그래도 너무 자신하는 게 아니냐? 그들은 거대한 세력이야. 월문은 이제 곧 의천무맹 열 번째 천문이 될 것이고. 그런 월문을 운중오문이 움직인다. 그들이 결심하면 의천무맹 전체를 움직일 수도 있어."

부리가 경고했다.

"알아요. 하지만 그래도 괜찮았어요. 왜냐하면 전 잃을 것도, 지켜야 할 것도 없었기 때문이죠. 또 욕망도 없고요. 지금도 마찬가지예요. 그들이 오면 전 사형들을 데리고 먼 북방으로 피하면 그뿐이에요. 또 그들이 물러나면 은밀히 돌아와서 다시 그들을 공격할 수도 있고요. 전면전을 벌이지 않는 이상 이 싸움은 결국 제가, 아니, 우리 사형제들이 이기게 되어 있어요."

"…이상하네. 어이없는 방법 같지만 또 한편으로는 그럴싸한데. 그런데 어디서 많이 들어본 병법 같은데……."

"에이, 부리 사형은 초원 출신이라면서요?"

"그게 뭐?"

"초원의 유목 전사들이 쓰는 방법이잖아요."

"아! 맞다. 너무 익숙해서 미처 깨닫지 못했네."

부리가 손으로 자신의 이마를 쳤다.

그러자 시월이 말을 이었다.

"초원의 전사들은 강인하기는 하지만 숫자는 늘 중원의 왕조에 비해 절대적인 열세였죠. 그래서 그들은 기마대를 동원해 중원 왕조의 가장 약한 곳을 노려 기습적으로 공격하고, 적이 거대한 병력으로 반격을 할라치면 추격할 수 없는 북방의 오지로 퇴각하곤 하잖아요. 그러다 보면 그 끊이지 않는 공격을 버티지 못하고 왕조들이 무너지고요."

"음… 그랬지."

"그 방법대로 하는 거죠. 조금씩 둑이 무너지는 것을 자신의 눈으로 보면서도 막을 수 없는 그런 방식으로요."

시월이 말했다.

"그러려면 한 가지 전제가 있어야겠군. 우리 칠랑도 얼른 무공을 회복해야 한다는… 적보다 빠르게 움직이려면."

"맞아요. 하지만 큰 걱정은 안 해요. 화노 어르신이 있으니까요."

"후후, 그렇지. 그나저나 그자도 그곳을 떠났겠구나."

"군자의 공천보요?"

"음, 우리가 풀려난 것을 알면 그곳에 머물 수 없지. 언제라도 우리가 자신을 공격할 수 있다는 걸 알 테니까."

"에이, 그자는 숨으면 찾기 어려울 텐데."

시월이 눈살을 찌푸렸다.

"그래도 결국 운중오문과의 관계는 이어질 거야. 그가 운중오문에 적지 않은 도움을 주고 있었거든. 그 역시 운중오문의 보호가 더 필요할 테고. 이제 와서 월문에 의탁할 수는 없을 테니까."

"그가 없었다면 문주는 우리를 배신하지 않았을까요?"

시월이 물었다.

그러자 부리가 고개를 저었다.

"아니, 결국에는 버렸을 거야. 그렇게 쓰고 버리려고 우리를 거둔 것이니까. 하지만… 이런 식의 관계는 아니었을지도 모르지. 사실, 우리 모두 월문과 문주를 위해 죽을 각오가 되어 있었잖아."

"그렇죠. 그때는… 어쨌든 문주가 우릴 어린 시절의 고난에서 구해준 것은 사실이니까요. 솔직히 그래서 다시 한번 기회를 주고 싶었던 겁니다."

"…그래. 듣고 보니 사제의 말이 맞네. 한 번 정도 기회는 줄 인연이지. 부디 문주가 와서 미안했다는 말 한마디 해주고 갔으면 좋겠는데. 그럼 깨끗하게 인연을 정리할 수 있을 테니까. 서로의 일에 관여치 않고. 하지만……."

"어렵겠죠?"

시월이 물었다.

"어려울 거야. 문주는 화근을 남기는 성격이 아니니까. 우릴 못 믿을 거다. 어……? 오는 건가?"

문득 부리가 자리에서 일어났다.

그러자 시월도 얼른 자리를 박차고 일어났다.

투명하게 깨끗한 공기가 수십 리 밖까지 시야를 확보해 줬고, 그런 두 사람의 눈에 일단의 무리들이 먼지를 일으키며 빠르게 말을 달려 초원을 질주해 오는 것이 보였다.

*   *   *

초로의 노인이 손을 들자 초원을 달리던 말들이 일제히 멈춰
섰다.

"정지!"

"정지한다!"

노인의 뒤쪽으로 멈추라는 명령이 길게 이어졌다.

노인이 눈을 들어 험준한 흥안령 산세를 바라봤다.

"오랜만이군."

노인, 월문의 문주 백문보가 중얼거렸다.

"그 일이 있은 후에는 처음이신 것 같습니다만."

곁에서 일장로 고태가 조심스럽게 말했다.

"음, 다시 오고 싶지 않은 곳이었지. 그 아이들을 떠올리고 싶
지 않았으니까."

"죄송합니다."

고태가 고개를 숙이며 말했다.

"그만하게. 누구의 잘잘못을 따질 일이 아니지 않나. 그 아이가
강해질 거란 건 이미 예상하고 있었어. 물론 이 정도일 줄은 몰랐
지만."

백문보가 씁쓸한 표정으로 말했다.

"일을 조금 서둘러야 할 듯합니다. 화록산 회합이 얼마 남지 않
았습니다. 일을 끝내고 신검산에 들를 시간도 없을 듯합니다."

고태가 걱정스러운 표정으로 말했다.

"그 일정은 걱정 말게. 장성 이북을 따라 이동하는 지름길을
알아두었으니. 몇 군데서 지친 말을 갈아타면 화록산까지 보름이
걸리지 않을 걸세."

"아, 그런 길이 있었습니까?"

고태가 놀란 표정으로 되물었다.

"어쨌거나 의천무맹의 중심은 결국 화록산이 될 걸세. 북방에 치우쳐 있기는 하지만 그곳에서 삼십육마의 난이 종결되고, 지금의 의천무맹이 정립되었으니까. 그래서 화록산과 신검산을 최단 거리로 이동할 수 있는 길을 오래전부터 찾고 있었다네."

"역시 문주님이십니다. 그런 혜안은 저희들로서는 감히 생각하기 어려운 일입니다."

"만사 불여튼튼… 무림에선 사소한 일조차도 준비를 해둬야 하는 법이지. 이번 일도 그런 의미에서 말끔히 처리해야 하네."

"그렇긴 한데……."

고태가 말꼬리를 흐렸다.

"내가 왔고, 양단의 고수들 수십 명이 왔네. 그런데도 걱정이 되나?"

"시월 하나 상대하는 일이라면 걱정하지 않습니다만, 그때 벌 떼를 움직이고 독을 푼 자가 걱정입니다. 아무리 수가 많아도 당시와 같은 일이 또 벌어지면……."

"걱정 말게. 그에 대한 대비도 해놨으니까."

"…어떻게 하실 생각이신지요?"

고태가 조심스럽게 물었다. 그러자 백문보가 짧게 대답했다.

"화공! 산공독에 대한 해약도 충분히 준비했고."

"아! 벌은 불에 약하지요."

고태가 탄성을 흘렸다.

"쓸 일이 없기를 바랄 뿐이네. 나도 잠룡동을 태우고 싶지는 않으니까."

"만약 그 아이들을 제압하면 어찌하실 생각이신지요?"

"후환은 남기는 법이 아니네."

"…그렇지요."

고태가 무겁게 고개를 끄떡였다. 그러자 백문보가 뒤를 보며 누군가를 불렀다.

"고 단주!"

백문보의 부름에 묵천대호단의 단주 고청신이 재빨리 다가왔다.

"고 단주가 선봉에 서게. 잠룡동까지 쉬지 않고 이동하겠네."

"예, 문주!"

대답을 한 고청신이 고개를 숙여 보인 후 자신이 지휘하는 묵천대호단 무사들을 향해 말을 몰아가며 소리쳤다.

"대호단이 선봉에 선다. 모두 날 따르라!"

고청신은 대호단의 무사들에게 명을 내린 후 자신이 먼저 홍안령의 험준한 산준령을 향해 말을 몰아갔다. 그러자 그의 수하들이 바람처럼 고청신의 뒤를 따라갔다.

"우리도 가세."

고청신을 먼저 보낸 백문보가 고태에게 말했다.

"알겠습니다. 모두 출발하라. 경계를 늦추지 말고!"

고태의 명에 따라 월문의 무사들이 말을 몰아 전진하기 시작했다.

그렇게 문도들을 출발시킨 고태가 다시 백문보 옆으로 다가서며 나직하게 물었다.

"그런데 소문주님은 어디로 가신 겁니까?"

"유검은 따로 할 일이 있네. 나중에 알게 될 걸세."

백문보가 무심한 표정으로 말을 하고는 입을 닫고 말을 몰기 시작했다.

제 7장
—
애증의 검

　시월은 잠룡동으로 올라가는 계단 중턱에 홀로 서 있었다. 그를 발견한 묵천대호단의 고수들이 일제히 걸음을 멈췄다.

　여전히 왜소해 보이지만 과거처럼 어려 보이지는 않는 시월이다. 더군다나 이미 시월이 운중오문의 고수들과 월문의 장로들을 물리쳤다는 사실이 알려져 대호단의 무인들로서도 조심하지 않을 수 없었다.

　그러나 그중에서 시월을 다르게 대하는 사람도 있었다.

　"네가 시월이냐?"

　대호단주 고청신이 싸늘한 음성으로 시월을 바라보며 물었다.

　"대호단주시군요."

　시월이 가볍게 고개를 숙여 보였다.

　"문주께서 오셨다. 길을 열어라. 잠룡동으로 가실 것이다."

고청신이 슬쩍 주위를 살피며 명령하듯 말했다. 혹시라도 주변에 함정이 있을지도 모른다고 생각하는 듯했다.

"문주님은 이곳에서 뵙도록 하지요."

시월이 고청신의 말을 거부했다.

"놈! 소문대로 기고만장하구나. 감히 문주님을 눈 아래 두고 만나겠다는 거냐?"

"문주께는 그럴 만한 자격이 있으시지요."

시월이 비꼬아 말했다. 백문보에 대한 멸시의 감정을 드러낸 말임을 모를 리 없는 고청신이다.

"네놈이 정말 죽고 싶은 모양이구나."

스릉!

고청신이 싸늘한 살기를 뿜어내며 검을 빼 들었다.

그러자 시월이 차갑게 대꾸했다.

"지난번에는 옛정을 생각해 월문 그 누구의 목숨도 취하지 않았지요. 하지만 이번에 다시 도발을 한다면 이제는 반드시 도발한 자의 목을 취할 겁니다. 단주께서 먼저 시험해 보시겠습니까?"

경고하는 시월의 몸에서 기이한 기운들이 일어난다. 마치 그의 등을 타고 잠룡동에서 안개들이 내려오는 것 같기도 하고, 또 자세히 보면 투명한 아지랑이 같은 것이 시월을 감싸는 것 같기도 했다.

그 기세에 대호단 무사들은 물론, 검을 빼 든 단주 고청신까지 움찔하며 서너 걸음 뒤로 물러날 지경이었다.

그래서 모욕이라면 모욕을 당한 고청신이었지만, 감히 시월을 공격하기 위해 돌계단을 오르지는 못했다. 대신 그는 말로 시월에게 분노를 터뜨렸다.

"오늘 네놈은 반드시 이곳에서 죽을 것이다. 이미 이 잠룡동 주변은 본문의 무인들로 완벽하게 포위되었다. 네놈이 도주할 곳은 없다."

고청신의 말은 거짓이 아니었다.

사실 백문보가 이끌고 온 월문의 고수들은 눈에 보이는 사람들이 전부가 아니었다.

백문보는 자신과 다른 길로 적지 않은 숫자의 월문 무사들을 보내 잠룡동 인근의 요지를 모두 막도록 했다.

백문보가 도착하기 전에 시월 등이 잠룡동을 떠났으면 모를까, 백문보를 기다린 이상 시월과 칠랑이 잠룡동을 빠져나갈 길은 모두 막혔다는 것이 고청신의 생각이었다.

"결국 문주께서는 사과하실 생각이 없군요."

시월이 씁쓸하게 말했다.

"사과? 겨우 네놈들 따위에게 문주께서 사과하실 줄 알았더냐?"

"후… 쉬운 길을 두고 항상 어려운 길로 가시는군요. 물론 그게 스스로에 대해 과신하는 사람들이 빠지는 함정이기기는 하지만. 아무튼 그래도 문주님 얼굴을 뵙고 떠나야겠지요."

시월이 담담하게 말했다. 그는 고청신의 말에도 아무런 위협을 느끼지 않는 것 같았다.

"역시 듣던 대로 대담하구나. 어릴 때는 소심한 성격이었다고 들었는데……."

"시간이 흘렀지요."

시월이 무심하게 대답했다. 왠지 모를 허허로움과 범인의 경지를 벗어난 듯한 모습에 고청신이 위압감을 느낀 듯 더 이상 말을 잇지 않았다.

그리고 그즈음 백문보가 장내에 도착했다.

저벅저벅!

일부러인지 모르지만 백문보는 발소리를 크게 내며 돌계단 앞으로 다가왔다.

그가 걸음을 옮길 때마다 월문의 문도들이 파도 갈리듯 좌우로 갈라졌다.

그렇게 계단 아래 도착한 백문보가 고개를 들어 시월을 바라봤다.

"시월, 오랜만이구나!"

백문보가 어두운 표정으로 말했다. 그늘진 그의 눈빛에서 마치 과거를 후회하는 듯한 기운이 느껴져 한순간 시월의 마음이 흔들릴 뻔했다.

그러나 시월은 그의 표정과 눈빛 뒤에 도사리고 있는 얼음처럼 차가운 심장을 이미 경험했으므로 흔들리는 마음을 얼른 추슬렀다.

"건강하신지요?"

시월이 정중하게 포권을 하며 인사를 했다.

"음, 다행히 아픈 곳은 없다. 다만 이젠 나이가 들어 세월이 조금 힘에 부치는구나. 늙은 거지."

"전혀… 그렇게 보이지 않습니다만……."

"그래? 그럼 어떻게 보이느냐?"

백문보가 물었다.

"제가 떠날 때보다도 더 활기가 넘치시는 것 같습니다. 월문의 성장이 문주님을 늙지 않게 만드는 것 같군요."

"…그런 생각을 했었다. 일곱 중에 네 눈이 가장 날카로울 거라는. 그게 너의 질긴 생존력의 비결이었지. 끈기도 한몫하긴 했지만. 그래서 특히 네가 아까웠다."

"후회하십니까?"

시월이 물었다.

"그 일은 언제나 아쉽지. 하지만 당시로서는 어쩔 수 없는 선택이었다. 너희들을 내놓지 않으면 월문이 멸문당할 상황이었으니까."

"그 일은 저도 이해합니다. 하지만 그 일 이전에… 저희들을 월문에 들이신 이유가 저희 사형제들을 괴롭히고 있지요. 결국… 언젠가는 폐기할 도구였을 뿐이라는. 문주께서 보여주신 그 따뜻한 정들이 진심이 아니었다는 사실 말입니다."

"너희들에게 쏟은 정성은 진심이었다."

"좋은 칼을 만들기 위한 진심이었지. 좋은 제자를 기르기 위한 진심은 아니었지요."

시월이 차갑게 추궁했다.

"그렇다고 한들… 그 정성을 부인할 수는 없지."

백문보가 고집을 부렸다. 그 순간 시월은 백문보의 본심을 엿본 듯한 느낌이 들어 그에 대한 적개심이 슬그머니 솟구쳤다.

"사과를 하러 오신 것치고는 사람들을 많이 데려오셨군요."

시월이 백문보를 따라온 월문의 문도들을 보며 말했다.

적게 잡아도 오십여 명. 앞서 고청신이 말한 대로 잠룡동 외부로 나가는 길목을 지키는 자들까지 있다면 어쩌면 일백이 넘는 무인이 동원되었을 수도 있다.

"미안하다는 말은 하고 싶었다. 다른 아이들에게도… 하지만 사과는 사과고. 월문의 미래를 위해 해야 할 일은 해야겠지."

"저희들을 제거하는 것이 월문의 미래에 도움이 될까요?"

"다시 쓸 수 없는 칼은 녹여 쇠로 만들어야 다른 사람이 쓸 수 없는 법이지."

백문보가 냉정하게 말했다.

"혹시 지금 이 결정이 월문에 돌이킬 수 없는 재앙이 될 거란 생각은 하지 않으셨습니까?"

"네 무공이 놀랍게 발전했다는 말은 들었다. 그러나… 결국 혼자선 아무것도 할 수 없다. 그리고 그 무공조차 유검에게는 힘을 쓰지 못할 것이다."

"소문주께서 월문의 가전 무공을 완성해 월문신룡으로 불리신다는 소문은 들었습니다. 문주께서 그렇게 자랑스러워하시는 것을 보니 한번 만나고 싶군요."

"오늘 네가 살아 나갈 수 있다면 결국 보게 되겠지."

백문보가 덤덤하게 말했다.

"그렇군요… 알겠습니다. 그럼 전 이만 떠나겠습니다. 사과도 받았으니. 부디 건강하십시오."

시월이 백문보에게 정중하게 고개를 숙인 후 계단을 오르기 시작했다.

"추살하게."

백문보가 고청신에게 냉정하게 명을 내렸다.

"예, 문주!"

고청신이 대답을 한 후 돌계단을 올라가는 시월을 향해 달려가며 소리쳤다.

"시월! 머리는 두고 가야겠다!"

시월은 고청신과 묵천대호단의 무사들이 비좁은 돌계단을 날아 오르며 공격해 왔지만, 전혀 서둘지 않고 천천히 돌계단을 올랐다.

그래서 고청신과 대호단의 무사들은 금세 시월을 따라잡았다.

하지만 시월은 여전히 등을 보이고 계단을 올라갈 뿐 대호단의 공격에 대비하는 모습을 보이지 않았다.

그 모습에서 무시당한 느낌을 받은 고청신의 입에서 노성이 터져 나왔다.

"이놈! 오만하구나! 그 오만함이 네 죽음을 재촉할 것이다!"

고청신의 검에서 한 줄기 검기가 뻗어 나가 시월의 등으로 향했다. 그 뒤를 이어 대호단 무사 셋이 거의 동시에 시월을 공격했다.

쐐애액!

네 줄기의 검기가 시월을 향해 폭사했다. 좁은 돌계단이라 시월이 피할 곳도 없어 보였다.

그런데 네 줄기 검기가 막 시월의 등을 관통하려는 순간, 시월이 갑자기 돌계단 옆 절벽 아래로 몸을 던졌다.

"엇?"

"무슨 짓이냐?"

고청신과 대호단 무사들이 놀라 급히 검을 거두며 소리쳤다.

그러자 절벽 아래로 떨어져 내리는 시월의 목소리가 들렸다.

"애꿎은 사람들의 목숨을 취할 생각은 없소. 우리 칠랑의 적은 문주 일족일 뿐. 하지만 백씨 일족을 위해 또다시 우릴 공격하면 그때는 어쩔 수 없이 그대들을 베게 될 것이오. 그러니 부디 백씨 일족을 위해 우리 칠랑을 적으로 돌리는 우를 범하지 말길 바라겠소."

시월의 목소리가 끝나기 전에 이미 그의 모습은 절벽 아래로 사라지고 없었다.

"대체 무슨 짓을 한 걸까요?"

대호단의 무사가 당황한 표정으로 고청신을 보며 물었다. 시월이 몸을 던진 절벽은 워낙 높아서 아무리 대단한 고수라도 목숨을 잃을 가능성이 구 할이었다.

이런 무모한 선택을 할 것이라면 애초에 이곳에서 자신들을 기다리고 있을 이유가 없었다.

"절벽 중턱에 미리 준비를 해놓았을 것이다. 보이지 않는 곳에 안전하게 내려선 후 도주하겠지."

고청신이 냉정하게 말했다.

그러자 아래쪽에서 백문보의 목소리가 들렸다.

"이미 잠룡동 주위의 요지는 본문의 고수들이 완전히 장악했다. 놈들을 추격한다. 반드시 놈들의 수급을 잘라 와라!"

"예, 문주님!"

백문보의 명에 대답을 한 월문 고수들이 사방으로 흩어져 시월과 칠랑의 종적을 쫓기 시작했다.

*　　　　　*　　　　　*

"무사할까요?"

어느새 어둑해지는 좁은 산길을 걸으며 부리가 계속 뒤를 돌아봤다.

"사제의 무공을 봤잖아. 걱정 마. 이미 탈출로도 확보해 놨고."

무광이 부리를 안심시켰다.

칠랑은 월문 문도들이 온 것을 확인한 직후 잠룡동을 떠났다. 조금이라도 지체했다가는 백문보의 포위망에 걸릴 것을 알기 때문이었다.

하지만 시월은 뒤에 남았다. 그는 백문보를 만난 후에 혼자 일행의 뒤를 따르기로 결정했다.

그런 결정을 할 수 있었던 이유는 시월의 무공에 대한 믿음 때문이었다. 수십 명의 월문 문도와 싸우는 것은 위험할 수도 있지만, 백문보를 만난 후 몸을 피하는 것은 언제든 가능하다고 판단했던 것이다.

더군다나 미리 절벽 중턱에 탈출로를 만들어둔 터라 일행은 안심하고 먼저 잠룡동을 떠날 수 있었다.

"문주가 순순히 사과하고 돌아가지는 않겠지요?"

무릉이 물었다.

"그럴 사람이 아니지. 그럴 거면 그 많은 문도를 데려왔을 리도 없고……."

"에이, 참 독한 사람이야."

평소 말이 없던 도원이 얼굴을 찌푸리며 말했다.

"그 독함이 월문에 독이 될 수도 있다는 걸 왜 모르는 걸까."

무릉이 이해할 수 없다는 듯 중얼거렸다.

"그러게 말이야. 그냥 사과하고 우릴 자유롭게 보내주면 우리가 월문의 적이 될 일도 없을 텐데……."

도원이 못마땅한 표정으로 대답했다.

그런데 그때 전혀 예상치 못한 방향에서, 전혀 예상치 못한 사람의 대답이 들려왔다.

"그건, 사형과 사제들이 너무 뛰어나기 때문이지!"

"헛?"

"음……!"

칠랑의 입에서 당황스러운 음성이 흘러나왔다.

그리고 칠랑을 당황시킨 사람이 어둑해지는 산기슭에서 걸어 내려와 칠랑의 앞을 막았다.

"사형! 오랜만에 뵙습니다. 다시 뵙지 않기를 바랐는데……."

칠랑을 앞을 막은 사내가 무광에게 정중하게 포권을 하며 말했다.

"유검……."

무광이 태산이 내리누르는 것 같은 무거운 표정으로 중얼거렸다.

칠랑의 길을 막은 사내는 월문의 소문주 백유검이었다.

*   *   *

칠랑은 복잡한 감정이 뒤섞인 시선으로 백유검을 바라봤다. 백유검 역시 마찬가지였다. 하지만 그의 손에 검이 들려 있는 것은, 그의 마음과 상관없이 오늘 그가 하려는 일이 무엇인지 말해주고 있었다.

"소문주가 올 줄은 몰랐군."

무광이 애써 감정을 가라앉히며 말했다.

"저 역시 이곳에까지 형님과 사제들이 오실 줄은 몰랐습니다.

잠룡동에서 모든 일이 끝날 줄 알았지요. 역시, 미리 탈출로를 확보해 두셨군요."

"월문을 상대하는데 그 정도 준비는 해야지."

무광이 감정 없는 목소리로 대답했다. 그는 일부러 최대한 자신의 감정을 억누르고 있었다.

"저로서는 아쉬운 일입니다. 형제들에게 직접 검을 들어야 하는 것만큼 괴로운 일은 없으니까요."

"형제? 누가 당신의 형제인가?"

부리가 분노를 담은 눈으로 백유검을 노려보며 말했다.

"부리… 서운하군. 비록 운명의 신이 우리를 이런 상황으로 몰아넣었지만, 그래도 함께 자란 것을 부인할 수는 없는 일인데……."

"그런 사람이… 우담과 혼인을 하나? 우리가 짐승처럼 끌려가는 순간에?"

부리가 멸시 어린 표정으로 소리쳤다.

순간 백유검이 본능적으로 소후를 찾았다.

그러나 소후는 처음부터 백유검을 외면하고 있었다. 마치 그와 아무런 인연이 없는 사람처럼. 만약 그렇지 않았다면 가장 먼저 백유검을 향해 달려들었을 사람이 소후였을 것이다.

"그 일은… 우담을 위한 일이었다."

백유검이 변명했다.

"하하하! 역시 그 아버지에 그 아들이군. 언제나 그럴듯한 핑계를 만들지. 당신과 우담의 이야기를 듣고 곰곰이 생각을 해봤어. 그랬더니 한 가지 사실이 떠오르더군. 당신은 우담이 소후의 여자였을 때부터 우담을 탐내고 있었던 거야. 그때, 만화원에서 천년 화정을 가지고 돌아왔을 때 알아챘어야 했지. 우담을 불러 자신의 간호를 시킬 때부터 말이야. 누구도… 사형제의 여자에게 자신의 병간호를 시키지는 않으니까."

부리가 차갑게 말했다.

"그 일 역시 우담도 원했던 일이다."

"그야 당신이 원하니까 우담이……!"

"그만해!"

부리가 반박을 하려는데, 소후가 부리의 말을 막았다. 그리고 백유검을 정면으로 응시하며 말했다.

"소문주가 강제로 우담을 취한 게 아니야. 우담 역시 그걸 원했으니 일이 이렇게 된 거란 걸 알잖아. 그래서 두 사람의 일은 나도, 부리 너도 따질 문제가 아니다. 지금 중요한 것은 우리가 목숨을 노리는 적을 만났다는 사실이야. 그 일에 집중해. 괜한 일에 감정 소모를 할 필요가 없어."

소후의 차가운 말투에서 사실은 그가 얼마나 설우담의 일에 분노하고 있는지가 느껴졌다.

그런 소후의 모습에 부리도 백유검도 더 이상 설우담에 대해 어떤 말도 할 수 없었다.

그러자 무광이 입을 열었다.

"그래서 소문주는 끝내 우리 길을 막아야겠나?"

무광이 묻자 백유검이 대답했다.

"지금이라도 저와 함께 월문으로 가시지요. 그럼 살길이 열릴 겁니다."

"그동안 우리가 어떻게 살아왔는지 모르나 보군."

"…그 이야기는 들었습니다."

"그런데도 그런 말을 하나? 다시 그런 삶을 살라고?"

"…다른 방도를 찾아보지요. 제가 약속합니다."

"후후, 미안한데 소문주의 말은 이제 신뢰할 수 없어. 소문주의 무공이 천년화정을 취한 후 월문 최고 고수의 경지에 올랐다는 건 알고 있어. 하지만 그렇다고 해서 소문주가 문주의 결정을 바꿀 능력이 있는 건 아니지. 문주는 반드시 우릴 과거보다 더 비참한 지경으로 몰아넣을 테고, 소문주는 결코 그걸 막지 못해."

"……."

무광의 말에 백유검이 반박을 하지 못했다. 그 역시 자신이 아버지 백문보의 뜻을 거역할 수 없다는 걸 잘 알고 있기 때문이었다.

그런데 그 순간 갑자기 칠랑의 뒤쪽에서 화노의 목소리가 들렸다.

"그런데 참 이상한 일이군. 왜 너희들 모두 저놈과 싸우면 죽을 거라고 단정하는 거냐?"

갑작스러운 화노의 말에 칠랑과 백유검의 시선이 화노에게 향했다.

"당신은 누구요?"

백유검이 화노에게 물었다.

그러자 화노가 대답했다.

"널 죽일 수 있는 사람."

"…광오하군."

"요즘 하늘 높은 줄 모르고 무림에서 날뛰고 있는 너보다야 더 하겠느냐?"

화노는 백유검을 어린애 다루듯 상대했다. 백유검이 최근 들어 무림 최고의 후기지수로 꼽히고 있다는 사실, 그의 무공이 문주 백문보를 넘어 월문 제일인이 되었다는 사실은 그의 안중에 없는 듯 보였다.

"그래서 정말 날 죽일 실력이 있다는 것이오?"

백유검이 물었다.

"물론."

"그럼 한번 봅시다. 당신의 그 무공을!"

백유검이 검을 들며 도발했다.

그러자 화노가 칠랑들 사이를 비집고 앞으로 걸어 나왔다.

"어르신, 위험합니다."

무광이 화노를 만류하듯 말했다.

그러자 화노가 무광에게 되물었다.

"그럼 여기서 저 애송이 놈에게 죽을 건가? 아니면 다시 끌려가 미친 늙은이의 실험 도구로 살 건가?"

화노의 반문에 무광이 대답을 하지 못했다.

그러자 화노가 다시 입을 열었다.

"너무 걱정 말게. 내게도 다 방법이 있으니까."

화노가 무광의 팔을 툭툭 치고는 백유검 앞으로 걸어갔다.

"무모하구려."

정말 자신과 싸우려는 화노를 보며 백유검이 중얼거렸다.

"자네의 그 자신감이 곧 절망감으로 변할 거야."

화노가 침착하게 대답했다.

"후… 좋소. 노인이 내 검을 십초만 받아내면 난 물러가겠소."

"하하, 월문의 위선자들이 한 약속을 누가 믿을까."

화노가 조롱했다.

순간 백유검의 얼굴이 딱딱하게 굳었다.

"월문은 당신 같은 노인이 함부로 무시할 문파가 아니오."

"제자를 이용하고 버리는 그 월문 따위?"

화노가 다시 반문했다. 조롱기는 더 짙게 묻어났다.

"…죽음을 자초하는구려. 애초에 죽일 생각은 없었는데……."

백유검이 분노를 억누르며 말했다.

"글쎄, 세상이 무너져도 네게 죽을 일은 없다니까, 후후후!"

화노가 느긋하게 웃음을 흘렸다.

그러자 백유검이 더 이상 말이 필요 없다는 듯 사선으로 왼발을 내디디며 검을 들어 화노를 겨눴다.

팟!

짧게 휘두른 백유검의 검에서 시퍼런 검기가 빛의 속도로 뻗어 나갔다.

"윽!"

삭!

화노가 급히 몸을 틀었지만, 그의 옷자락이 백유검의 검기에 살짝 베여 나갔다.

극도의 쾌검을 선보인 백유검의 무공에 중심이 흐트러진 화노가 미처 몸을 바로 세우기도 전에 어느새 그의 머리 위에 백유검의 그림자가 어른거렸다.

"아……."

두 사람의 대결을 지켜보던 칠랑의 입에서 나직한 탄식 소리가 흘러나왔다.

누가 봐도 화노의 열세가 확연했다. 아니, 열세가 아니라 화노를 공격하는 백유검의 무공은 도저히 화노가 감당할 수준이 아닌 것 같았다.

우웅!

화노의 머리 위에서 떠오른 백유검의 검이 허공에 둥근 검광을 뿌렸다. 마치 하늘에 때 이른 만월(滿月)이 떠오른 것 같은 광경이었다.

"만월검……!"

무광이 무겁게 중얼거렸다.

만월검은 성하검과 더불어 월문을 대표하는 검법이다.

그런데 주요 제자들에게 전수되는 성하검과 달리 만월검은 오직 문주 백씨의 직계에게만 전수되었다.

그만큼 강한 위력을 가지고 있고, 수련하기 난해한 검법으로 유명했다.

어려서부터 만월검을 수련한 백문보조차도 최고의 경지에는 이르지 못했다고 알려진 검법, 아니, 월문을 세웠다는 조사 검선 백월 이후에 궁극의 경지에 이른 사람이 단 한 명도 없다고 알려진 검법이 만월검법이었다.

그런데 그 만월검의 정수가 지금 백유검의 검에서 드러나고 있었다.

콰아아!

거대한 만월을 그리며 떨어지는 백유검의 검기에서 도도한 검풍이 일어났다.

늙은 화노의 몸이 거대한 파도처럼 밀려드는 검기에 여지없이 휩쓸려 버릴 것 같았다.

그런데 강호에서 그 거대한 검기와 마주한 화노의 표정은 이상하게 담담했다. 앞서 자신의 옷자락이 잘려 나갔을 때보다도 오히려 더 편안해 보이는 화노였다.

슥!

화노가 머리 위에서 떨어지는 백유검의 검기를 보며 가볍게 손을 휘둘렀다.

순간 그의 손끝에서 백색의 연무가 검기보다 빠르게 허공으로 치솟았다.

"흡!"

거칠 것 없이 화노를 공격하던 백유검의 입에서 다급한 음성이 흘러나왔다.

만월검의 힘이면 독이든 독무든 모든 것을 밀어낼 수 있다고 자신하던 그였지만, 화노의 손에서 만들어진 백무가 거짓말처럼 자신의 검기를 뚫고 눈앞까지 솟구쳐 올랐기 때문이었다.

상황은 백유검에게 선택을 강요했다.

이대로 검을 끝까지 밀어내 화노를 베어버릴 것인지, 아니면 검을 거두고 눈앞까지 솟아오른 백색의 연무, 아마도 독무가 분명한 이 연무를 피할 것인지 선택해야 하는 백유검이었다.

그리고 그 찰나의 순간 백유검의 본능은 일단 위험을 피하는 쪽으로 움직였다.

탁!

백유검이 허공에 뜬 상태로 검을 거두며 왼발로 오른쪽 발등을 찍었다.

그러자 앞으로 떨어져 내리던 그의 몸이 급격하게 왼쪽으로 기울어졌다.

파팍!

쓰러질 듯 왼쪽으로 기울어진 백유검이 검으로 짧고 빠르게 두 번 땅을 찍었다. 그리고 그 반탄력을 이용해 훌쩍 뒤쪽으로 물러났다.

그러자 이번에는 화노가 뒤로 물러나는 백유검을 쫓기 시작했다.

퍼펑!

백유검을 쫓으며 화노가 연속해서 장력을 몰아쳤다. 그의 손에서 만들어진 검은색 수영들이 아슬아슬하게 백유검을 스쳐 지나갔다.

장력이 흩어지는 곳에서는 자연스럽게 검은색 연무가 퍼졌는데 그 역시 앞서 백무와 마찬가지로 독이 분명했다.

화노의 장법은 독을 내포한 독장이었던 것이다.

"악독하구나!"

화노의 독장을 피해 뒤로 물러나면서 백유검이 노성을 토했다.

무림에서 독장을 쓰는 무인은 흔치 않다. 그중에서 사천당문 등 일부의 정파를 제외하고는 대부분 마도의 무리였다.

"악독한 것은 사람을 부리는 짐승처럼 생각하는 사람을 두고 하는 말이다. 바로 네 아비와 같은 사람 말이다!"

화노가 지지 않고 월문에 대한 비난을 퍼부으면서 계속해서 백유검을 몰아붙였다.

그러자 백유검이 어느 순간 물러나는 것을 멈춘 후 검을 좌우로 휘둘러 검풍을 만들어내기 시작했다.

우웅!

백유검이 만들어낸 검풍이 화노의 독무를 밀어내기 시작했다.

그렇게 독무를 밀어낸 백유검이 발로 땅을 찍으며 검을 앞으로 죽 밀었다.

팟!

백유검의 검 끝에 투명한 검기가 구슬처럼 맺히더니 한순간에 쏘아진 화살처럼 독무를 뚫고 화노의 심장을 향해 폭사했다.

"헛!"

화노의 입에서 다급한 음성이 흘러나왔다. 화노가 재빨리 몸을 수그렸다.

삭!

백유검의 검이 아슬아슬하게 화노의 머리카락을 자르고 지나갔다.

"제길!"

화노가 즉시 땅을 구르며 투덜거렸다.

파파팟!

화노가 지나간 자리에 백유검의 검기가 꽂히면서 흙먼지가 일어났다.

백유검은 끝을 보려는 듯 화노가 몸의 중심을 회복할 시간을 주지 않고 계속해서 검기를 뿌려댔다.

화노는 중간중간 독장을 뿌리면서 근근이 백유검의 검을 피했지만, 이미 독장(毒掌)에 대비하고 있던 백유검은 능숙하게 독장을 피하며 화노를 공격했다.

그렇게 싸움의 주도권을 잃고 위기에 몰리고 있던 화노가 한순간 퉁명스럽게 소리쳤다.

"이놈아! 계속 구경만 할 거냐?"

번쩍!

한 줄기 빛이 어둑한 공기를 갈랐다. 빛은 화노와 백유검 두 사람 사이로 뇌전처럼 떨어졌다.

"흡"

백유검이 다급한 음성을 토하며 화노를 공격하던 검의 방향을 틀어 자신을 향해 떨어지는 빛줄기를 막았다.

캉!

"음!"

빛줄기와 백유검의 검이 격돌하는 순간 백유검의 입에서 나직한 신음소리가 흘러나왔다.

그리고 백유검이 땅에 깊게 발자국을 남기며 주르륵 뒤로 밀려났다.

그런 백유검을 향해 빛줄기는 마치 살아 있는 생물처럼 계속해서 따라붙었다.

"핫!"

뒤로 밀리면서 자세를 겨우 회복한 백유검이 기합성을 터뜨리며 검을 사선으로 내리그었다.

웅!

백유검의 검에서 강력한 검음이 일어나면서 다시 한번 그의 검이 둥근 만월을 만들어냈다.

콰앙!

만월로 변한 백유검의 검기와 그를 향해 폭사하던 빛줄기가 다시 한번 허공에서 충돌하며 강력한 파열음을 만들어냈다.

주르륵!

백유검이 충격을 이기지 못하고 또다시 뒤로 밀려났다. 다행스럽게 숲에서 나타난 빛줄기는 더 이상 백유검을 따라 붙지 않았다.

대신 빛줄기가 사라진 공간에 왜소한 체격의 청년이 모습을 드러냈다.

시월이었다.

"시월……!"

백유검이 흔들리는 몸을 재빨리 바로 세우며 검을 내려뜨린 채 자신을 바라보고 있는 시월의 이름을 뇌까렸다.

"오랜만이군요. 소문주님!"

"네가 어떻게……?"

백유검이 이해할 수 없다는 듯 중얼거렸다.

"칠랑이 있는 곳에 제가 있는 것은 당연한 일 아닙니까?"

시월이 되물었다.

"……"

시월의 물음에 백유검이 침묵을 지켰다.

"아! 제가 문주의 손에 죽었어야 한다고 생각하신 모양이군요. 하지만 제 생존력이 특별하다는 것을 잘 아시지 않습니까?"

시월이 담담하게 미소까지 지으며 말했다.

"이 무공은 대체 뭐냐?"

백유검이 자신을 밀려나게 만든 무공에 대해 물었다.

"그걸 묻다니. 소문주답지 않군요. 제가 수련한 무공이 무엇인지는 잘 아시지 않습니까?"

"이게 정말 잠룡동에서 배운 마공이란 말이냐? 믿을 수 없다. 그 무공들로는 절대 이런 힘을 만들어낼 수 없어."

백유검이 단호하게 말했다.

"물론 묵천금강공… 문주가 그렇게 이름 붙인 무공만은 아니죠. 뇌옥을 떠나기 전 며칠간 사형들이 구술로 자신들의 배운 모든 무공을 전수했지요. 그 무공들을 이리저리 조합하다 보니 결국 지금의 제 무공이 만들어지더군요. 이 모든 것이 결국은… 문주님의 덕분이라고 해야 할까요."

시월이 여전히 담담한 표정으로 대답했다.

그러자 갑자기 등 뒤에서 화노의 투정 어린 목소리가 들렸다.

"젠장, 이래서 검은 머리 짐승을 거두는 것이 아냐. 이놈아, 지금 네 무공의 오 할을 내가 만든 거야!"

"아! 어르신 은혜를 잊었네요. 맞아요. 지금 제 무공은 어르신의 공이 절반 이상이죠."

시월이 얼른 화노의 말을 인정했다.

그러자 백유검이 다시 물었다.

"그는 누구냐?"

"어르신이 밝히지 않은 이름을 제가 말할 수는 없지요."

시월이 화노의 정체를 밝히는 것을 거절했다.

"후우… 좋아, 시월! 네 무공이 놀라울 정도로 발전했다는 것은 알겠다. 하지만 역시 오늘 이곳을 벗어날 수 없어. 난 널 이대로 보낼 수가 없구나."

백유검이 검을 고쳐 잡으며 말했다.

그러자 갑자기 그의 뒤쪽 어둠 속에서 십여 명의 사람들이 모습을 드러냈다. 그들은 마치 백유검에게 힘을 몰아주듯 그의 등 뒤에 반원을 그리며 진영을 갖췄다.

그 모습을 본 시월이 눈살을 찌푸렸다.

"결국 소문주가 선택한 것도 이런 방식인가요?"

월문의 문도들을 동원하는 백유검의 방식에 적지 않게 실망한 시월이었다.

"물론 너 하나라면 다른 사람의 도움이 필요 없을 것이다. 난 여전히 내 무공에 대한 믿음이 있으니까. 하지만… 그자는 위험하구나. 독을 다루는 자이니……."

백유검이 시월의 등 뒤에 서서 자신을 바라보고 있는 화노를 보며 말했다.

"그렇군요. 맞아요. 어르신까지 절 도우면 소문주에게는 일말의 기회조차 없을 겁니다. 하지만… 다른 방법도 있습니다."

"…뭐냐?"

"이대로 우릴 보내주는 거예요. 제 무공을 보셨고, 또 어르신의 능력도 아실 테니 비록 월문의 문도 몇 명이 더 있다고 해서 저흴 잡아둘 수 없다는 것을 아실 겁니다."

시월의 말에 백유검의 등 뒤에 서 있던 월문 무사들의 얼굴에 은은한 분노가 서렸다.

"소문주님, 놈을 저희에게 맡겨 주십시오."

월문 무사들 중 한 명이 시월을 노려보며 말했다.

그러자 백유검이 고개를 저었다.

"아니, 그대들은 시월을 감당할 수 없다."

"소문주님?"

월문의 문도가 인정할 수 없다는 듯 백유검을 바라봤다.

"시월은 나와 동수를 이루었어. 그동안 나와의 비무를 통해 내 무공이 어느 정도인지 알고 있지 않나?"

"…설마 저 애송이가……?"

월문의 무사가 믿을 수 없다는 듯 중얼거렸다.

"어리석은 행동은 말게. 내가 확인한 사실이니."

"……."

"좋다. 시월, 사형제들을 데리고 가거라."

"…정말이십니까?"

시월이 뜻밖이라는 듯 되물었다.

"그가 독을 쓴다면 승패 확률은 많아야 반반… 난 모험을 즐기는 사람은 아니다."

백유검이 대답했다.

"…현명한 결정입니다."

시월이 고개를 끄떡였다.

"하지만 그렇다고 월문의 추격에서 완전히 벗어났다는 생각은 하지 마. 아버님은 추격을 포기하실 분이 아니니까."

"그야 당연하지요. 이게 끝이 아니라 월문과, 아니, 문주님과 저희들의 긴 싸움의 시작이라는 것을 잘 알고 있습니다. 그래서 부탁하건데, 가능한 소문주께서 문주님의 생각을 바꿔주시길 바랍니다. 이 싸움의 끝은… 결국 월문의 멸문이 될 테니까요."

시월이 경고했다.

그런 시월을 백유검이 생경한 시선으로 바라보며 말했다.

"시월, 넌 정말 다른 사람이 된 것 같구나."

"전 예전의 저 그대로입니다."

"그럴 수도, 어쩌면 예전에 내가 널 제대로 보지 못한 것일지도."

백유검이 혼잣말을 하듯 중얼거렸다.

그러자 시월이 칠랑과 화노를 보며 말했다.

"가요. 시간이 그리 많지 않아요."

"그러자. 날 따라들 오게!"

화노가 먼저 앞장서서 숲으로 들어갔다.

무광이 선두에서 숲으로 들어가려다가 문득 걸음을 멈추고 백유검을 보며 말했다.

"소문주, 부디 다시 보지 않기를 바라네. 다시 보게 되면… 그때는 내 무공도 회복되어 있을 테니까."

"본래 무림이란 곳은 은원의 바퀴로 굴러가지요. 한 사람이 어찌할 수 없는……."

백유검이 우울하게 말했다.

"그런가? 하긴! 아무튼 다시 만나면 그때는 정말 조심해야 할 거야."

"형님! 보셨겠지만 전 과거의 백유검이 아닙니다."

"알아. 하지만 소문주도 잘 알잖아. 싸움의 승패는 무공의 고하로만 결정되는 게 아니라는 걸. 우리 칠랑은 무공을 배운 것이 아니라 싸움을 배웠네. 그걸 꼭 기억하게. 가자!"

무광이 다시 한번 백유검에게 경고를 하고 사제들을 이끌고 서둘러 화노를 따라갔다.

떠나는 칠랑을 보고 있던 백유검이 자신을 지나치는 소후에게 무슨 말인가를 건네려 했지만, 싸늘한 소후의 외면에 결국 입을 열지 못했다.

그렇게 칠랑이 모두 떠나고 가장 뒤에 시월 홀로 남았을 때에야 백유검이 입을 열었다.

"후에게 전해주게. 우담은 행복할 거라고."

"물론 그래야겠지요. 사매가 원했던 삶인데. 하지만 소문에 듣자니 꼭 그런 것 같지도 않더군요."

"뭐?"

"신검산을 떠나기 전 사매를 만나러 강변 정자에 들렸었지요. 매월 보름밤 사매가 그곳에 나온다는 것을 들었던 기억이 있어서… 그때 사매와 소문주님의 대화를 들었습니다. 그래서 알았습니다. 사매가 소문주님과 혼인을 한 것이 소문주님의 강요가 아닌 사매가 원한 일이었다는 것을. 그래서 홀로 남은 사매 걱정 따위는 하지 않게 되었지요."

"음……"

백유검이 마치 자신의 치부를 들킨 것 같은 표정으로 침음성을 흘렸다.

"아, 그리고 대사형의 경고를 무시하지 마세요. 대사형은 정말 무공으로는 할 수 없는 일을 해낼 수 있는 사람이니까요. 저도 온 힘을 다해 도울 것이고."

"알아. 무광 형님이 얼마나 무서운 사람인지. 하지만 그럼에도 난 무광 형님보다 네가 두렵구나."

"…뭐, 그것도 틀린 생각은 아닙니다. 저 역시 대사형 만큼 독해질 테니까요."

"후… 다음에 만나게 되면 우리 둘 중 한 사람은 다시는 검을 들 수 없을 지도 모르겠구나."

백유검이 전의를 드러냈다.

"…기대하죠. 그럼 잘 지내세요. 사매에게도 안부 전해주고. 그런데 동별당 마님이란 신분은 아무래도 좀 그렇군요."

시월이 짧은 인사를 남기고 그 자리에서 사라졌다.

한순간에 자신의 시야에서 사라지는 시월의 보법을 보며 백유검이 낮게 한숨을 쉬었다.

"후… 세상 일이란 게 참 묘하구나. 천년화정을 복용하고 월문의 무공을 완성한 후에는 천하에 내 적수가 없을 거라 생각했는데, 갑자기 생각지도 않았던 녀석이……."

백유검이 다시 한번 길게 한숨을 쉬었다.

그러자 한쪽에서 물러나 조용히 자리를 지키고 있던 월문 문도 중 한 명이 물었다.

"추격할까요?"

"아니. 쫓으면 죽을 거다."

"예?"

"시월 녀석, 괴물이 되었어."

"설마 겨우 한 명인데 저희가 당하겠습니까?"

월문의 무사가 되물었다.

그러자 백유검이 눈살을 찌푸리며 화를 냈다.

"대체 뭘 본 거야?"

"예?"

"시월과 내 싸움에서 뭘 본거냐고. 그 싸움을 봤으면 시월이 얼마나 무서운 고수가 되었는지 알아챘어야지. 너희들이 모두 달려가도 외려 시월에게 모두 죽을 거야."

"……."

백유검의 짜증스러운 말에 월문의 무사는 대꾸를 하지 못했다. 하지만 그럼에도 그의 얼굴에는 약간의 불만이 보였다. 백유검이 자신들의 실력을 너무 과소평가 한다는 생각을 하고 있는 것이다.

그런 월문 무사의 표정을 본 백유검이 차갑게 말했다.

"내 말을 인정할 수 없다면 쫓아가 봐. 가서 죽든 말든 난 상관 안 할 테니."

"…아닙니다. 명대로 추격을 포기하겠습니다."

"추격은 아버님과 묵천이단에 맡겨. 너희들 창천검대가 아무리 뛰어나다고 해도 묵천이단의 노련한 무사들을 당할 수 없다. 특히 시월이나 그 노인처럼 위험한 사람을 추격하는 일에서는! 난 너희들을 잃고 싶지 않아. 창천검대는 향후 나와 함께 월문을 이끌어 가야 하니까."

"알겠습니다."

월문의 무사가 복종의 의미로 고개를 숙이며 대답했다.

그러자 백유검이 뒤쪽을 보며 중얼거렸다.

"아버님은 이 싸움을 정말 계속하시려는 걸까?"

제 8장

—

제법 아름다운 시간

"돌아간다!"

백문보가 미련 없이 명을 내렸다.

"후환을 남기는 것이 걱정입니다만."

고태가 조심스럽게 말했다. 시월 일행을 추격하고 싶은 욕망이 장로 고태의 눈에 일렁인다. 본능적으로 시월과 칠랑이 향후 월문 최대의 장애물이 될 것이라는 것을 느끼고 있는 것이다.

"그래도 지금은 돌아가야 하네."

백문보가 냉정하게 말했다.

"놈들을 이대로 살려두면……."

"그만하게. 우리에겐 시간이 없어. 화록산으로 가서 의천무맹의 회합에 참가해야 하네. 이번 기회를 놓치면 구대천문과 어깨를 나란히 할 기회가 다시 오지 않을 수도 있네. 겨우 그 아이들을 잡자고 천문이 될 기회를 놓칠 수는 없지 않은가?"

"그렇긴 합니다만… 그럼 일부라도 전력을 나눠서 추격하는 것은 어떨지요."

"그것도 안 될 말이네. 이 전력을 모두 몰아가면 모를까 일부만 가면 외려 전멸당할 가능성이 커. 유검조차 막지 못하지 않았나. 유검이 하지 못한 일을 누구에게 맡길까."

"…알겠습니다."

백문보의 냉정한 판단에 할 말을 잃은 고태가 결국 백문보의 결정에 수긍했다.

"그 아이들이 큰 우환이 될 거라는 걸 모르는 건 아닐세. 하지만 그렇다고 당장 다가온 천문의 지위를 포기할 수는 없네. 돌아가세."

"예, 문주님!"

고태가 대답을 한 후 월문의 문도들이 모여 있는 곳으로 다가가며 소리쳤다.

"돌아간다. 신검산으로 가지 않고 바로 화록산으로 갈 것이다. 갈 길이 멀다. 모두 서둘러라!"

"예, 장로님!"

월문의 문도들이 일제히 대답하고는 몰고 온 말에 올라 온 길을 되짚어가기 시작했다.

*　　　　　　*　　　　　　*

시월과 칠랑은 산봉우리 아래에 앉아서 달빛 내린 숲을 따라 돌아가고 있는 월문의 무사들을 바라보고 있었다.

"다행이다. 정말 돌아가네."

곽부가 가슴을 쓸어내리며 말했다.

"대사형은 어떻게 문주가 추격을 포기할 거라는 걸 아셨어요?"

무릉이 무광을 돌아보며 물었다.

"문주는 야심이 큰 사람이니까. 그에겐 우리를 추격하는 일보다 화록산 회합에 참여하는 일이 훨씬 중요할 거야. 그리고… 문주는 여전히 우릴 자신이 언제든 추살할 수 있는 존재라고 생각하고 있을 거야. 문주의 눈에는 여전히 우리가 어린 아이들로 보일 테니까."

"설마 그 냉정한 양반이 그런 착각을 할까요?"

부리가 반문했다.

"어린 우릴 데려와 키웠으니까. 보통 부모들은 자식이 나이가 들어 성인이 되었다는 것을 인정하지 못하잖아? 그게 부모의 마음이라고 하더라고."

"정말 그럴까요?"

부리가 되물었다.

"아마 그럴걸? 누군가에게 그런 말을 들은 것 같은데?"

무광도 이번에는 자신 없는 말투로 대답했다. 칠랑은 모두 어려서 부모를 잃었기 때문에 누구도 무광의 말을 확인해 줄 사람이 없었다.

그래서 자연스럽게 칠랑의 시선이 화노에게로 향했다.

"맞는 말이다."

화노가 시원하게 무광의 말을 인정했다.

"그걸 어떻게 아세요? 평생 혼자 사신 분이?"

"난 어릴 때 생각보다 유복하게 자랐어. 부모님도 내가 스무 살이 될 때까지는 살아계셨고."

"정말요?"

부리가 되물었다.

"설마 나도 고아로 컸어야 한다는 거냐?"

"아니, 그런 말은 아니고요."

"아무튼 월문주가 너희들을 경시하는 것은 분명하다. 나였다면 천문이고 뭐고 끝까지 추격했을 거야."

화노가 말했다.

"아무튼 덕분에 시간을 벌었네요."

시월이 말했다.

"음."

"그만 떠나죠. 만화원까지는 먼 길이니까."

시월이 말했다.

"그러자. 오늘 밤은 달빛도 호젓해서 걷기 좋겠구나."

화노가 자리를 털고 일어났다.

칠랑 역시 화노를 따라 길 떠날 채비를 하기 시작했다.

*   *   *

시월과 칠랑은 태어나서 처음으로 행복하다는 느낌을 받고 있었다.

군자의 공천보에 의해 망가진 칠랑의 몸으로 먼 거리를 여행하다 보면 고통스러운 통증이 찾아오기도 했지만, 칠랑의 얼굴에서는 웃음기가 떠나지 않았다.

고통이 찾아오면 그 고통이 농담의 소재가 되었고, 지치면 지치는 대로 또 그 지친 몸이 즐거웠다.

이유는 간단했다.

칠랑 모두에게 이 여행이 그 어떤 속박이나 굴레 없이 완전한 자유를 맛보는 첫 경험이기 때문이었다.

어린 시절의 처절한 삶, 월문의 제자로 살던 시절의 고된 수련과 위험한 강호행, 그들을 자신의 의술 연구 도구로 쓰던 공천보…

그 모든 것들이 이제 더 이상 그들을 억압할 수 없었다.

그 누구에게도, 그 어떤 것에도 구속되지 않는 삶을 칠랑은 태어나서 처음으로 만끽하고 있었다. 그래서 가끔 찾아오는 육체의 고통쯤은 오히려 작은 웃음거리일 뿐이었다.

연인을 잃은 소후조차도 그 아픔을 느끼지 못하는 것 같았다. 물론 가끔 그 아름다운 눈으로 먼 산을 바라볼 때는 허허로운 느낌이 들기도 했지만.

그런데 그 여행을 즐기지 못하는 한 사람이 있었다.

화노였다.

일행 중 유일하게 화노는 이 즐거운 여행을 즐기지 못해 연신 투덜거렸다. 그로서는 딱히 특별할 것이 없는 귀환 길이기도 했거니와, 여행 내내 분주히 칠랑의 몸을 보살펴야 했기 때문이었다.

하지만 투덜거리면서도 화노는 칠랑을 열정을 다해 치료했다. 마치 어려서 품에서 떠났다가 몸이 다쳐 돌아온 자식들을 살피는 듯이.

그게 의원으로서의 본능인지, 혹은 칠랑에게 기대하는 바가 있

기 때문인지는 알 수 없었지만, 그의 정성은 백문보의 배신을 겪으
며 인간에 대한 신뢰를 잃어버렸던 칠랑조차도 감동시킬 정도였다.

그렇게 누군가에게는 생에서 가장 아름다운 여행이, 또 누군가
에게는 한시도 쉴 틈 없이 사람을 돌봐야 하는 고단한 여행이 두
어 달가량 이어졌다.

그 두 달 동안 계절은 가을을 지나 겨울로 들어섰고, 시월 일
행이 만화원에 도착했을 때는 만화원 주변 산들이 설산으로 변해
있었다.

*　　　　*　　　　*

뽀각뽀각!

눈 밟히는 소리가 기분 좋게 들렸다. 시월과 곽부는 지난겨울
내려 녹지 않고 쌓인 눈 위를 천천히 걸었다.

흐흐흥!

곽부에게서 콧노래가 흘러나왔다.

겨울 동안 만화원 뒤쪽 산속에 있는 비동(秘洞)에서 지냈기 때
문에 오랜만의 외출은 즐거울 수밖에 없었다.

시월과 칠랑은 지난겨울 내내 만화원 밖으로 나가지 않았다. 비
동을 나와 만화원에 들리는 일도 거의 없었다. 혹시라도 있을 월
문이나 운중오문의 추격을 걱정하지 않을 수 없었기 때문이었다.

비록 만화원이 요동 동부의 험준한 산준령 속에 있다고 해도
월문과 운중오문에게는 그 위치가 노출되었다고 생각해야 했다.

월문은 천년화정을 구하기 위해 칠랑을 보냈을 때, 그리고 아마도

운중오문은 시월을 도와 칠랑을 구해간 사람이 화노임을 짐작했을 군자의 공천보에 의해 만화원의 위치를 알고 있을 것이 분명했다.

그래서 그들이 칠랑을 추격한다면 반드시 만화원을 먼저 찾을 것이었다.

그런데 그 당연한 위험을 알면서도 시월과 일행은 몸을 치료하고, 추격자들의 눈을 피할 장소로 만화원을 선택했다.

등하불명(燈下不明), 만화원을 찾은 추격자들에게 들키지만 않는다면 만화원 만큼 좋은 은신처가 없을 거란 것이 칠랑과 화노의 생각이었다.

또한 만화원은 화노가 평생 동안 은거한 곳이라 추격자들의 눈을 피할 수 있는 공간을 마련할 수 있었다. 또 설혹 추격자들이 그들을 발견한다고 해도 만화원에서라면 어떤 적도 상대할 수 있는 화노였다.

그런데 그런 이유 말고도 일행이 만화원에 은거한 이유는 또 있었다. 그건 만화원 지하에 흐르는 화맥(火脈)이 칠랑의 몸을 회복시키는데 무척 유용하기 때문이었다.

이미 자신이 경험한 일이라 시월 역시 화맥의 지기를 이용하는 치료법에 큰 기대를 걸고 있었다.

그리고 기대대로 화맥이 뿜어내는 강렬한 열기를 이용해 칠랑을 치료하자 칠랑의 몸은 눈에 띄게 좋아지고 있었다.

그 증거가 시월과 동행하고 있는 곽부였다.

두 사람이 만든 눈 위의 발자국은 은연중에 두 사람의 무공의 깊이를 드러냈다.

겨울 내내 쌓인 눈의 두께는 어른 허벅지가 빠질 만큼 깊었지만, 두 사람의 발자국은 발목 아래까지만 찍혔다.

그렇다고 눈 위를 걷기 위해 설피를 신은 것도 아니어서, 두 사람이 눈에 깊이 빠지지 않는 것은 오로지 내공의 힘 때문이었다.

곽부의 발자국 깊이가 시월과 비교해 크게 차이가 나지 않는다는 것은 그의 무공이 거의 회복되었다는 것을 말해주고 있었다.

"한 석 달 만이지?"

콧노래를 흥얼거리던 곽부가 불쑥 시월에게 물었다.

"그렇게 됐죠."

"바람이 달라졌어. 물론 산을 내려와서인지도 모르지만."

곽부가 걸음을 멈추고 손을 들어 산 아래 광야에서 불어오는 바람을 손으로 만지며 말했다.

"금방 봄이 올 거예요."

"만화원이 볼만하겠군."

"화원을 가꿀 수는 없겠지만요."

"아직도 추격자들을 조심해야 할까? 벌써 한 계절이 지났는데?"

곽부가 물었다.

"아직은 조심해야죠."

시월이 정색을 하며 대답했다.

"에이, 이제는 걱정할 필요 없을 것 같은데. 지난겨울 동안 오지 않았으면 이곳에는 올 것 같지 않아. 그리고 혹시 놈들이 오더라도 예전만큼은 아니지만 얼추 싸울 수는 있을 것 같고."

곽부가 팔을 들어 근육을 만들어 보이며 말했다.

"아직은 안 돼요."

시월이 단호하게 고개를 저었다.

"알았어. 사제가 안 된다면 안 되는 거지."

곽부가 순순히 시월의 말에 수긍했다.

곽부와 칠랑은 만화원에 들어온 순간부터 시월이 무슨 말을 하든 그의 말에 수긍했다.

위험을 무릅쓰고 자신들을 구한 것에 대한 고마움도 고마움이지만, 시월이 만화원 비동에서 망가진 몸을 고치고 고강한 무공을 얻었다는 걸 알고 있었기 때문이었다.

그래서 그들은 시월과 화노가 시키는 방법대로 치료에 전념했고, 그 효과는 기대한 것 이상으로 나타나고 있었다.

"싸움은 무공을 모두 회복한 이후에나 생각하세요."

시월이 다시 한번 주의를 줬다.

"알았어. 그런데 사실 난 벌써 예전으로 돌아간 것 같은데?"

곽부가 중얼거렸다.

"그거야 곽 사형은 천부적인 신력을 타고 태어났으니까 그렇게 느끼는 거죠. 화노께서는 그래서 곽 사형의 회복이 제일 빠르다고 했어요. 덕분에 오늘 동행하시게 된 거잖아요."

"흐흐… 내 근골이 좋기는 하지. 부모 복이 지지리도 없는 놈이지만, 그래도 유일하게 부모님께 감사한 일이 이 몸을 물려주신 거거든."

곽부가 손으로 자신의 팔을 툭툭 치며 말했다.

"그 덕분에 우리가 살 수 있었죠. 신검산 뇌옥에서 제가 탈출한 것은 모두 그 힘 덕분이니까요."

"후후, 맞아. 그러고 보면 내가 우리 칠랑 모두의 큰 은인이란 말씀이야."

곽부가 너스레를 떨었다.

"맞아요. 보답으로 마을에 도착하면 맛난 걸 사드릴게요."

"좋지, 좋아! 몇 개월 동안 건량만 먹었더니 고기 맛을 잊어버리겠어."

곽부가 배를 툭툭 두드리며 말했다.

그런데 그때, 갑자기 시월이 걸음을 멈추고 손을 들어 곽부의 말을 제지했다.

순간 상황이 심상찮음을 깨달은 곽부가 살짝 자세를 낮추고 주위를 살피며 낮은 목소리로 물었다.

"뭐야?"

"싸우는 소리가 들려요."

"응?"

곽부가 놀란 표정을 지으며 되물었다.

그러자 시월이 귀를 열고 좀 더 신중하게 바람 속에 묻어오는 소음에 귀를 기울였다.

"확실히 누가 싸우고 있어요."

"제길! 뭣 하는 사람들이기에 한겨울에 이런 외진 곳까지 와서 칼부림을 하고 있을까?"

곽부가 투덜거렸다. 조용히 마을에 들려 은거 생활에 필요한 물건들을 준비해 돌아오려던 계획에 차질이 생길 것을 걱정하는 듯했다.

"일단 가봐요."

"가보려고?"

"추격자들일 수도 있으니까요."

"…알았어. 가보자."

곽부가 긴장한 듯하면서도 순순히 고개를 끄떡였다.

*　　　　*　　　　*

장검에서 뿌려지는 검기가 눈부시게 허공을 갈랐다. 그럴 때마다 장검의 주인을 향해 달려들던 자들이 서너 걸음 뒤로 물러났다.

그러나 싸움의 승패는 무공의 고하로 결정되지 않는다.

비록 장검을 든 세 사람의 검술이 대단하기는 했지만, 그들을 공격하는 쪽의 무공도 만만치 않거나 숫자가 십여 명에 달했다.

특히 그들의 뿌려대는 기이한 기운은 장검을 든 자들의 뛰어난 무공에도 불구하고 싸움의 양상을 점점 더 어렵게 만들고 있었다.

"흐흐, 이제 그만 포기해라. 네 무공이 제법 대단하지만 결코 이곳을 빠져나갈 수 없다. 네가 필요해 널 살려두는 거지만, 계속 이런 식으로 반항하면 널 죽일 수밖에 없어!"

강렬한 검기를 뿌려대는 검의 주인을 향해 거리를 두고 물러난 중년 사내가 항복을 강요했다.

사내는 평범한 중년인 차림이지만, 자세히 보면 그의 몸에서 흘러나오는 기운에서 사기가 묻어났다.

"사악한 마졸들에게 항복할 내가 아니다!"

검의 주인이 장검을 들어 중년 사내를 겨누며 싸늘하게 말했다. 하지만 말과 달리 지쳤는지 사내를 겨눈 검 끝이 가늘게 떨리고 있었다.

"이가검문의 문주가 위로 세 아들을 낳고 마지막으로 낳은 딸을 무척 아낀다는 이야기는 들었지. 타고난 재능이 세 아들을 능

가해 아들로 태어나지 않을 것을 한탄한다고 했던가. 그래서 이름
도 '화검'이라 개명했다지?"

"그렇게 본문에 대해 잘 알고 있다면 네놈들이 지금 지옥문을
열었다는 것도 알겠구나!"

무복을 입고, 영웅건을 이마에 두르고 있지만, 여인임을 숨길
수 없는 장검의 주인이 소리쳤다.

"지옥은 우리에겐 너무 익숙하지. 우리가 바로 지옥에서 나온
사람들이니까. 그러니 반항은 그만하고 순순히 항복해라. 네 목숨
은 보장하마. 물론 이가검문에 데려다 줄 거고……."

"…대체 무슨 꿍꿍이지?"

"본문의 문주께서 이가검문을 원하신다. 널 데려가면 이장춘도
본문의 제의를 받아들일 수밖에 없겠지."

"…결국 날 인질로 쓰려고 이런 일을 벌였다는 것이냐?"

"알았으면 이제 순순히 항복하거라. 그러는 것이 너나 이가검
문을 위해서도 좋아. 만약 네 아비가 본문의 제안을 거절하면 문
주께서 이가검문을 깨끗하게 불태워 버리실 테니까. 사람은커녕
개미 새끼 한 마리 남기지 않고."

중년사내가 협박을 하며 여인을 설득했다.

"대체… 네놈들 정체가 뭐냐? 문주란 자는 또 누구고? 왜 우리
이가검문을 공격하는 것이냐?"

이가검문은 요동의 전통 깊은 무가다. 시절에 따라 흥망성쇠가
있기는 했지만 오랜 세월 역사가 끊어지지 않고 이어져 왔기에, 요
동 무림에서 이가검문에 대한 존경심은 대단했다. 지금도 의천무
맹에서 십팔장문 중 한 자리를 차지하고 있는 전통의 명문이었다.

그런 이가검문을 공격하는 것은 요동 무림 전체에 대한 도발이나 마찬가지였다.

"이가검문 같은 곳을 도모하는 일을 아무나 할 수는 없지. 어차피 알 게 될 일이니 말해주마. 우린 일월문 사람들이다."

"일월문······? 처음 듣는군."

"당연히 못 들었겠지. 본문이 만들어진 것이 오 년 전이니까."

"오 년··· 겨우 그렇게 급조된 문파가 감히 이가검문을 넘본단 말이냐?"

이화검이 분노에 찬 눈빛으로 사내를 보며 일갈했다.

"안 될 것도 없지. 본문의 문주님이 누군지 안다면 너도 수긍할 것이다."

"그가 누구냐?"

"너 같은 애송이가 그 무서움을 알지 모르겠지만··· 넌 혹시 혼천마라는 별호를 들어본 적이 있느냐?"

중년사내가 도도한 표정으로 물었다.

"혼··· 천··· 마! 설마 삼십육마의 바로 그······?"

"알고 있군. 그럼 본문이 이가검문을 도모하는 것이 결코 무리한 일이 아니라는 것도 알겠지?"

중년 사내가 물었다.

"···흥! 혼천마라고 다를 줄 아느냐? 설혹 내가 죽는다 해도 이가검문이 혼천마 따위에게 굴복하는 일은 없다!"

웅!

진기가 들어가자 이화검의 검이 무거운 검음을 토해냈다.

"잘 생각해라. 지금까지는 널 살려서 데려오라는 혼천마님의 명 때문에 살살 다뤘지만, 이런 식으로 계속 반항하면 우리도 어쩔 수 없다. 팔다리 하나쯤은 자를 수밖에!"

"어디 해보거라. 대신 네놈들 머리도 내놔야 할 것이다."

이화검이 검을 사선으로 세우며 소리쳤다.

"어쩔 수 없군. 곱게 데려가기는 틀렸다. 피를 봐도 좋으니 목숨만 붙여서 제압한다! 시작해!"

중년 사내가 명을 내리자 혼천마가 세웠다는 일월문의 마인들이 일제히 이화검을 향해 달려들었다.

"어쩌지?"

곽부가 당혹스러운 표정으로 물었다.

싸움의 승패는 이미 결정된 것이나 마찬가지였다. 비록 이화검과 그녀를 호위하는 두 무인의 검법이 뛰어나기는 했지만, 열 명의 일월문 마인들이 펼치는 괴이한 무공을 상대하는 것은 어려워 보였다.

중년 사내를 비롯한 일월문의 마인들은 기이한 검진을 형성해 이화검 일행을 상대했는데, 마인들의 검진이 끊임없이 환영을 만들어내서 이화검 등은 제대로 적의 위치를 파악하는 것조차 어려워 보였다.

"우리 싸움이 아닌 걸요."

시월이 냉정하게 말했다.

"하지만 그래도……."

"지금 도우면 우리 정체가 발각될 수도 있어요."

시월이 더욱 차가운 표정으로 말했다.

"…네가 그렇다면 어쩔 수 없지만……."

곽부가 시무룩하게 말했다.

비록 월문에 배신당했지만, 곽부의 마음속에는 여전히 월문의 제자로 성장할 때 품었던 의협심이 남아 있었다. 그래서 타인의 위기를 방관하는 것은 그에게 불편한 일이었다.

"가요."

더 있다가는 정말 싸움에 엉켜들 수도 있다는 생각에 시월이 곽부를 재촉했다. 이런 자리는 한시라도 빨리 피하는 것이 상책이기 때문이었다.

하지만 두 사람은 얼마 가지 못해 걸음을 멈춰야 했다. 갑자기 아름드리나무 위에서 두 사람이 날아내려 시월과 곽부의 앞을 막았기 때문이었다.

"서라!"

나무 위에서 뛰어내린 사내들이 두꺼운 검신을 자랑하는 검을 들어 시월과 곽부를 겨누며 말했다.

"어쩔 수 없겠는데?"

곽부가 시월을 보며 말했다.

그의 눈에는 이미 강렬한 투지가 일렁이고 있었다. 특히 길을 막은 자들이 이화검을 공격하는 자들과 비슷한 모습을 하고 있는 것이 더더욱 곽부의 투지를 자극한 것 같았다.

"지나가던 길이니 길을 열어주시오. 서로 악연을 쌓을 필요는 없지 않겠소?"

시월이 길을 막은 두 사내에게 정중하게 부탁했다.

"갈 수 없다. 본문의 행사를 목격한 너희들의 운이 나빴다고 생각해라. 특히 이가검문주의 딸을 공격하는 것을 본 이상 더더욱 그냥 보낼 수 없다. 혹 눈과 혀를 뽑아 놓고 가겠다면 그땐 한 번 생각해 보마. 아! 양손도 놓고 가야겠군. 글을 쓸 수도 있으니."

"흐흐, 자네도 참! 그럴 바에는 차라리 죽는 게 낫지. 그걸 제안이라고 하는 건가?"

마인의 동료가 눈과 혀를 놓고 가라는 동료를 타박했다.

그런 일월문의 마인들을 보며 시월의 표정도 차가워졌다.

"어때? 역시 그냥 두면 안 될 놈들이지?"

시월의 표정이 변한 것을 본 곽부가 물었다.

"사형은 물러나 계세요. 제가 처리하죠."

시월이 차갑게 말했다.

"어! 무슨 말을 그렇게 해? 나보고 물러나 있으라니. 이게 몇 년만의 기회인데?"

곽부가 강하게 고개를 저으며 소리쳤다.

"아직 몸이 완전하지 않잖아요?"

"걱정 마! 나 알잖아? 그리고 아무리 몸이 안 좋아도 겨우 저런 마졸 놈들 상대하는 일을 겁낼 수는 없지. 더군다나 난 사제가 생각하는 것보다 훨씬 많이 좋아졌다고. 예전과 거의 같다니까!"

곽부의 고집에 시월이 어쩔 수 없다는 듯 고개를 끄떡였다.

"좋아요. 대신 무리하지 마세요."

"글쎄, 걱정 말라니까. 혼천마 모용이라면 모를까. 겨우 마졸 놈 하나 상대하는 일인데. 이봐! 이 벌레 같은 놈들아! 누가 먼저 내 도끼 맛을 볼 테냐?"

우웅!

곽부가 시월의 마음이 변할까 봐 얼른 도끼를 휘두르며 앞으로 나섰다.

그러자 갑자기 변한 시월들의 태도에 일월문 마인들의 표정이 변했다. 일단 자신들과 싸우기로 결정하자 시월과 곽부가 전혀 다른 사람처럼 느껴졌기 때문이었다.

"네놈들… 대체 누구냐?"

시월과 곽부에게 눈과 혀를 놓고 가라고 말했던 자가 긴장한 표정으로 물었다.

그러자 곽부가 질문을 던진 사내를 향해 달려들며 소리쳤다.

"누구긴 누구야! 오늘 네놈들을 지옥으로 다시 돌려보낼 협객이시지!"

쾅!

"욱!"

벼락같은 곽부의 도끼질에 황급히 검을 들어 대항한 마인이 억눌린 신음소리를 내며 주르륵 뒤로 물러났다.

비록 완벽하게 예전 내공을 회복한 곽부는 아니지만, 타고난 신력으로 내공 이상의 힘을 발휘할 수 있는 곽부였다.

더군다나 지난 팔 년 동안 지하 석동에 갇혀 있었지만, 그의 부술(斧術)은 여전히 파괴적이었다. 어린 시절 잠룡동에서 고련한 무공을 그의 몸은 여전히 기억하고 있었던 것이다.

그의 부법은 삼십육마의 일인이었던 광마 동인의 광마도법을 부술로 변형시킨 절대무공이었다. 그런 곽부의 공격을 일월문의 일개 문도가 감당할 수는 없었다.

"어때? 지옥문이 열린 게 보이지? 이제 그곳으로 돌려보내 주마!"

곽부가 당황한 채 자신을 바라보는 일월문의 마인을 향해 다시 달려들며 소리쳤다.

"대체 네놈들은……?"

곽부가 자신의 동료를 가지고 놀 듯 공격하는 것을 본 또 다른 마인이 굳은 얼굴로 시월을 보며 중얼거렸다.

"그러게 그냥 가게 놔두지 그랬소? 당신들 생각과 달리 오늘 운이 좋지 않은 것은 우리가 아니라 당신들이오."

스릉!

시월의 검이 검집에서 벗어났다.

순간 마인이 먼저 선공을 가했다. 선공의 기회마저 넘기면 승산이 없다고 판단한 듯했다.

"죽어라!"

콰아!

마인의 중검이 묵직한 소리와 함께 시월의 머리 위로 떨어졌다. 순간 시월이 가볍게 옆으로 한 발을 움직였다. 그러자 그의 몸이 빙판을 미끄러지듯 부드럽게 땅 위를 이동했다.

"헛!"

시월이 유령처럼 이동하자 한순간 목표를 잃은 마인의 입에서 당혹스러운 음성이 흘러나왔다.

순간 그의 측면에서 시월이 회초리를 후려치듯 검을 휘둘렀다.

캉!

시월의 검이 마인의 무거운 검신을 강하게 때렸다.

"엇!"

마인이 시월의 검에 실린 힘을 이기지 못하고 손에서 검을 놓쳤다. 그의 손을 벗어난 검이 허공을 날아 땅에 꽂혔다.

검을 잃은 마인이 재빨리 땅에 꽂힌 검을 향해 달려가려는데.

한순간 시월의 검이 마인의 뒷발을 가볍게 감아 올렸다.

"엇!"

쿵!

시월의 검에 발이 걸린 마인이 허공에서 두어 번 제비를 돌더니 그대로 땅바닥에 고꾸라졌다.

시월이 나뒹구는 마인 곁으로 다가와 가볍게 그의 마혈을 제압했다. 그러고는 시선을 돌려 곽부를 찾았다.

"제길, 겨우 이 정도냐? 좀 더 힘을 내 보라고!"

곽부는 도끼를 가벼운 회초리 휘두르듯 휘둘러 대면서 계속 마인을 몰아치고 있었다. 아마도 싸움을 끝내려 했다면 이미 오래전에 끝났을 싸움이었을 것이다.

"실력은 그대로시네."

시월이 가볍게 미소를 지었다. 자신의 걱정은 기우에 지나지 않았다. 곽부의 무공은 팔 년 동안 무공을 쓰지 못했던 사람이라고는 믿기 힘들 정도로 활력이 넘쳤다.

"하긴… 잔마를 잡은 칠랑이니까."

시월이 중얼거렸다.

생각해 보면 잔마 요찬과 그 무리를 제압할 무공을 가지고 있던 칠랑이었다. 애초에 일월문의 마졸 따위를 걱정할 일은 아니었던 것이다.

곽부에 대한 걱정을 덜은 시월이 이번에는 다른 쪽 싸움으로 시선을 돌렸다.

이가검문주의 딸인 이화검과 일월문의 마인들의 싸움도 거의 끝나가고 있었다.

어느새 이화검을 호위하던 이가검문의 무사들은 피를 흘리며 땅에 쓰러져 있었고, 이화검 역시 더 이상 검을 휘두를 힘이 없는 듯 검을 땅에 꽂은 채 깊은숨을 몰아쉬고 있었다.

일월문의 마인들은 그렇게 이화검을 포위한 채, 시월과 곽부의 싸움을 당황한 시선으로 지켜보고 있었다.

*   *   *

시월이 걸음을 옮겨 이화검과 일월문의 마인들이 몰려 있는 곳으로 다가갔다.

"으……!"

쓰러진 자들의 입에서 나직한 신음소리가 흘러나왔다. 시월이 잠시 걸음을 멈추고 쓰러진 자들을 살펴봤다. 죽은 사람도 있었지만 치료를 하면 살 수 있는 사람도 있었다.

특히 이가검문의 문도 중 한 명은 치료를 하면 살아날 가능성이 컸다.

시월이 사람들의 시선에 아랑곳하지 않고 품속에서 금창약을 꺼내 이가검문의 문도들의 상처를 치료했다.

"큭!"

금창약이 상처에 닿자 이가검문 무사의 신음소리가 커졌다.

"참아요. 통증은 있어도 효과는 좋은 약이니까."

시월이 고통으로 얼굴이 일그러지는 이가검문의 무사에게 덤덤하게 말을 건네고는 몸을 일으켜 이화검을 둘러싸고 있는 일월문의 마인들에게 다가갔다.

"웬 놈이냐? 누군데 감히 일월문의 행사를 방해하는 것이냐?"

이화검을 협박하던 중년의 마인이 살기를 드러내며 물었다.

"말은 바로 합시다. 내가 당신들 일을 방해한 것이 아니라. 당신 동료가 우리에게 시비를 건 것이오. 그리고 나는 걸어온 싸움은 피하는 성격이 아니오. 오히려 몇 배로 대가를 치러주는 성격이랄 까. 그래서 말인데, 당신들은 그만 검을 내려놓는 게 좋겠소."

시월이 대담한 협박을 아무렇지도 않게 내뱉었다.

"이… 런 미친놈이……"

일월문의 마인 중 한 명이 어이없다는 표정으로 욕설을 내뱉었 다. 그러고는 검을 들고 당장 시월을 공격하려고 앞으로 달려 나 가려 했다.

순간 중년 마인이 손을 들어 일월문 수하의 행동을 제지했다.

"솜씨가 제법인 것 같은데. 어느 문파의 사람이냐?"

중년 마인이 물었다.

그러자 시월이 가만히 중년 사내를 바라보다 입을 열었다.

"보통 스스로 마인임을 자처하는 사람들은 말보다 검을 앞세우 지 않소?"

시월의 반문에 중년 사내의 얼굴이 꿈틀거렸다.

"대화가 필요 없단 뜻이군. 좋아, 원하는 대로 해주지! 쳐라! 사 지를 자르고 입만 살려 놔라. 이후 마인도 대화를 즐긴다는 걸 알 려주겠다!"

중년 마인의 명에 이화검을 포위하고 있던 십여 명의 마인들이 고삐 풀린 사냥개들처럼 시월을 향해 달려들었다.

시월이 밀려드는 일월문 마인들의 기세에 압도되어 한 걸음 뒤로 물러나는가 싶다가, 갑자기 빼곡하게 밀려드는 도검 속으로 뛰어 들었다.

일월문의 마인들은 자신들의 진영으로 뛰어든 시월을 향해 도검을 쏟아부었다.

그런데 이상한 일이 일어났다. 시월이 그리 빠르게 움직이는 것같지 않은데도 일월문 마인들의 도검은 시월의 옷자락도 건드리지 못했다.

촘촘한 도검의 숲속에서 시월은 마치 유영하는 물고기처럼 부드럽게 전진했다. 그리고 한순간 그의 검이 춤을 추듯 부드럽게 검광을 뿌리기 시작했다.

사삭!

시월의 검 끝에서 미세한 절단음이 일어났다. 그러자 그를 포위하고 있던 일월문 마인들이 하나 둘 땅바닥에 무너져 내리기 시작했다.

"컥!"

"욱!"

자신들에게 무슨 일이 일어났는지도 모른 채 일월문 마인들이 쓰러져 갔다.

십여 명의 마인들 중 절반이 쓰러지자 시월을 포위했던 마인들의 검진이 와해됐다.

그러자 시월이 강하게 땅을 박차고 허공으로 도약하더니 바람처럼 움직여 이화검에게 검을 겨누고 있는 중년 마인 앞으로 다가섰다.

"놈!"

갑자기 자신을 향해 달려드는 시월의 기습에 놀란 중년 마인이 노성을 터뜨리며 이화검을 겨누었던 검의 방향을 틀어 시월을 내려쳤다.

순간 시월의 몸이 사선으로 기울어지면서 상대의 검기를 몸 왼쪽으로 흘려보냈다. 그렇게 몸을 기울인 채 중년 마인을 지나치던 시월이 짧게 검을 찔렀다가 회수했다.

"이놈이!"

중년 마인이 자신의 옆구리 사이를 바람처럼 지나가는 시월의 등에 검을 꽂아 넣으려 했다.

그런데 그 순간 갑자기 중년 마인이 거짓말처럼 그 자리에 주저앉았다.

"윽!"

무너져 내린 중년 마인의 입에서 뒤늦게 신음소리가 흘러나왔다.

팟!

중년 마인의 허벅지에서 피 분수가 솟구쳤다. 자신도 눈치채지 못하는 사이 시월의 검에 다리의 급소를 베인 중년 마인이 급히 두 손으로 상처를 움켜쥐고 지혈을 시도했다. 하지만 그의 손가락 사이로 흘러나오는 피를 모두 막을 수는 없었다.

"대주님!"

살아남은 마인들이 급히 중년 사내에게 달려들었다.

그리고 그중 한 명이 머리 끈을 풀어 중년 사내의 다리를 묶어 지혈을 시도했다. 다른 한 명은 품속에서 금창약을 꺼내 중년 마인의 허벅지에 통째로 부었다.

"음!"

중년 마인의 입에서 신음성이 흘러나왔지만, 그래도 그나마 수하들의 급한 치료에 피가 멎기 시작했다.

그 모습을 지켜보던 시월이 슬쩍 이화검을 바라봤다.

"괜찮습니까?"

"…전 괜찮아요. 그런데 대협은 누구신가요?"

"대단찮은 사람입니다. 우연히 이곳을 지나다가 이 일에 휘말렸군요. 그나저나 근처에 검문의 다른 문도들이 있습니까?"

"…아뇨. 우리 셋이 전부예요."

이화검이 고개를 저으며 대답했다.

"그럼… 마을이 있는 곳까지는 동행하시겠습니까?"

시월이 물었다.

"그래 주신다면 저로서는 감사할 다름입니다. 그런데 저들은……?"

이화검이 일월문의 마인들을 가리키며 물었다. 그녀의 시선에서 감출 수 없는 살의가 느껴졌다.

"다른 사람들은 보내주고 한 사람만 데려가시죠. 싸움이 끝났는데, 모두 죽이는 것은 검문의 명예에도 누가 될 듯하니."

"한 사람을 데려 간다고요?"

이화검이 의외라는 듯 물었다.

"검문의 문주께서 저자에게 듣고 싶으신 말이 있을 겁니다."

시월이 검을 들어 수하들에게 치료받고 있는 중년 마인을 가리켰다.

"…그렇군요. 그런데 순순히 따라 올까요?"

이화검이 물었다.

"저들은 마인들입니다. 누군가에게 목숨 바쳐 충성하는 자들이 아니지요. 잠깐만 기다리십시오."

시월이 이화검에게 말을 하고는 일월문 마인들에게로 다가갔다.

시월이 다가오자 일월문 마인들이 두려운 표정을 보이면서도 병기를 들었다.

"더 이상 싸우지 않겠다면 물러가도 좋소. 단, 그자는 두고 가시오."

"대주님을 두고 가라니! 그럴 수는 없다."

마인 중 한 명이 소리쳤다.

그러자 시월이 냉정하게 말했다.

"당신들을 모두 죽이고 그를 데려가는 방법도 있소. 내가 그럴 수 있다는 걸 이미 알 것 아니오?"

시월의 말에 마인들의 말문이 막혔다. 단 한 번의 격돌에서 동료 절반을 잃은 마인들이었다. 지금에 와서 시월과 다시 싸워봐야 돌아올 것은 죽음밖에 없다는 걸 모를 리 없었다.

"겪어봐서 알겠지만 난 검에 사정을 두는 사람이 아니오. 그렇다고 살인을 즐기는 사람은 더더욱 아니고. 그러니 이대로 떠난다면 더 이상 피를 보는 일은 없을 것이오. 사형!"

시월이 갑자기 아직까지도 한 명의 마인을 상대로 싸움을 이어가고 있는 곽부를 불렀다.

"어. 왜?"

곽부가 마인에게서 시선을 떼지 않고 대답했다.

"이제 그만하세요. 언제까지 놀고 계실 겁니까?"

"흐흐, 알았어. 오랜만에 실전을 하니 너무 재미있어서! 자 그만 끝내자고!"

곽부의 도끼가 그가 상대하던 마인의 검을 내리쩍었다.

쩡!

한순간 강렬한 파열음이 터져 나오더니 마인의 두꺼운 검이 그대로 부러졌다.

"헉!"

무지막지한 힘으로 상대의 검을 부러뜨린 곽부가 도끼날을 마인의 이마에 대었다.

"재밌게 놀아준 대가로 죽이지는 않겠다. 하지만 허튼 짓을 하면 머리를 쪼개 버릴 테니까. 조용히 있어!"

"아, 알겠소……."

독기를 잃어버린 마인이 얼른 고개를 끄떡였다.

"마음에 드는 대답이군."

곽부가 고개를 끄떡이고는 도끼를 회수해 어깨에 걸친 후 시월이 있는 곳으로 걸어왔다.

"다 끝난 거야?"

시월에게 다가온 곽부가 물었다.

"예, 사형!"

"이자들은 어쩌려고?"

"살려준다고 해도 떠나려 하질 않네요."

"그래? 그럼 모두 죽여야지!"

곽부가 어깨에 메고 있던 도끼를 들어올렸다. 그 모습이 마치 야차와 같아서 일월문의 마인들조차 두려움에 몸을 떨었다. 그리고 그 두려움은 행동으로 즉시 나타났다.

"알겠소. 우린 떠나겠소!"

"이놈들!"

수하들이 떠나겠다고 하자 중년 마인이 노한 눈으로 수하들을 노려보며 소리쳤다.

"대주님! 지금으로서는 저희도 어쩔 수 없습니다. 돌아가서 혼천마님께 말씀드린 후 반드시 대주님을 구하러 오겠습니다."

"이 빌어먹을 놈들아! 어디서 그따위 헛소리를 지껄이는 거냐? 이대로는 일월문으로 돌아갈 용기도 없는 놈들이!"

중년 마인이 소리쳤다.

"…젠장, 맞는 말씀입니다. 솔직히 우린 이대로 강호를 떠나 숨어 살아야 할 겁니다. 대주님을 두고 돌아간다면 혼천마께서 우릴 살려두겠습니까? 그러니 이대로 사라져서 목숨이나 부지하며 살랍니다."

일월문의 마인이 솔직하게 자신의 생각을 털어놨다.

"혼천마께서 네놈들을 찾지 못할 것 같으냐?"

"찾으려하시면 찾겠지요. 하지만 혼천마님이 저희 같은 일개 문도를 찾아다닐 만큼 한가한 분은 아니지요. 남쪽으로 멀리 가면 혼천마님도 저희 따위는 잊으실 겁니다. 자! 모두 가세. 따로 살길을 찾아야 할 때네."

일월문의 마인이 동료들을 보며 소리쳤다.

"그러세. 이왕 이렇게 된 것 한시라도 빨리 요동을 떠나는 것이 좋을 걸세. 요하 하구로 가서 배를 타세. 바다를 따라 내려가는 게 제일 좋을 걸세."

"그렇게 하세."

의기투합한 마인들이 서둘러 도검을 챙겨들고 장내를 떠나려다가 문득 고개를 돌려 시월에게 말했다.

"살려줘서 고맙소. 하지만 조심하시오. 일월문의 행사를 방해했으니 혼천마가 절대 가만있지 않을 거요."

"…우리 걱정은 말고 어서 가기나 하시오. 혼천마든 대천마든 우릴 공격하는 순간 지옥행이니까."

곽부가 호탕하게 대답했다.

"…알겠소. 살려줘서 고맙소."

일월문의 마인이 가볍게 고개를 숙여 보인 후 서둘러 숲으로 들어갔다.

그러자 곽부가 시월에게 물었다.

"그런데 이자는 왜 잡고 있어?"

"검문으로 보내려고요."

"검문에?"

"예. 혼천마가 검문을 노리고 있으니 검문에서도 이자에게 들을 말이 있지 않겠어요?"

"…그렇긴 하군. 그런데… 설마 이 무거운 놈을 내가 들어야 하나?"

"그래야지 않을까요? 전 예전이나 지금이나 우리 사형제들 중에 가장 몸이 작고 약하잖아요?"

시월이 어깨를 으쓱하며 대답했다.

제 9장
—
이화검

"억!"

중년 마인의 입에서 비명이 흘러나왔다. 그를 어깨에 멘 곽부가 작은 개울을 뛰어 건넌 직후였다. 허벅지에 입은 검상이 통증을 일으킨 모양이었다.

"엄살 피우지 마. 편하게 얹혀 가는 주제에. 젠장! 마졸 놈을 업어줘야 하다니!"

곽부가 투덜거렸다. 그의 투정은 길을 떠난 이후 내내 이어지고 있었다. 그래서 마음이 불편한 사람은 부상당한 문도를 부축해 시월의 뒤를 따라가고 있는 이가검문주의 딸 이화검이었다.

"사형! 그만 좀 투덜대요. 정 힘들면 제가 메고 갈게요."

"됐어. 너처럼 허약한 사제에게 이런 힘든 일을 시킬 수는 없지."

곽부가 빈정거렸다.

"웃자고 한 말인데 화났어요?"

시월이 슬쩍 곽부 옆으로 다가서며 물었다.

"화는 무슨, 나도 그냥 웃자고 한 말이지. 그나저나 언제까지 같이 갈 거냐?"

곽부가 슬쩍 시선을 돌려 이화검을 보며 말했다.

"첫 마을이 나올 때까지만요. 마을이 나오면 말을 구해서 간다고 했으니까."

"제길, 어째 마을이 나오기 전에 하루 노숙을 해야 할 것 같은데?"

곽부가 하늘을 보며 말했다. 어느새 날이 저물고 있었다.

"그러게요. 괜한 일에 휘말려 시간을 많이 허비했어요."

"그러게 왜 가는 길을 막고 지랄이야! 지랄이!"

탁!

"윽!"

곽부가 화를 내며 메고 있던 중년 마인을 후려치자 마인이 신음 소리를 흘렸다.

"조용히 해! 뭐가 아프다고! 다시 한번 비명을 지르면 줄에 매달아서 끌고 갈 줄 알아!"

곽부의 협박에 중년 마인이 이를 악물고 고통을 참았다. 얼마간 곽부의 어깨에 얹혀 오면서 이 젊고 괴팍한 녀석이라면 충분히 그럴 수 있다는 걸 알았기 때문이었다.

"하룻밤 노숙을 해야 할 것 같습니다."

시월이 걸음을 늦춰 이화검을 기다렸다가 말했다,

"그게 좋겠군요. 몽 언니도 더 이상 움직이는·것은 무리일 것 같군요."

이화검이 자신이 부축하고 있는 이가검문의 여고수를 보며 말했다

"죄송합니다. 아가씨!"

몽씨 성을 가진 여인이 죄지은 듯한 표정으로 말했다.

"뭐가 죄송해요. 절 지키다가 이렇게 된 건데. 그런 생각하지 마세요."

이화검이 화가 난 듯 말했다.

"그런데 그자들이 다시 오지 않을까요?"

이화검의 말에 머쓱해진 이가검문의 여검사가 이번에는 시월에게 물었다.

"아마 오지 않을 겁니다. 모두 혼천마의 벌이 무서워 도망을 갔으니까요."

시월이 담담하게 대답했다. 시월의 그런 편안한 대답이 이가검문의 여검사를 안심시켰다.

"늦었지만 대협의 도움에 감사드립니다. 무엇보다 아가씨를 구해주신 것은 이가검문의 문도로서 어떻게 감사드려야 할지 모르겠군요. 전 몽현이라고 합니다."

이가검문의 여검사 몽현이 뒤늦게 자신을 소개했다.

"뭐… 어쩌다 보니 그리 된 일이니 너무 마음 쓰지 마십시오."

시월이 어색하게 대답했다. 애초에 이화검을 도울 생각이 없었던 시월이었다. 만약 일월문의 마인들이 길을 막지 않았다면 그는 조용히 싸움을 피해 떠났을 것이다.

그래서 몽씨 성을 가진 여검사의 인사를 받는 것이 마음 한편

으로는 불편할 수밖에 없었다.

그런데 곤혹스러워하는 시월을 곽부가 구해줬다.

"사제, 여기가 적당할 것 같아!"

곽부의 목소리가 들리자 시월이 기다렸다는 듯이 곽부가 있는 쪽으로 이동했다.

"좋네요. 찬바람을 피할 수 있고, 바위와 나무들이 하늘을 가려 눈도 쌓이지 않았고요. 불을 피우면 따뜻할 것 같아요."

시월이 곽부가 고른 노숙지가 마음에 드는지 고개를 끄덕였다.

"좋아. 그럼 오늘 밤은 여기서 자는 것으로 하자고. 자, 당신도 그만 내려와!"

쿵!

"욱!"

곽부가 어깨에 메고 있던 중년 마인을 던지듯 내려놓자 마인이 이번만큼은 참지 못하고 신음 소리를 냈다.

"토끼라도 잡아올까?"

중년 마인이 고통을 받든 말든 관심이 없는 곽부가 시월에게 물었다.

"귀찮게 왜요? 건량을 먹으면 되지."

"그래도 손님이 있는데……."

곽부가 이화검과 몽씨 성을 가진 여검사를 보며 말했다,

그러자 이화검이 얼른 고개를 저었다.

"저희 때문이라면 괜찮습니다. 우리도 건량으로 간단히 요기하는 편이 좋을 것 같군요."

"뭐, 그러시다면야……."

곽부가 머쓱한 표정으로 대답을 하고는 주변을 정리해 노숙할 자리를 마련하기 시작했다.

타닥거리면서 타오르는 모닥불이 온기를 전해준다. 지난겨울 쌓인 눈들이 아직 녹지 않은 계절이지만, 모닥불을 피우자 노숙지가 금세 훈훈해졌다.

"이름이 뭐요?"

건량을 씹던 곽부가 힘겹게 몸을 일으켜 시월이 건넨 건량으로 요기를 하던 중년 마인에게 물었다.

중년 마인이 흘깃 곽부를 한 번 흘겨보고는 대답 없이 건량만 씹어댔다.

그러자 곽부가 혀를 찼다.

"거, 쓸데없는 자존심하고는. 고집은 때를 봐가며 내세우쇼. 나야 고문 같은 것을 할 바에야 차라리 죽이고 마는 사람이지만, 겨우 이름 석 자 말하지 않아서 곤욕을 치를 수도 있으니까. 이미 일월문의 마인인 것을 아는데 이름은 숨겨서 뭣하겠다고. 쯔쯔."

곽부가 혀를 찼다.

생각해 보면 곽부의 말처럼 중년 마인이 이름을 밝히지 않는 것은 쓸모없는 자존심이었다. 특히 이가검문에 끌려가서도 입을 열지 않으면 지금 그가 허벅지에 입은 검상에서 느끼는 통증은 간지러움 정도로 생각될 만큼 심한 고문을 받게 될 것이 분명했다.

"이름 정도는 말해도 되지 않겠소?"

이번에는 시월이 조용히 물었다.

그러자 중년 마인이 잠시 시월을 바라보다 한숨을 쉬며 대답했다.

"아골타……."

"아골타? 별 이상한 성씨네?"

곽부가 고개를 갸웃했다.

"여진 출신이군."

여검사 몽현이 차갑게 말했다. 이가검문은 요동의 무가여서 주변 이민족들에 대한 지식이 풍부했다.

"그렇소."

중년 마인 아골타가 대답했다.

"변방의 이민족이 무공을 수련하기란 쉬운 일이 아닌데……."

곽부가 고개를 갸웃하며 중얼거렸다. 물론 칠랑도 변방 출신이 다수였지만, 그건 백문보가 특별히 변방을 돌며 칠랑을 선택했기 때문이었다.

"삼십육마의 난에서 살아남은 혼천마는 북방으로 도주했었죠. 그때 혼천마의 눈에 든 모양이군요."

몽현이 말했다. 그녀는 무림사에 풍부한 지식을 가지고 있는 듯했다.

"맞소?"

곽부가 골타에게 물었다.

그러자 골타가 고개를 끄떡였다.

"결국 혼천마가 만든 일월문의 활동 무대가 여진족의 거주지와 겹친다는 거죠. 그래서 이가검문을 제압해 요동 무림을 손에 넣으려고 하는 거군요."

시월이 혼잣말처럼 중얼거렸다. 누구나 예상할 수 있는 혼천마의 행보다.

당연히 이화검과 몽현의 표정이 굳어졌다. 이미 그들이 겪은 일이 있어서 시월의 생각이 틀리지 않다는 걸 알고 있었다.

의천무맹 십팔장문 중 일문인 이가검문이 힘과 전통을 겸비한 요동 무림의 명문이기는 해도 삼십육마 혼천마는 가볍게 상대할 수 없는 인물이었다.

더군다나 그가 일월문이라는 마문을 만들어 세력을 모았다면 더더욱 위험했다.

"일월문에 혼천마말고 다른 삼십육마도 있소?"

잠시 침묵을 지키던 끝에 시월이 다시 골타에게 물었다.

만약 일월문에 다른 삼십육마도 개입되어 있다면 그 위험성은 더욱더 커진다.

"그건 아니오. 다만… 가끔 위대한 삼십육마의 마웅들께서 찾아오시긴 했소."

"빌어먹을 위대한 삼십육마는 무슨… 세상을 시산혈해로 만든 자들인데……."

곽부가 불쾌한 표정으로 소리쳤다.

그러자 골타가 겁을 먹은 듯 고개를 숙이며 입을 닫았다.

"찾아온 자들이 누군지는 아시오?"

시월은 여전히 침착하게 골타에게 질문을 던졌다.

"그건 잘 모르겠소. 다만 그중 한 분… 한 명은 알고 있소."

"누구요?"

"만계지마란 분이 가끔 혼천마 님… 을 찾아 왔었소."

마인 아골타는 혼천마나 다른 삼십육마를 높여 부르면 안 된다는 것을 알면서도 입에 붙은 말버릇 때문에 계속 곤혹스럽게 존대를 했다.

"만계지마… 그자가 또 나타나는군."

곽부가 중얼거렸다. 자신들의 정체를 숨겨야 함에도 불구하고
자신도 모르게 청림의 일을 떠올린 것이다.

"그를 아나요?"

이화검이 그냥 지나치지 않고 곽부에게 물었다.

그러자 곽부가 자신이 실수한 것을 깨닫고는 얼른 고개를 저
었다.

"뭐, 만나본 것은 아니지만 워낙 유명한 마인이니까요. 과거 삼
십육마의 난도 그가 주도했다는 것이 정설이잖아요?"

곽부가 되묻자 이화검이 별 의심 없이 고개를 끄떡였다.

"그렇죠. 강호에 흩어져 있던 삼십육마를 모은 사람이 그죠. 그
런데 그가 일월문의 혼천마를 돕는다면. 후… 본문이 정말 큰 위
협에 빠졌군요."

이화검이 길게 한숨을 내쉬었다.

"맹에 도움을 청하면 어떨까요?"

시월이 물었다.

"그래야겠죠. 하지만 맹에서 제대로 도움을 줄지는 의문이에
요."

"…혼천마와 만계지마라면 맹의 원조가 당연한 것 아닌가요?"

시월이 의아한 표정으로 되물었다.

"그렇긴 한데 요즘 맹의 사정이 그리 간단치 않아서… 일단 과
거와 달리 마련의 준동이 무림 곳곳에서 일어나고 있어서 맹의 주
요 문파들이 제 앞가림하기 바쁜 데다, 본문과 가장 가까이 있는

천문들인 모용세가와 신검산 대월문이 서로를 견제하고 있어서…… 제일 좋은 것은 그 두 문파의 고수들이 힘을 모아 본문을 돕는 건데……."

이화검이 걱정스러운 표정으로 중얼거렸다.

순간 시월과 곽부가 서로를 바라봤다.

만화원 비동에 은거해 사는 몇 개월 동안 예상했던 대로 월문이 천문의 지위에 오른 것이다.

월문의 사정을 자세히 알고 싶은 시월이 슬쩍 돌려서 질문을 했다.

"지난해 화록산 회합에서 마련을 상대할 방책들이 정해진 것이 아니었습니까? 비록 월문이 천문으로 인정받는 일이 중요한 일이었다고는 해도……."

"아버님의 말씀대로라면 특별히 대단한 방책이 나온 것은 아니라고 해요. 십대천문을 중심으로 각 지역의 문파들이 연합해서 마련의 발호를 막는 방법이 제시된 것 말고는요. 아, 물론 의천단의 전력을 크게 강화했다고는 하더군요. 하지만 삼십육마의 난 때처럼 토벌대를 구성하지는 못했어요. 과거와 달리 마련이 강호 거의 전역에서 발호한 탓에……."

이화검이 걱정스러운 표정으로 말했다.

"그렇군요. 하긴 어려운 일이기는 하죠. 일단 자파의 안위가 가장 우선들일 테니까요. 아마 마련의 마인들도 그 이유 때문에 삼십육마의 난 때와 달리 세력을 만든 후 여러 곳에서 동시에 난을 일으킨 것일 겁니다."

시월이 신중하게 말했다.

"그래서 걱정이에요. 본문은 강호에서 가장 변방에 위치한 문파고, 그마저 요동의 기둥이 돼야 할 월문과 모용세가가 은연중에 반목하고 있으니……."

"결국 의천단의 도움을 바랄 수밖에 없겠군요."

"아무래도 그 편이 빠르겠죠… 그런데……."

이화검이 대답을 하다가 시월을 바라보며 말꼬리를 흐렸다.

"말씀하십시오."

시월이 편한 표정으로 말했다.

"대협들께서는 어느 문파의 분들이신지……?"

새삼스러운 질문에 시월이 약간 당황하다가 이내 침착함을 되찾은 후 담담하게 대답했다.

"저희들은 칠선문의 사람들입니다."

"사제!"

칠선문을 입에 올리자 곽부가 놀란 표정으로 시월을 불렀다.

월문의 백문보가 눈에 불을 켜고 자신들을 찾고 있을 것이다. 그런데 칠선문의 문도라고 밝히는 것은 칠랑이 요동에 있다는 것을 알려주는 것이나 마찬가지기 때문이었다.

"본래 본문은 세상에 나서지 않는 은거지문이라 그 존재를 밝히는 것이 엄격하게 금지되어 있습니다. 그러니 이 여협께서도 저희들에 대해서는 비밀을 지켜주셨으면 합니다."

곽부가 놀란 모습을 본 이후라 이화검이 얼른 고개를 끄떡였다.

"그렇게 하겠습니다. 절 믿고 출신 문파를 밝혔는데 제가 어찌 타인에게 칠선문에 대해 말하겠어요. 칠선문에 대해서는 아버님께도 말하지 않겠어요."

"그러실 분 같아서 말씀드린 겁니다."

시월이 가볍게 미소를 지으며 말했다.

*　　　　*　　　　*

"왜 그랬어?"

곽부가 나직하게 물었다,

"뭘요?"

"칠선문이라고 말한 거."

"그녀를 믿으니까요."

"그렇다고 해도 굳이 칠선문을 입에 올릴 필요는 없었잖아?"

곽부가 여전히 이해할 수 없다는 듯 말했다. 그로서는 백문보의 추격을 피해야 하는 칠랑의 안위가 무엇보다도 중요했다.

"검문은 특별한 문파죠. 아마 이번 혼천마의 공세도 잘 막아낼 거예요. 수백 년 전통이 괜히 생기는 것은 아니니까요."

"그래서?"

"그런 문파의 신뢰를 얻어 두면 나중에 큰 도움이 될 거예요. 칠선문이라는 이름으로 무림에 나설 때를 생각해 보세요."

"가만, 그럼 정말 칠선문을 만드는 거야?"

곽부가 놀란 얼굴로 물었다.

"벌써 만들어졌잖아요?"

"아니, 그거야 그냥 사제가 문주를 속이기 위해 즉흥적으로 만들어낸 문파라고만 생각했지. 설마 칠선문을 진짜 만들려고 할 줄은 몰랐어."

"우리도 그럴듯한 문파 하나쯤 가져도 좋잖아요?"

"그야 뭐 그렇기는 하지만……."

"제대로 월문을 상대하려면 필요할 거예요."

"그런가?"

"칠선문이라는 이름으로 여러 무림 문파와 우호적인 관계를 맺어 놓으면 월문주도 함부로 우릴 공격하지 못하겠죠. 특히 이가검문 같은 문파들과의 인연은 더욱 중요하죠."

"음… 생각해 보니 그렇기는 하네."

곽부가 고개를 끄떡였다.

"혹시 또 모르죠. 향후 칠선문이 아주 오랫동안 강호의 전설로 남게 될지."

"호호, 강호의 전설?"

"전설이 뭐 별건가요? 실체가 있는 듯 없는 듯하면서도 간혹 절대고수들을 배출하면 전설이 되는 거죠."

"흐흠, 미지의 강력한 존재는 곧 전설이다?"

"사람들은 불확실한 상대에게 두려움과 신비로움을 느끼게 마련이죠."

"전설이라 흐흐, 나쁘지 않아."

곽부가 나직하게 능글능글한 웃음을 흘렸다.

하룻밤 노숙 후 한나절을 걷자 작은 마을이 나타났다.

시월과 곽부는 자신들의 일을 보기 전에 먼저 이화검을 위해 마차를 구했다.

작은 마을이라 말을 파는 마방이 있는 것은 아니었지만, 마을 근방 초원에서 유목을 하는 사람들이 적지 않아 마차를 구하는 것은 어렵지 않았다.

시월과 곽부는 마차에 마인 아골타를 묶어 태운 후 마부석에 올라 있는 이화검에게 물었다.

"검문까지 가는 데 걱정할 일은 없겠지요?"

시월의 걱정에 이화검이 웃으며 되물었다.

"걱정이 되시면 동행해 주시겠어요?"

"그, 그건… 저희도 일정이 있어서……."

"호호호, 걱정 마세요. 이곳부터 본문까지는 길도 넓고 민가도 많아 우릴 공격할 자들이 없을 거예요. 거리도 마차로 달리면 하루 안에 도착할 거리고요."

이화검이 자신 있게 말했다.

"알겠습니다. 그럼 편히 가십시오."

시월이 가볍게 포권을 해보였다.

"감사했어요. 대협께서도 편한 여행되세요."

이화검이 마주 고개를 숙여 보였다.

그러자 그 옆에 앉아 있던 여검사 몽현이 고삐를 풀어 마차를 출발시키려는 순간, 이화검이 급히 물었다.

"아! 그런데 대협들께 성함을 안 물어봤군요? 알려주실 수 있나요?"

이화검의 급한 물음에 몽현이 고삐를 당겨 출발하려는 마차를 세웠다.

"허! 그러고 보니 여태 우리가 이름을 말씀 안 드렸네?"

곽부가 놀란 표정으로 말했다.

"네, 그러셨어요."

이화검이 웃으며 말했다.

그러자 곽부가 다시 입을 열었다.

"난 곽부라고 하고 사제는 시월이라고 합니다."

"시월……."

"성은 연가입니다."

시월이 덧붙였다.

"연시월……."

이화검이 두 사람의 이름을 머리에 새기려는 듯 시월의 이름을 되뇌었다.

"나중에 무림에 크게 소문이 날 이름들이니 저희 이름을 꼭 기억해 주십시오!"

곽부가 장난스레 말했다.

"그럴게요. 아마 반드시 그렇게 되실 거예요. 제가 이미 두 분의 실력을 보았으니까요. 그럼!"

이화검이 시월과 곽부에게 살짝 고개를 숙여 보인 후 몽현에게 눈짓을 했다.

그러자 여검사 몽현이 힘차게 마차를 몰기 시작했다.

두두두!

마차가 곧게 뻗은 관도를 바람처럼 질주하기 시작했다.

시월과 곽부는 이화검이 탄 마차가 멀리 보이는 산허리를 돌아갈 때까지 그 자리에 서 있었다.

"뭐 좀 먹자!"

마차가 사라지자 곽부가 배를 쓰다듬으며 말했다.

"그러죠. 민가에 왔으니 제대로 된 음식 좀 먹어 봐요."

"흐흐, 그러자. 사형들에게 자랑하려면 제대로 된 음식을 먹어야지. 그것도 푸짐하게 말이야. 하하하!"

곽부가 호탕하게 웃으며 주변에서 반점을 찾았다. 마침 그리 멀지 않은 곳에 반점의 깃발이 보였다.

"저기 있네. 어서 가자!"

곽부가 시월의 소매를 잡아끌었다.

*　　　*　　　*

"흐흐… 망할 놈들! 결국 내 예상이 틀리지 않았군. 역시 만화원에 숨어 있었어. 클클클!"

한 노인이 객방 문을 열고 건너편 반점을 바라보며 음흉한 웃음을 흘렸다. 외모가 예전과 많이 달라 보이는 군자의 공천보다.

그의 얼굴은 마치 큰 병을 앓고 있는 사람처럼 피폐해져 있었다. 하지만 그의 눈에서 흘러나오는 섬뜩한 안광은 여전해서 그 안에 담긴 탐욕을 숨길 수 없었다.

"만화원에 남았다는 것은 만화원의 영약들도 여전히 그곳 어딘가에 있다는 뜻, 그 영약들이면 내 몸도 고치고 불로불사의 신단을 만들 수 있을 거야. 흐흐흐."

탐욕으로 일렁이는 눈빛으로 공천보가 나직한 음소를 흘리며 중얼거렸다.

*　　　*　　　*

"쩝! 아쉬운데……!"

곽부가 말에 오르려다말고 뒤를 돌아보며 아쉬워했다. 한 시진은 그에게 이 특별한 외유를 즐기기에는 너무 짧은 시간이었다.

"어서 가요. 사형들이 기다릴 거예요. 하룻밤 자고 가면 좋겠지만 그럴 여유가 없잖아요?"

시월이 곽부를 재촉했다.

"알아! 아는데… 그래도 아쉽다 이거지! 술도 못 마시고."

"언제부터 술을 마셨다고……."

"그러니까 말이야. 내 나이가 이미 이십대 중반을 넘었는데 아직 제대로 술을 마셔본 적이 없단 말이야. 계속 그 늙은이에게 잡혀 있느라 젊은 청춘 다 보낸 거지."

"아이고! 남들이 들으면 육십 넘은 노인인 줄 알겠어요."

"그렇지? 우리 사형제들은 아직 젊은 거지?"

"젊은 게 아니라 어린 거죠. 무림에선."

"맞아. 그런데 이상하게 난 내가 무척 나이가 많게 느껴져. 군자의 그 늙은이에게 잡혀 있던 시간이 너무 길어서 그런가?"

곽부가 고개를 갸웃했다.

그러자 시월이 갑자기 미안한 표정으로 말했다.

"죄송해요. 제가 좀 더 빨리 구해드렸어야 하는데……."

"아아, 시월 널 원망하는 게 아니야. 솔직히 네가 와준 것만 해도 너무 고마운데. 아무튼 그런 말이 아니라, 그 시간이 우릴 조금 늙게 만든 것 같아서 그래. 정신적으로……."

"그럴 수도 있죠."

시월이 고개를 끄떡였다.

그러면서 시월이 말에 올랐다.

이화검에게 마차 하나를 구해준 시월과 곽부는 말 세 필을 더 구했다.

두 사람이 타고 갈 말 외에 짐을 싣고 갈 말을 따로 구한 두 사람이었다. 그만큼 그들이 만화원으로 가져갈 짐이 적지 않았다.

시월이 말에 오르자 곽부도 훌쩍 말에 올라탔다. 그러고는 앞서 출발한 시월에게 다시 말을 걸었다.

"화노께선 의원이니까 술도 잘 담그시겠지?"

"그럴걸요? 만화원에서 화주를 본 적이 있는 것 같아요. 백화를 넣어 담근 귀한 술이라고 했죠."

"야… 그러면 이제 틈틈이 술을 좀 마셔봐야겠어."

"갑자기 왜 그렇게 술에 관심을 보이세요?"

시월이 이상하다는 듯 물었다.

"음, 그게 솔직히 술을 마시면 마음이 좀 느긋해지는 것 같아서."

곽부가 우울한 얼굴로 말했다.

"…아직도 악몽을 꾸세요?"

"쉽게 없어질 일은 아니지."

곽부가 대답했다.

"…언젠가 기회가 되면 군자의 그 늙은이의 목을 반드시 베고 말 겁니다. 그럼 사형들의 악몽도 사라질 테니까요."

시월이 갑자기 살의를 드러냈다. 순간 시월의 몸에서 뿜어지는 살기가 주변을 얼려 버리는 듯했다.

곽부가 그 기세에 놀라 움찔하다가 시월의 마음을 풀어주려는 듯 농담을 건넸다.

"사제, 그건 안 될 말이야."

"왜요? 그자를 살려둬야 할 이유가 있나요?"

"그게 아니라. 그자의 머리는 사제 몫이 아니라 나와 사형들의
몫이라는 거지."

"…그래도 그자는 제가 잡을 겁니다."

"글쎄, 난 양보 못해."

곽부가 고집을 부렸다.

그러자 시월도 고개를 저었다.

"두고 보세요. 그자를 누가 잡나."

"흐흐흐, 그럼 내기냐?"

"또 무슨 내기를 해요. 하여간 사형은 그렇게 내기하는 걸 좋
아하다가 크게 한번 당하실 거예요."

"그래도 좋아. 난 내기를 하면서 삶의 활력을 얻거든."

"큰일 났네. 술과 도박… 거기에 하나만 더하면 아주 폐인이 되
고 말겠어요."

"여자? 에이, 난 여자에겐 관심 없어."

곽부가 고개를 저었다.

"아니, 왜요? 자칭 강호의 호걸께서?"

"그… 우담 사매의 일 때문에 아주 여자라면 정이 다 떨어진다
야……."

곽부가 진저리가 나는 듯 고개를 저었다.

"그게 뭐 남자 여자의 문젠가요? 그냥… 사람의 문제지."

"그렇기는 한데, 그래도 겁이 나네. 여자들에 대해서."

"…소후 사형은 정말 괜찮은 건가요?"

시월이 걱정스러운 표정으로 물었다.

"글쎄, 겉으로 보기에는 멀쩡해 보이는데 또 모르지. 사람 속은… 특히 소후 사형은 과묵한 편이라서."

"…아무래도 쉽지는 않으시겠죠?"

"음……."

곽부가 무겁게 고개를 끄떡였다.

두 사람은 어느새 막막한 평야를 지나 산길로 들어서고 있었다.

산으로 들어오니 쌓인 눈의 깊이가 달라졌다. 물론 산길을 따라 사람과 짐승이 다닌 흔적이 있어서 말을 몰고 가는 것은 무리가 없었지만, 속도는 한결 느려질 수밖에 없었다.

"아무래도 노숙할 곳을 찾아야겠어. 말들도 지친 것 같고."

곽부가 주변을 둘러보며 말했다. 오후에 떠난 탓에 이미 날이 저물고 있었다.

"조금 더 가면 계곡이 있으니 거기서 노숙하죠."

시월이 말했다.

"그게 좋겠군. 눈을 녹여 먹는 것도 귀찮으니까."

곽부가 고개를 끄떡였다. 그러고는 지친 말을 재촉해 시월이 말한 장소로 이동했다.

콰아아!

아직은 겨울이 끝나지 않았음에도 계곡은 풍부한 물을 쏟아내고 있었다.

어쩌면 이미 설원 아래 땅속에는 봄이 찾아 왔는지도 모른다. 세상을 뒤덮었던 눈들이 아래쪽부터 녹아 계곡으로 흘러들어 오는 것이 분명했다.

"시원하네!"

폭포는 아니어도 그에 못지않은 가파른 계곡의 물줄기를 보며
곽부가 소리쳤다.

시월 역시 조금 답답했던 마음이 한결 풀어지는 느낌을 받았다.

그런데 그 순간 갑자기 시월의 눈이 번쩍이더니 말 위에서 허공
으로 도약하며 검을 빼 들었다.

그러고는 허공에 뜬 채 벼락처럼 서늘한 검기를 사방으로 뿌려
댔다.

*　　　*　　　*

카카캉!

허공에 뿌려진 시월의 청색 검기에 막힌 비도들이 사방으로 튕
겨 나갔다.

"웬 놈들이냐?"

뒤늦게 불청객들의 기습을 알아차린 곽부가 도끼를 빼 들고 말
에서 날아내리며 소리쳤다.

그런 그를 향해 다시 한 자루의 비도가 날아들었다.

캉!

곽부가 도끼를 휘둘러 가볍게 비도를 막아냈다.

"사형, 뒤에 계세요."

어느새 곽부 앞에 내려선 시월이 곽부의 앞을 막으며 말했다.

"걱정 마! 숨어서 공격하는 놈들 정도는 충분히 상대할 수 있

으니까."

곽부가 오히려 한 걸음 앞으로 걸어 나와 시월과 어깨를 나란히 하며 말했다. 그의 얼굴에서 숨길 수 없는 전의가 느껴진다.

시월이 그런 곽부를 말리려는 순간 문득 계곡과 접한 숲에서 한 무리의 사람들이 모습을 드러냈다.

그 순간 곽부의 입에서 욕설이 터져 나왔다.

"요망한 늙은이! 바로 당신이었군!"

"클클… 잘 지냈느냐? 얼굴색을 보니 제법 몸이 좋아진 것 같구나. 병신이 될 줄 알았는데. 나에게야 좋은 일이지만."

숲속에서 일단의 무인들을 데리고 나타난 군자의 공천보가 곽부를 보며 말했다. 마치 잃어버렸던 장난감을 찾은 듯한 표정이다.

"그럼 당신을 떠나면 죽을 줄 알았느냐?"

곽부가 소리쳤다.

"죽지야 않겠지만 사람 구실 못하며 살 줄 알았지. 나와 지낸 시간이 워낙 험했어야지. 그리고 네놈들 몸은 내가 아니면 제대로 회복시킬 사람도 없고."

"그게 억울해서라도 이를 악물고 몸과 무공을 회복한 거다. 이 늙은이야."

"그래그래, 잘했어. 다시 한번 내게 도움이 되려면 건강해져야지. 그런데 네놈을 회복시킨 것은… 역시 화노겠지?"

"역시 눈치 빠른 늙은이군. 잠룡동에서의 일이 알려지면 늙은이가 반드시 화노 어른의 존재를 눈치챌 거라 생각하긴 했지. 하지만 대담하게 여기까지 올 줄은 몰랐군. 그런데 왜 만화원으로 오지 않고 이렇게 밖에서 빙빙 돌고 있었던 것이냐? 설마 늙은이에게도 양심이란 것이 있는 거야? 파문당한 몸으로 귀한 의서까지 도둑질한 만화원에 들어가기에는 낯짝이 아무리 두꺼워도 부끄러웠던 모양이지?"

"갈! 이놈! 귀엽다 말 상대를 해줬더니 할 말 못할 말 가리지 못하는구나."

군자의 공천보가 살기가 흐르는 목소리로 소리쳤다.

"하하하! 이거 의외로 부끄러움을 아는 늙은이였네. 그렇게 발끈하는 걸 보니. 하하하!"

곽부가 조롱하듯 호탕한 웃음을 터뜨렸다.

그런 곽부를 노려보던 군자의 공천보가 시월에게 시선을 돌렸다.

"네가… 칠랑의 막내냐?"

"알아보겠소?"

시월이 되물었다.

"솔직히 네놈 얼굴은 기억 못 하겠다. 많이 변하기도 했고… 하지만 그 체구는 기억이 나는군. 칠랑에 어울리지 않게 마른 몸을 가지고 있었지."

"당신도 나만큼이나 많이 변했군."

시월이 부쩍 늙어 보이는 군자의 공천보의 얼굴을 보며 물었다.

그러자 곁에서 곽부가 의아한 표정으로 공천보에게 물었다.

"그러고 보니 어쩐 일이오? 다 죽어가는 얼굴이라니… 그새 무슨 일이 있었나? 우리가 떠날 때만 해도 혈색이 좋았는데……."

곽부가 이해할 수 없다는 듯 물었다.

그러자 군자의 공천보가 두 사람의 질문을 회피한 채 다른 질문을 던졌다.

"쓸데없는 소리는 하지 말고! 그는 만화원에 있느냐?"

"…계시다면 만날 용기는 있소? 지금껏 만화원에 들리지 못한 것은 그분을 만나는 것이 두려웠기 때문일 텐데?"

시월이 되물었다.

"가보지 않은 것은 아니다. 다만 사람 사는 흔적이 없어 확신할 수 없었지. 어쩌면… 등하불명이라고, 만화원을 떠난 척 흔적을 지우고 근처 어딘가에 숨어 살고 있을지도 모른다는 생각을 했었다. 그래서 만화원에서 가장 가까운 마을에서 한 계절 지내며 기다려 보기로 한 것이다. 숨어 살아도 필요한 물건을 구하러 반드시 한두 번은 내려올 것이라 생각했거든. 이렇게 내 예상대로 되었고."

군자의 공천보가 득의한 표정으로 말했다.

"그래서 그분을 만날 용기는 있다는 것이오? 그 용기가 있다면 내가 직접 그분께 당신을 안내하겠소."

시월이 제안하자 군자의 공천보가 고개를 저었다.

"아니, 아무 준비 없이 그를 만날 수는 없다. 적어도… 너희 둘의 목숨은 들고 가야 그와 거래를 할 수 있겠지."

"이제 보니 당신에게 큰 문제가 생긴 것 같군. 화노 어르신과 거래할 생각을 하는 걸 보면. 화노님은 당신이 가져간 화정의서가 당신에게 복이 아니라 화가 될 거라 하셨지. 화정의서는 단순한 의서가 아니라서 완벽하게 깨우치지 못한 자가 진기를 이용한 의술을 억지로 익히려고 하면 몸을 망치게 된다더니. 당신에게 그런 일이 일어난 것 같군."

시월의 말에 군자의 공천보 얼굴이 살짝 일그러졌다.

"화노가… 그런 말을 했느냐?"

"그렇소. 그런데 화노께선 파문당하고 의서까지 훔친 당신을 그래도 사형이라고 걱정하시더구려. 그에 비하면 당신은… 화노님의 걱정을 받을 자격조차 없는 사람이군."

"이놈! 네가 뭘 안다고 감히 날 평가하느냐?"

공천보가 시월을 노려보며 소리쳤다.

"왜 당신을 모르겠소. 나와 사형들만큼 당신을 잘 아는 사람이 세상에 또 있겠소? 소면호리… 세상에는 의원으로서 인자한 미소를 지어보이면서, 뒤로는 간악한 일을 도모하는 자가 바로 당신 아니오? 뛰어난 사제에 대한 열등감을 평생 떨쳐내지 못한 불쌍한 사람이기도 하고……."

"…넌 오늘 죽는다!"

공천보가 더 이상 참지 못하고 분노를 토해냈다.

"가능하겠소?"

"애송이 놈 따위 충분하다!"

공천보가 자신 있게 말했다.

"내가 월문과 어떤 싸움을 벌였는지 듣지 못했소?"

시월이 다시 물었다.

"물론 잘 들었다. 지형과 잔꾀로 용케 도망쳤더구나. 물론 그 또한 화노의 도움이 없었다면 불가능했겠지만. 그러나 월문주가 화록산 회합에 참여해야 했기에 널 추격하지 않은 것이지 네가 뛰어나서 추격을 멈춘 것은 아니다. 내가 오늘 너에게 네가 한없이 미천한 존재라는 것을 깨닫게 해주마."

"그럼 어디 한 번 당신의 그 뛰어난 실력을 봅시다."

시월이 검을 들어 올리며 말했다.

그러자 공천보가 한 걸음 옆으로 비껴서며 말했다.

"미안하지만 넌 내가 직접 손을 쓸 만한 상대가 아니다. 널 상대할 사람들은 따로 있다. 이들이 네놈의 팔다리를 자른 후 내 앞에 데려올 것이다."

공천보가 자신의 뒤에 서 있던 다섯 명의 무인들을 가리키며 말했다.

'살아 있는 사람이 맞는 건가?'

공천보가 내세운 오 인의 무인을 마주한 시월에게 처음 든 생각이었다.

다섯 무인에게선 어떤 생명의 기운도 느껴지지 않았다. 눈빛은 깊은 잠에 빠진 것처럼 몽롱해 보였고, 그 흔한 투기와 살기도 느껴지지 않았다.

철저한 무심(無心), 그것이 다섯 무인에게서 느낄 수 있는 전부였다.

"대체 이 사람들에게 무슨 짓을 한 것이오?"

시월이 공천보를 보며 물었다.

그러자 공천보가 도도한 표정으로 대답했다.

"최고의 무인이 되게 해줬지."

"최고의 무인?"

"망설임도 없고, 두려움도 없는… 무심의 경지가 무공 최고의 경지 아니냐?"

"설마… 실혼인이란 말이오?"

시월이 은은한 분노를 드러내며 물었다.

강호의 거마들 중 사람의 혼을 빼앗은 후 온전히 시전자의 명령

에만 반응하는 실혼인을 만들어 무서운 혈겁을 일으킨 자들이 있었다.

사람의 혼을 빼앗는 행위의 그 악독함 때문에 무림에서 철저히 금기시 되는 사법(邪法) 중의 사법이다. 그래서 마도의 세계에서조차 실혼인을 만드는 행위는 비난 받는 것이 보통이었다.

그런 실혼인을 만든 것이라면 공천보는 정사양도의 공적이 될수도 있었다.

"날 너무 무시하는군. 실혼인이라니. 그런 사법을 쓸 만큼 내실력이 부족하다고 생각하느냐?"

공천보가 희미한 미소를 지으며 되물었다.

"그럼 이들이 실혼인이 아니란 것이오?"

시월이 되물었다.

그러자 공천보가 다섯 명의 무인 중 한 명에게 말을 건넸다.

"일룡! 너희들은 혼이 없느냐?"

"명을 내리신다면 놈의 사지를 베어 주인님을 모독한 대가를 치르게 하겠습니다."

일룡이라 불린 자가 냉막하게 대답했다.

살기 가득한 말투지만 실혼인의 말투는 아니었다.

"봤느냐? 네 눈에는 이 친구에게 혼이 없어 보이느냐?"

공천보가 시월에게 물었다.

그러자 시월이 고개를 저으며 말했다.

"내가 잘못 본 것 같구려. 이들은 혼이 없는 것이 아니라 감정을 극도로 절제하는 것이구려."

"후후, 이제 제대로 보는군. 맞아. 이 친구들은 수년간의 고련을 통해 자신의 감정을 완전히 통제할 수 있게 되었다. 덕분에 그 어떤 자들보다 무서운 살수가 될 수 있었지. 네 재주로 감당할 수 있겠느냐?"

공천보가 눈을 치켜뜨며 물었다. 그의 얼굴에 자신이 길러낸 다섯 무인에 대한 자신감이 넘쳐흘렀다.

"감정도… 무공의 중요한 요소임을 모르는 모양이구려."

시월이 담담하게 말했다.

"후후후, 무슨 헛소리냐. 무공의 목적은 결국 상대를 베는 것, 그 일에 감정은 전혀 도움이 되지 않는다. 오늘 그걸 확인시켜 주마. 아! 그 전에 고맙다는 말을 먼저 해야겠군. 이들을 길러내는 데 너의 사형제들이 많은 도움을 줬으니까."

공천보가 시월에게서 시선을 돌려 곽부를 보며 말했다.

"늙은이, 그래서 우리가 필요했던 것이냐?"

"겸사겸사, 네놈들을 이용해 내 의술을 시험해 보는 것이 가장 중요한 일이었고. 이 친구들을 길러내는 데 도움을 받은 것은 부수적인 이득이었지."

"악독한 늙은이……."

곽부가 도끼를 고쳐 잡으며 이를 갈았다.

"녀석아, 인생이란 그런 것이다. 강자가 약자의 모든 것을 취하는 것이 인생이야. 무인으로 살 생각을 했으면 그런 이치쯤은 알아야지. 날 원망할 것이 아니라 네놈들이 나약했던 것이라 자책해야 한다는 거다."

"늙은이, 내 앞에 뒹굴면서도 그런 소리를 할 수 있는지 보겠다."

곽부가 도끼를 들어 공천보를 가리켰다.

그러자 공천보가 훌쩍 뒤로 물러나며 다섯 무인에게 명을 내렸다.

"동천오룡은 놈들을 잡아서 내 앞에 꿇려라! 팔다리는 잘라 버려도 좋다!"

공천보의 명을 받은 다섯 무인이 대답도 없이 시월과 곽부를 향해 다가왔다.

살기조차 느껴지지 않는 그들의 움직임은 대담한 성격의 시월과 곽부조차 등골이 서늘해지게 만들었다.

"사형, 뒤로 물러나 계세요."

시월이 굳은 표정으로 곽부에게 말했다.

"무슨 소리야. 나도 싸우겠다."

곽부가 물러나기를 거부했다.

"저들은 저 혼자 상대할 수 있어요. 사형은 늙은이를 잡을 기회를 엿보세요."

시월이 한결 나직한 목소리로 다시 말했다.

"늙은이를? 그런데 괜찮겠어? 저 다섯 놈은 절대 만만찮아 보이는데……."

곽부가 시월에게 다섯 명의 동천오룡을 모두 맡기는 것이 불안한지 되물었다.

"걱정 마세요. 겨우 살수들에게 당할 만큼 약하지 않아요. 그리고… 늙은이를 잡으면 저자들도 항복할 겁니다."

"음, 그렇기는 하지."

곽부가 고개를 끄떡였다. 시월의 말대로 이 싸움을 빨리 끝내는 가장 좋은 방법은 공천보를 제압하는 것이었다.

"약삭빠른 자이니 신중하게 움직이셔야 해요. 제가 최대한 저 자의 시선을 끌도록 할게요."

"알았어. 해보자!"

곽부가 대답을 하고는 훌쩍 뒤로 물러났다.

그러자 시월이 검을 사선으로 내린 채 다가오는 살수들을 향해 천천히 걸음을 옮겼다.

제 10장

—

월하검투(月下劍鬪)

사사삭!

얇은 종이를 날카로운 칼로 잘라내듯, 다섯 명의 살수가 다섯 방위에서 어둠을 가르며 시월을 공격했다.

동천오룡이라 불리는 자들의 공격은 은밀하고 쾌속했으며, 그러면서도 강렬했다.

더군다나 같은 무리이면서 다섯 명의 초식은 동질성이 거의 없었다. 정말 한 사람이 키워낸 살수들인가 의심이 갈 정도로 다섯 명 각자의 개성이 상이했다.

시월은 신중하게 적의 공격을 상대했다. 빠른 검은 튕겨내고 느리고 강력한 초식은 몸을 틀어 피했다.

그는 동천오룡을 상대로 자신이 가진 모든 무공을 이용했다. 그 중에서 가장 빛나는 것은 그의 유령 같은 보법이었다.

삼십육마의 일인 풍천마 서운관의 마공이자 절대보법인 만리보가 소후에게 전해지고, 다시 시월에게서 이어져, 그 본래의 위력을 뛰어넘는 경지를 보여주고 있었다.

그 보법으로 시월은 다섯 명의 극강의 살수들 사이에서도 어느 정도 자신의 공간을 확보하고 있었다.

살수들은 실체가 없는 유령처럼 움직이는 시월을 자신들의 검진 속에 가두기 위해 모든 방법을 동원했지만, 시월은 완벽해 보이는 살수들의 검진에서 거짓말처럼 빈틈을 찾아내 그 사이로 반격을 가하곤 했다.

하지만 공천보가 굳게 믿는 다섯 명의 살수들, 동천오룡은 계속 시월을 놓치면서도 지치지 않고 재차 공격을 이어갔다.

그들은 시월의 반격을 전혀 두려워하지 않았다. 시월의 검이 날카롭게 몸을 베고 지나가도 어떤 고통도 느끼지 않는 사람들처럼 계속해서 시월을 공격했다.

덕분에 싸움은 아슬아슬한 외줄을 타는 것처럼 치열한 긴장감 속에 진행됐다.

승부는 어느 쪽으로 기울지 않았지만, 뭔가 작은 외부의 충격만으로도 한순간에 승부가 결정 날 것 같은 팽팽한 긴장감이 가득했다.

곽부는 다섯 명의 살수들 속으로 파고들어 치열한 접전을 벌이고 있는 시월을 보며 연신 도끼를 들어 올렸다 내려놨다하며 안절부절못했다.

당장에라도 싸움에 뛰어들어 시월을 도우면 금세 싸움이 끝날 것 같으면서도, 혹시라도 자신 때문에 싸움의 균형이 허물어져 시월이 위기에 빠질까 봐 쉽게 싸움에 뛰어들 수 없는 곽부였다.

그러다가 곽부는 문득 본래 자기에게 맡겨진 일을 잊어버리고 있었다는 사실을 깨달았다.

"멍청한… 내 몫은 저 늙은이였지!"

곽부가 자신과 마찬가지로 눈알이 튀어나올 것 같이 놀란 표정으로 시월과 동천오룡의 싸움을 지켜보고 있는 공천보를 보며 중얼거렸다.

애초에 싸움이 시작되면 곽부는 공천보를 잡기로 약속한 일이 떠오른 것이다.

"이래서 늘 대사형이 나보고 정신 차리고 살라고 하시는 거야. 싸움 구경에 빠져서 가장 중요한 약속을 잊어버리다니… 쯔쯔!"

곽부가 혀를 차며 날카로운 눈으로 공천보를 바라봤다.

"겁쟁이 늙은이 같으니라구!"

곽부의 입에서 욕설이 흘러나왔다.

싸움을 지켜보는 공천보의 자세를 보면 언제라도 도망칠 준비를 하고 있다는 것을 알 수 있기 때문이었다.

"화노 어른의 사형이라면 무공도 제법 강할 텐데 도망갈 준비나 하고 있다니. 어쨌든 늙은이! 오늘 당신은 내 사냥감이야."

곽부가 도끼를 어깨에 척 걸쳐 메고 슬금슬금 움직이기 시작했다.

그렇게 전투가 이어지고 시간이 흐르자 변하지 않을 것 같던 싸움의 양상이 조금씩 변하기 시작했다.

어느 순간부터 서서히 동천오룡의 공격이 시월을 위협하는 횟수가 많아지기 시작한 것이다.

그런 전세의 변화는 싸우는 모양에서도 나타났다. 처음 싸움이 시작되었을 때 시월은 다섯 명의 살수들 한가운데에서 싸웠지만, 지금은 그들의 중심에서 벗어나 다섯 명의 살수들에게 몰이를 당하듯 계곡 북쪽에 있는 절벽을 등지고 싸움을 이어가고 있었다.

다시 말해 지형을 이용해야 동천오룡을 상대할 수 있는 상황까지 밀려 있다는 의미였다.

그래서인지 긴장했던 공천보의 표정도 제법 풀려 있었다. 이젠 긴장보다는 흥미와 기대감이 깃든 표정으로 싸움을 지켜보는 공천보였다.

"조금 있으면 끝나겠군. 그래도 저 어린놈이 대단하기는 하구나. 월문에서 함구하고 있지만, 소문대로 월문신룡과의 대결에서도 저놈이 우세했다는 얘기가 사실인 것 같군. 무림의 그 누구도 동천오룡의 합공을 백초 이상 견딜 수 있을 거라 생각지 않았는데, 백여 초를 견뎌 내다니… 아까운 놈이야. 잡아 쓰면 좋을 텐데."

공천보가 입맛을 다시며 중얼거렸다.

그런데 그 순간 갑자기 벼락 치는 듯한 고함소리가 터져 나오면서 어느새 공천보의 측면으로 다가온 곽부가 도끼를 휘두르며 달려들었다.

"늙은이! 잡긴 누굴 잡는단 말이냐! 내가 널 잡아 뼈를 깎아 버리겠다!"

"엇? 이놈이!"

시월과 동천오룡의 싸움에 정신을 빼앗기고 있다가 갑자기 곽부에게 기습을 당한 공천보가 화들짝 놀라 욕설을 퍼부으며 뒤로 물러났다.

콰쾅!

곽부의 도끼가 벽력처럼 공천보가 서 있던 자리를 가격했다.

쩌저적!

곽부의 도끼에 잘려 나간 나무가 비명을 지르며 쓰러졌다. 그야말로 무지막지한 힘이 아닐 수 없었다.

"이놈! 벌써 무공을 다 회복했구나!"

공천보가 곽부의 힘에 놀라 소리쳤다.

"당연하지! 화노님의 능력은 당신 같은 늙은이와 견줄 바가 아니더라고. 당신도 잘 알 텐데?"

곽부가 히죽거리며 공천보를 조롱했다. 그러면서도 그는 공천보를 향한 공격을 멈추지 않았다.

"감히 네놈 따위가 날 조롱해! 네놈 하나 정도 너끈히 상대할 힘이 내게도 있다!"

창!

공천보가 독기를 뿜어내며 허리춤에서 검을 뽑아 들었다. 협검이라 불러도 좋을 만큼 좁은 검신과 날카로운 검 끝을 가진 검이다.

"흐흐! 계집이나 가지고 놀 검이군. 늙은이가 역시 기력이 많이 쇠약해진 모양이야?"

웅!

곽부가 조롱을 멈추지 않으면서 도끼로 공천보를 내리쳤다.

콰앙!

곽부의 도끼가 아슬아슬하게 공천보를 지나쳐 옆에 있던 바위를 부숴버렸다.

순간 공천보가 벼락처럼 검을 뻗었다.

번쩍!

공천보의 검에서 일어난 검광이 날카롭게 곽부의 허벅지를 찔렀다.

곽부가 재빨리 도약해 공천보의 검을 피했지만, 공천보의 쾌검이 아슬아슬하게 곽부의 허벅지를 스치고 지나갔다.

삭!

곽부의 바지 자락이 잘려 나가면서 가는 혈선이 만들어졌다.

"빌어먹을 늙은이! 역시 무공 재주를 감추고 있었구나!"

곽부가 투덜거리며 허공에서 한 바퀴 회전해 뒤로 물러났다.

"후후후, 화의일맥이 의술이나 수련하는 보통 의가인 줄 알았더냐?"

"흐흐… 파문당한 주제에 화의일맥이라고 거들먹거리기는… 사람이 부끄러운 줄 알아야지. 늙으면 창피함도 잃어버리는 거야?"

곽부는 부상을 당하고도 공천보에 대한 조롱을 멈추지 않았다. 그럴수록 공천보의 분노도 커졌다.

"요 버르장머리 없는 놈! 네놈은 반드시 산 채로 잡아서 살아 있는 채로 배를 갈라보겠다."

"흐흐흐, 늙은이가 왜 화의일맥에서 파문당했는지 알겠군. 의원이란 자가 이렇게 잔혹해서야… 군자의라는 별호는 어떻게 만들었을까. 그동안 살의를 참기 힘들었을 텐데. 아니, 숨어서 사람들을 죽이고 다닌 거냐?"

"입 닥쳐라!"

공천보가 더 이상 참지 못하고 곽부를 향해 달려들었다.

파파팟!

공천보의 협검이 세 갈래의 검기를 뿜어냈다.

의원의 신분임에도 불구하고 검기를 만들 수 있는 무공을 가진 것은 놀라운 일이 아닐 수 없었다.

곽부가 거친 말과 달리 신중한 눈빛으로 공천보의 검기를 바라보다가 공천보의 검기가 눈앞에 이르자 벼락처럼 도끼를 휘둘렀다.

카카캉!

곽부의 도끼가 사선을 그리며 공천보의 검기를 막아냈다.

"늙은이, 이제 제대로 싸워주겠다. 미친놈 무공이 얼마나 무서운지 알게 해주마!"

곽부가 천둥처럼 소리치고는 정말 미친 사람처럼 도끼를 사방으로 휘두르며 공천보를 향해 달려들었다.

"이놈이… 정말 미친 건가?"

공천보가 태풍처럼 밀어붙이는 곽부의 공세를 피하며 당혹스러운 목소리로 중얼거렸다.

그의 말처럼 곽부의 도끼는 정말 미친 사람이 휘두르는 것처럼 거칠고 격식이 없었다.

무공 초식이란 병기의 일정한 흐름을 만들어내 빈틈없이 적을 공격하거나 방어하는 것인데, 곽부의 부술에는 그런 흐름이 없었다. 도끼를 들어 장작 패듯 무지막지하게 공천보를 내리찍을 뿐이었다.

그런데 사실 그 부술이야말로 악명 높은 일대마인의 도법(刀法)에 뿌리를 둔 고절한 무공이었다.

삼십육마 중 한 명인 광마 동인의 광마도법을 변환시킨 것이 곽부의 부술이었던 것이다.

그래서 일정한 흐름이 없는 것 같아 보이지만, 사실은 공수의 조화가 거의 완벽한 부술이었다.

당연히 공천보로서는 곽부의 부법을 쉽게 파훼할 수 없었다.

"늙은이, 도망만 다닐 거야?"

반격을 하지 못하고 계속해서 자신의 도끼를 피해 다니는 공천보를 보며 곽부가 다시 조롱의 말을 내뱉기 시작했다.

"이런 미친놈! 너 같은 미친 돼지를 잡는 법은 따로 있다. 뭣들 하느냐? 빨리 그놈을 처리하고 이놈을 잡아라!"

공천보가 위험을 감수하기 싫다는 듯 시월과 싸우고 있는 동천오룡에게 소리쳤다.

그런데 그 순간 곽부가 킬킬거리기 시작했다.

"크크크! 이 늙은이 똑똑한 척은 혼자 다하더니 아직도 상황 파악을 못했네."

"…무슨 헛소리냐?"

"저게 지금 금방 끝날 싸움처럼 보이냐? 아니, 늙은이가 데려온 자들이 사제를 이길 것 같아 보이느냐?"

곽부가 도끼를 들어 시월과 동천오룡을 가리켰다.

곽부의 말에 공천보가 본능적으로 시선을 돌렸다. 그러고는 곽부의 말대로 뭔가 잘못되었다는 것을 깨달았다.

분명 곽부가 자신을 공격하기 전에는 동천오룡이 시월을 북쪽 절벽에 몰아넣고 여유 있게 승리 할 것처럼 보였었다.

그런데 지금은 사정이 완전히 달라져 있었다. 지금은 오히려 시월이 반대로 동천오룡을 절벽 쪽으로 몰아붙이고 있었던 것이다.

동천오룡은 마치 늑대에게 쫓기는 토끼들처럼 절벽을 등지고 시월의 공격을 막아내느라 진땀을 흘리고 있었던 것이다.

"저놈이 대체 어떻게……?"

공천보가 곤욕스러운 표정으로 중얼거렸다. 그로서는 도저히 이해가 가지 않은 싸움의 전개였다.

그러자 곽부가 팔짱을 끼며 말했다.

"늙은이, 당신은 사제에 대해 몰라도 너무 몰라. 사제의 무공은 천하십대고수 안에 들어간다고."

"이런… 빌어먹을 놈! 어디서 그런 터무니없는 소리를 지껄이느냐? 천하십대고수라니! 무림 역사상 저렇게 어린놈이 천하십대고수의 반열에 오른 경우가 없었다."

"흥! 아무도 하지 못했다고 해서 누구도 할 수 없는 건 아니지. 믿든 말든 늙은이 마음이지만 우리 사형제들 평가는 시월이 천하십대고수에 들어간다는 거야. 그래서 애초에 늙은이가 데려온 동천오룡인지 올챙인지 하는 자들은 사제의 상대가 될 수 없었어. 사제가 그럭저럭 놀아준 것은 늙은이를 방심시키기 위한 거였어. 내게 늙은이를 잡을 기회를 주기 위해서 말이지. 자! 그러니까 헛된 기대는 말고 다시 한번 놀아보자고!"

곽부가 팔짱을 풀고 도끼를 들어 올리며 말했다.

그러자 공천보가 검을 들어 곽부의 공격에 대비하면서도 빠르게 주변을 살피기 시작했다.

곽부의 말대로 시월은 처음에는 칠 할의 힘으로 동천오룡을 상대했다. 그러다 곽부가 방심한 공천보와 싸움을 시작한 이후에는 온전한 힘으로 적을 상대했다.

그에게서 펼쳐지는 육마의 무공들은 너무 변화무쌍해서 동천오룡은 그 놀라운 변화에 당황할 수밖에 없었다.

시월은 자세를 역전시켜 동천오룡을 절벽에 밀어붙인 후 전혀 그곳을 벗어날 틈을 주지 않았다. 그러자 결국 동천오룡도 자신들이 감정을 지닌 인간임을 드러내기 시작했다.

시월의 예측할 수 없는 무공에 당황한 그들은 서서히 흥분하기 시작했고, 그 흥분이 살기를 강화시켰지만, 또한 그만큼의 많은 허점도 만들어냈다.

시월은 그런 동천오룡의 허점을 결코 용서하지 않았다.

팟!

시월의 검이 날카롭게 동천오룡 사이를 뚫고 들어갔다.

그러자 앞서 있던 두 사람이 몸을 틀어 시월의 검을 아슬아슬하게 피했다.

하지만 그 순간 갑자기 시월의 검에서 벼락처럼 투명한 검기가 길게 뻗어 나가 뒤에 있던 동천오룡 한 명의 옆구리를 찔렀다.

"큭!"

옆구리를 찔린 자가 나직한 신음과 함께 주춤거리며 뒤로 물러나다가 절벽에 등이 닿자 그 자리에 주저앉았다.

드디어 각기 다른 무공을 가지고도 한 사람처럼 움직이던 다섯 중에서 이탈자가 생긴 것이다.

그리고 그때부터 싸움은 온전히 시월의 시간으로 흐르기 시작했다.

*   *   *

시월의 움직임은 가볍고 유려했다.

군자의 공천보가 세상에서 가장 위험한 살수들이라고 자부하는 동천오룡을 밀어붙이면서도 마치 검무를 추는 듯 부드러워 보였다.

느려 보이는 것은 실제로 느린 것이 아니라 그의 움직임이 부드럽기 때문이었고, 약해 보이는 것은 정말 약한 것이 아니라 굳이 강함을 밖으로 드러내지 않고 안으로 갈무리할 수 있기 때문이었다.

빈틈이 없어 보이던 동천오룡의 검진은 한 사람이 쓰러짐으로 인해 엉성한 그물처럼 변했다.

시월은 그 그물 속에서 자유롭게 움직였다.

스슥!

시월이 동천오룡 사이를 미풍처럼 지나치며 가볍게 검을 좌우로 휘둘렀다.

파팟!

시월의 검이 동천오룡 중 두 명의 허벅지와 등을 빠르게 베어냈다.

"욱!"

"음……."

처음에는 시월의 검에 가볍게 베였다고 생각했던 두 살수가 갑자기 무거운 신음 소리를 내며 주춤거리더니 시월을 따라붙지 못하고 그 자리에 무너져 내렸다.

가볍게 보이던 시월의 공격이 사실은 무척 깊은 검상을 그들의 몸에 만든 것이다.

그렇게 한순간에 동천오룡 중 세 명이 무너지자 남아 있는 자들 둘은 더 이상 시월을 공격할 수 없었다.

그들은 이제 더 이상 자신들이 사냥꾼이 아니란 사실을 인정할 수밖에 없었다. 이제 그들은 사냥감이 되어 있었다.

그리고 그런 전세의 변화에 가장 당황하는 사람은 동천오룡이 아니라 그들의 주인인 군자의 공천보였다.

"어떻게 생각해? 늙은이."

무지막지한 공격을 해대다가 갑자기 도끼를 멈춘 곽부가 공천보에게 물었다.

"……."

공천보는 곽부의 조롱기 가득한 질문에 어떤 대답도 하지 않았다. 대신 그는 빠르게 주변을 살피기 시작했다.

"흐흐흐, 뭐야? 도주할 길을 찾는 거야? 그건 내가 용납 못하지. 당신에게 복수하는 것이 내 평생의 소원이었는데, 스스로 그물 안으로 걸어 들어온 당신을 그냥 놓아줄 수는 없어."

곽부가 재빨리 공천보에게 다가서며 말했다. 공천보가 도주할 틈을 주지 않기 위해서였다.

"겨우 너 따위가!"

완전히 궁지에 몰린 공천보가 화를 이기지 못하고 곽부에게 달려들었다.

파파팟!

공천보의 손이 마치 침을 꽂듯 빠르고 간결하게 검을 뿌렸다.

그러자 곽부가 도끼를 바람개비처럼 회전시켜 공천보의 공격을 막았다.

카카캉!

공천보의 검기들이 곽부의 도끼에 막혀 사방으로 튕겨 나갔다.

"늙은이, 끝이다!"

공천보의 매서운 공격을 신력으로 막아낸 곽부가 옆으로 비껴 나가는 공천보를 향해 벼락처럼 도끼를 내리찍었다.

"헉!"

팔 년을 가둬 두고도 곽부의 신력에 대해서 정확하게 모르고 있던 공천보는 태산을 쪼갤 듯 내리찍히는 곽부의 도끼에 놀라 헛바람을 토하며 급하게 몸을 틀었다.

하지만 곽부의 도끼를 완전히 피할 수는 없었다.

서걱!

몸을 틀며 자연스럽게 허공으로 치솟는 공천보의 팔을 곽부의 도끼가 단번에 잘라 버렸다.

"악!"

공천보의 입에서 단말마의 비명소리가 터져 나왔다.

그러면서도 공천보가 빠르게 땅을 굴러 가파른 계곡 난간 쪽으로 이동했다.

"늙은이! 도망갈 수 있을 것 같으냐?"

곽부가 폭포처럼 물을 쏟아내는 계곡 난간에 위태롭게 서 있는 공천보를 향해 달려들며 소리쳤다.

쿠오오!

허공에서 내리찍은 곽부의 도끼가 공기를 가르며 묵직한 파공음을 만들어냈다.

순간 공천보가 갑자기 불쑥 계곡 아래로 몸을 던졌다.

"반드시 복수하고 말 것이다!"

절벽처럼 가파른 계곡의 거친 물길 속으로 몸을 던진 공천보의 저주 같은 경고가 들렸다.

하지만 그의 몸은 이미 계곡물과 뒤섞여 제대로 보이지 않았다.

"이런 독한 늙은이! 에라잇!"

곽부가 욕설을 내뱉으며 계곡물과 섞여 산 아래로 떨어지듯 흘러 내려가는 공천보를 향해 도끼를 내던졌다.

웅웅웅!

곽부가 던진 도끼가 거친 파공음을 만들어 내면서 공천보를 향해 날아갔다.

퍽!

"악!"

도끼가 물속으로 떨어지는 순간 다시 한번 공천보의 비명소리가 들렸다.

그러나 그걸 끝으로 공천보의 모습도, 도끼도 격류에 휩쓸려 내려가 더 이상 보이지 않았다.

"따라갈까?"

곽부가 시월에게 소리쳐 물었다.

"그만 두세요. 저 아래 쪽은 아예 폭포예요. 살았어도 죽었어도 찾기 어려울 거예요."

"그런가? 이건… 좀 찝찝한데. 살아 있으면 무슨 일이라도 할 늙은이라서……."

"어쩌면 죽지 않는 게 나을 수도 있어요."

"그건 또 무슨 소리야?"

곽부가 이해할 수 없다는 듯 물었다.

누가 봐도 공천보가 살아 있는 것은 칠랑에겐 위험이었다.

"화노 어른의 사형이잖아요. 누가 뭐래도……."

"파문된 사람이 사형은 무슨……."

"그래도 우리 손에 죽었다면 그분도 우리도 마음이 편치 않을 거예요."

"…그런 면이 있긴 하지만… 그런데 그자들은 어쩔 거야?"

곽부가 물었다.

시월의 싸움도 어느새 끝나 있었다. 동천오룡이라 불린 살수들은 절벽 한쪽에 모여 앉아 부상을 치료할 생각도 하지 않고 시월의 처분을 기다리고 있었다.

그런데 이상한 점은 그들에게서 삶에 대한 의욕이 전혀 느껴지지 않는다는 것이었다.

살수로 살기 위해 몸의 기운과 감정을 감추는 수련을 했기 때문만은 아니었다. 그들의 동공에선 삶에 대한 아무런 미련이 느껴지지 않았다.

"…어르신께 데려가야겠어요."

시월이 말했다.

"너무 위험한데……."

곽부가 말꼬리를 흐렸다. 칠랑의 위치를 아는 사람들이 많아지는 것은 결코 좋은 일이 아니었다.

어쨌거나 칠랑은 월문과 운중오문의 추격을 항상 조심해야 하는 상황이었다.

"그렇다고 이대로 돌려보낼 수도 없잖아요? 모두 죽일 수도 없고……."

"그렇긴 한데… 아, 이번에 괜히 산을 내려왔나? 예상치 않은 일들이 자꾸 생기네."

곽부가 투덜거렸다.

시월이 곽부의 투덜거림을 뒤로 하고 동천오룡에게 다가갔다. 그러고는 차분하게 말했다.

"같이 가야겠어요."

"그냥 죽여라!"

동천오룡의 우두머리로 보이는 자가 말했다. 여전히 어떤 감정도 얼굴에 드러나지 않는 사내다.

"우린 아무나 죽이는 사람 아니에요."

"우린 널 죽이려 했다. 그러니 네가 우릴 죽일 이유는 충분해. 누구도 널 비난하지 않을 거다. 죽는 우리조차도."

사내가 다시 말했다.

"비난이 두려워서가 아니에요. 겨우… 공천보 같은 사람을 위해 살다가 죽는 게 안타까워서 그렇죠. 같이 가요. 가서 한 분을 만나요. 그분이라면 당신들에게 새로운 삶을 선물할 수도 있을 거예요."

"…새로운 삶… 의미 없다."

사내가 무심하게 대답했다.

"…아무튼 이 싸움, 제가 이겼죠?"

시월이 엉뚱한 질문을 했다.

"인정하지."

"그럼 일단 제 말을 들어요. 어떤 싸움이건 패자는 승자의 말을 따라야 하는 것이 전장의 법이니까."

"…우릴 노예로 쓰고 싶은 거냐?"

"노예는 줘도 안 가져요. 노예로 살아봐서 노예를 부리는 일이 사람이 할 짓이 못 된다는 걸 너무 잘 아니까요."

"…노예로 살아봤다고?"

처음으로 사내의 얼굴에 감정이 드러났다. 시월의 말에 작은 호기심이 그의 눈에 떠오른 것이다.

"예. 사막 노예 시장에도 끌려가 봤고, 또 어느 야심가의 손에서 노예인 줄도 모르면서 지내기도 했죠. 어쩌면 당신들과 공천보, 그 노인네의 관계도 비슷할지 모르겠네요. 아무튼 일단 가요. 가서 그분을 만나고도 죽음을 원한다면 어르신이 아주 편하게 목숨을 끊어주실 거예요."

"…대체 그가 누구냐?"

사내가 물었다.

"혹시 우리가 누군지 아나요?"

"……."

"몰라요?"

시월이 다시 물었다.

"모른다."

"그가 말해주지 않았나요?"

시월이 다시 묻자 사내가 고개를 저었다.

"…대체 당신들은 그에게 무엇이었죠?"

시월이 탄식하듯 묻자 사내가 눈이 공허해졌다. 그러고는 혼잣말을 하듯 중얼거렸다.

"…글쎄 우린 대체 그에게 뭐였을까?"

이상한 일이었다. 공천보가 길러낸 절대살수들인 동천오룡은 묵묵히, 어떤 반항이나 도주의 의욕조차 보이지 않고 시월과 곽부를 따라나섰다.

그래서 언뜻 보면 이들은 아주 오래전부터 알던 사람들 같았다.

더군다나 그들은 시월과 곽부에게 질문조차 던지지 않았다. 그래서 오히려 곽부가 답답함을 이기지 못하고 몇 가지 질문을 던졌지만, 대화가 길게 이어지지 않았다.

동천오룡이 자신들의 과거에 대해서는 철저히 침묵했기 때문이었다.

그래도 그나마 그들의 이름은 알 수는 있었다. 아니, 정확하게 말하면 이름은 아니었다. 그저 공천보가 그들을 부르기 쉽게 지어준 별칭 같은 것이었다.

그들은 각기 건, 곤, 감, 리, 혼 이라고 자신들의 이름을 밝혔다.

이름이 아니라 별호가 아니냐고 곽부가 되물었지만, 그들은 한사코 그것이 자신들의 이름이라고 말했다.

그때는 제법 고집도 부리는 동천오룡이었다. 그래서 곽부도 결국 그 단어들이 그들의 이름이라고 인정할 수밖에 없었다.

그중 우두머리 노릇을 하는 사람은 건이라 불리는 사람이었다.

시월과 자신들의 미래에 대해 짧은 대화를 나누었던 바로 그 사내였다.

직접 말한 것은 아니지만 다른 살수들이 건이라 불린 사내의 결정을 순순히 받아들이는 것을 봐서 그가 무리의 우두머리인 것은 분명했다.

시월과 곽부가 동천오룡에 대해 알아낸 것은 그 정도가 끝이었다. 그들은 마치 살아 있는 시체처럼 입을 닫고, 표정도 지우고, 감정도 지운 채 묵묵히 걸을 뿐이었다.

덕분에 하룻밤 노숙 후 떠난 일행은, 쉬지 않고 걸은 끝에 해가 지기 전에 만화원이 보이는 능선까지 도착했다.

다른 때라면 하루 정도 더 노숙을 해야 할 거리였지만, 시월과 곽부는 노숙을 하는 대신 밤길을 걸어 한밤중에라도 만화원에 도착하기로 결정했다.

동천오룡을 데리고 어색한 노숙을 하는 것이 서로에게 불편했기 때문이었다.

횃불을 들고 갈 수 없는 밤길, 달빛은 일행에게 좋은 벗이 되어 주었다. 그래서 일행이 이동하는 속도는 낮이나 밤이나 크게 다를 바가 없었다.

덕분에 시월 일행은 예상대로 자정 무렵 만화원 근처에 도착했다.

그런데 그들이 만화원으로 들어가기도 전에 칠랑과 화노가 일제히 그들 앞에 나타나 마중을 했다.

"어? 사형들이 웬일로 나오셨어요? 무슨 일 있어요?"

갑자기 사방에서 길을 막듯 나타난 사형들을 보며 곽부가 물었다.

"그건 우리가 묻고 싶은 말이야. 대체 무슨 일이야?"

부리가 되물었다. 그의 시선은 시월과 곽부를 지나 동천오룡에게 닿아 있었다.

"아, 이 사람들 때문에 나오셨군요."

그제야 칠랑이 마중 나온 이유를 알아챈 곽부가 고개를 끄떡였다.

　사실 칠랑은 만화원에 은거하는 와중에도 한 사람씩 밖으로 나와 경계를 서고 있었다.

　그런데 오늘 경계를 서던 부리가 시월과 곽부가 정체 모를 자들과 동행을 하고 있는 것을 발견하고는 칠랑과 화노를 급히 불러낸 것이었다.

　"대체 어찌 된 일이냐? 몸들은 괜찮은 거야?"

　이미 두 사람과 동천오룡의 모습에서 싸움의 흔적을 찾아낸 무광이 걱정스럽게 물었다.

　"뜻밖의 사람을 만났어요. 이야기하자면 좀 길어요."

　시월이 대답했다.

　"누굴 만났는데?"

　"그 망할 늙은이가 나타났지 뭡니까!"

　이번에는 곽부가 퉁명스럽게 대답했다.

　"망할 늙은이? 누구?"

　"누구긴요? 군자님 행세하는 공천보지!"

*　　　　　*　　　　　*

　"들어가자."

　화노가 힘없는 소리로 말했다.

　군자의 공천보가 나타났다는 소리를 듣는 순간부터 화노의 얼굴에선 웃음이 사라졌다.

그리고 공천보가 곽부에게 팔이 잘린 채 폭포수 같은 계곡에 몸을 던졌다는 말을 들은 이후에는 한층 더 표정이 어두워졌다.

파문된 사형이지만 그래도 공천보에 대한 애증이 남아 있는 듯 보이는 화노였다.

그래서 공천보를 죽음 직전까지 몰아넣은 곽부가 미안한 표정을 지을 정도였다.

그렇다고 화노가 공천보에 대해 많은 것을 물은 것도 아니었다. 그는 다만 피곤해 보이는 모습으로 석동으로 돌아가자고 재촉했을 뿐이었다.

"이자들은 어찌할까요?"

석동을 향해 걷는 화노에게 무광이 급히 물었다.

"데려와라."

"석동으로 말입니까?"

여전히 위험한 동천오룡이다. 그들을 칠랑의 은신처로 데려가는 것은 위험할 수도 있었다.

"걱정 말거라. 눈빛을 보니 딴짓을 할 수 있는 상태가 아니니."

화노가 무광의 생각을 읽고 덤덤하게 말했다. 그러고는 시적시적 걸음을 옮겨 석동으로 걸어갔다.

"내가 잘못한 건가?"

부쩍 늙어버린 것 같은 화노의 뒷모습을 보며 곽부가 중얼거렸다.

"네 잘못이 아니다. 군자의 스스로 자처한 일이니까. 화노께서도 그걸 모르시지 않는다. 다만, 그의 운명에 대해 연민이 생기신 거지. 사형제라면 한 때는… 정을 주며 지내지 않았겠느냐?"

무광이 곽부의 어깨에 손을 얹으며 말했다.

"그야 그렇죠."

"며칠 지나면 괜찮아지실 거다. 그나저나 식구가 갑자기 늘어났군. 이렇게 되면 사람들의 이목을 피하는 것이 점점 힘들어지는데……."

무광이 시월이 데려온 동천오룡을 보며 한숨을 쉬었다.

화노는 시월이 동천오룡을 데리고 돌아온 후, 하루가 지날 동안 자신의 거처에서 나오지 않았다.

그는 군자의 공천보가 죽었을 거라고 생각하는 듯했다. 팔이 잘리고, 곽부가 던진 도끼에 맞은 채 계곡으로 추락했다면 살아 있을 가능성은 거의 없었다.

다만, 그가 적어도 화노를 제외하고는 세상에서 가장 뛰어난 의술을 지니고 있다는 사실이 작게나마 그의 생존 가능성을 열어 놓고 있었다.

공천보가 한 악행을 생각하면 그가 죽는 것이 조금도 불쌍할 게 없지만, 그래도 사형인지라 화노의 마음이 편치 않은 것은 분명했다.

하지만 칩거는 하루뿐이었다. 하루 만에 거처에서 나온 화노는 말없이 시월이 데려온 동천오룡을 치료하기 시작했다.

*   *   *

"그럼 결국 혼천마의 일월문은 이가검문을 공격하겠네?"

소후가 물었다.

군자의 공천보가 나타난 것 말고도 칠랑의 관심을 끄는 일은
또 있었다.

시월과 곽부가 마을로 내려가던 길에 만났던 이가검문의 딸 이
화검의 일이었다. 그 일 역시 공천보의 등장만큼이나 중요한 일이
었다.

"아마도 그렇겠죠. 하지만 이가검문이 그렇게 쉽게 당하지는
않을 겁니다. 이 여협이 살아 돌아갔으니 일월문의 공격에 대비하
겠죠."

시월이 대답했다.

"하긴 이가검문은 요동을 대표하는 검문이니까 대비를 하고 있
다면 쉽게 당하지는 않겠지."

부리가 시월의 말을 거들었다.

"의천무맹에도 도움을 청할 거고……."

무광이 말했다.

"그럼… 결국 모용세가와 월문의 고수들이 오겠네요. 가장 가
까운 곳의 천문들이니까요."

소후가 말했다.

"그런데 그들이 과연 도우러 올까? 무림의 상황을 생각하면 이
렇게 먼 곳까지 자파의 고수들을 파견하는 것이 쉬운 일은 아닐
텐데."

부리가 의심 어린 표정으로 말했다.

"부리의 말이 일리가 있다. 그래도 만약 온다면 뭔가 큰 대가를
내놓아야겠지."

무광이 말했다.

"의천단이 움직일 가능성도 있죠."

시월이 말했다.

"그렇긴 하지만 의천단에서 보낼 수 있는 고수는 그리 많지 않을 거야. 본래 의천단이 하는 일은 마도의 무리와 싸우는 것보다는 강호의 정보를 수집하고 조사하는 일이니까. 결국은 월문과 모용세가, 그 두 문파의 움직임이 중요하지."

무광이 대답했다.

"이가검문이 단독으로 혼천마의 일원문을 상대할 수도 있을까요? 이가검문은 전통과 자부심이 강한 문파잖아요. 문도들도 거칠고."

소후가 무광에게 물었다.

"뭐, 그럴 수도 있겠지. 하지만 그렇게 되면 쉽지 않은 싸움이 될 거야. 혼천마는… 예측하기 힘든 마인이거든. 일월문의 전력도 알 수 없고……."

무광이 무거운 표정으로 말했다.

그때 다른 석실에서 동천오룡을 치료하고 나오던 화노가 칠랑의 이야기를 듣고는 입을 열었다.

"아무리 혼천마라 해도 이가검문을 단독으로 도모하기는 어려울 것이다."

"어? 치료는 끝나셨어요?"

시월이 화노를 돌아보며 물었다.

"음."

"어떻습니까?"

무광이 물었다.

"시월에게 당한 부상은 그리 심각하지 않아. 시간이 지나면 아물 테니까. 다만… 사형이 몹쓸 일을 했더군. 저들은 마혼단에 중독되어 있다. 마혼단은 잠력을 끌어내는데 유용하지만, 오래 사용하면 중독이 되어 끊기 어려워지지. 부작용이 더 심해지면 인지가 상실되고 생기가 끊기기도 하고… 저들은 제법 깊게 중독되어 있더구나."

"그럼 치료가 안 되나요?"

시월이 물었다.

"아니, 본문의 의술로 치료할 수 있다. 다만 치료를 해야 할지 결정하는 것이 문제지."

"…치료하실 건가요?"

시월이 다시 물었다.

"글쎄, 일단 저들의 생각도 들어봐야 할 것 같구나. 급한 대로 검상은 치료했으니 상처가 어느 정도 아물면 그때 이야기를 해봐야겠다. 그건 그렇고 이가검문의 진실한 저력을 너희들이 모르는 것 같구나."

화노가 화제를 이가검문으로 돌렸다.

"이가검문이 알려진 것보다 강한 문파입니까?"

무광이 물었다.

"음, 겉으로 보이는 것보다 훨씬 강하지. 사실 변경에 위치해서 그렇지 그 저력으로는 모용세가나 월문에 견줘도 부족하지 않단다."

"그 두 문파는 십대천문들인데……."

"검문의 은거기인 한 사람의 존재로 인해 그들과 견줄 수 있다고 생각한다. 만약 혼천마가 그의 존재를 모르고 이가검문을 공격했다가는 큰 곤욕을 치르게 될 것이다."

"그가 누군데요?"

부리가 물었다. 이가검문에 혼천마를 능가하는 고수가 있다는 것은 확실히 흥미로운 이야기였다.

"검옹(劍翁) 천복(天僕)이라는 사람이 있다. 세상에 드러나지 않은 이가검문의 절대검객이지. 그가 나선다면 혼천마도 그를 당해내지 못할 것이다. 물론… 혼천마가 이끄는 일월문의 전력이 변수가 되기는 하겠지만. 일대일의 대결에서는 그렇다는 말이다."

"…이가검문에 그런 고수가 있다는 말은 들어본 적이 없는데요. 혼천마를 능가할 고수라면 강호에 알려졌을 텐데……."

무광이 고개를 갸웃했다.

"그의 존재는 이가검문 문도들조차도 모르는 사람이 더 많으니까."

"어떻게 그런 고수가 세상에 알려지지 않았을까요? 어르신은 또 어떻게 그를 알고 계시는 겁니까?"

무광이 생각할수록 이상하다는 듯 계속 질문을 했다.

"나도 자세한 사연은 모른다. 다만 그의 성이 천 씨인 것으로 봐서는 이가검문의 혈통은 아닌 것 같고… 삼십육마의 난 때 그는 무림을 떠나 해동에 있었다. 나 역시 그때 해동의 풍악으로 약재를 구하러 갔었는데, 그곳에서 그를 만났다."

"삼십육마의 난 같은 위중한 시기에 왜 해동에……?"

무광이 의아한 표정으로 물었다.

"귀령삼객이라는 자들이 있었다. 무림에 그 존재를 아는 사람이 거의 없을 만큼 완벽한 살수라고 알려진 자들이었지. 셋이 함께하면 천하제일인도 죽일 수 있다고도 했고… 그자들이 이가검문주를 죽이려다 검옹 천복에게 걸려 실패하고 해동으로 도주했는데, 검옹 천복이 풍악까지 쫓아와 그들을 주살했지."

"천하제일인을 죽일 수 있는 자들을 혼자 주살했다면 정말 대단한 무공이군요."

무광이 탄복했다.

"물론 그들을 상대하느라 그도 제법 큰 부상을 입었었다. 그런 그를 내가 치료해줬지. 그래서 그의 존재를 알게 된 것이다."

"어떤 사람이었어요?"

시월이 천복이라는 고수에 대해 호기심을 드러냈다.

"음… 말이 정말 없었지. 압록까지는 같이 왔는데, 그 긴 여행 동안 그가 한 말은 몇 마디 되지 않았다. 누가 보면 벙어리라고 생각할 수도 있을 만큼… 아무튼 그래도 헤어질 때는 정이 들었는지 한마디 하더구나. 혹시 위험한 일이 생기면 이가검문으로 자신을 찾아오라고. 아마도 그게 그가 내게 보여줄 수 있는 최대한의 호의였던 것 같다. 눈빛은 선했는데… 뭐랄까. 극복할 수 없는 슬픔을 가진 눈빛이랄까."

"…이거 점점 더 궁금해지네요."

부리가 손으로 턱을 괴며 중얼거렸다.

"아무튼 그가 있는 한 혼천마도 이가검문을 쉽게 도모할 수는 없을 거다."

"한 번 가볼까요?"

곽부가 불쑥 예상치 못한 말을 꺼냈다.

"어딜?"

소후가 물었다.

"어디긴요? 이가검문에요."

"거긴 왜?"

"사형은 그 검옹 천복이라는 절대검객의 실력이 궁금하지 않으세요? 그런 고수의 검법이라면 한번 보고 싶은데……."

곽부가 호기심을 참지 못하겠다는 듯 말했다.

"아서라. 괜한 싸움에 끼어들 때가 아니다."

소후가 고개를 저었다.

"누가 싸운다고 했나요? 그냥 구경만 하자는 거지."

"그게 마음대로 되냐? 싸움터 가까운 곳에 있으면 결국 혈풍에 휩쓸리게 되어 있어. 그게 무림이야."

소후가 냉정하게 말했다.

그런데 그때 갑자기 화노가 예상치 못한 말을 했다.

"한번 가보는 것도 나쁘지 않을 것 같구나."

"예?"

"거길 왜요?"

부리와 소후가 동시에 물었다.

"만약 평생을 월문과 운중오문을 피해 숨어 살 거라면 안 가는 게 맞겠지만, 칠선문의 이름을 걸고 떳떳하게 살아가려면 이가검문과 같은 명문과 인연을 맺어 두는 것도 나쁘지 않다. 월문과 운중오문이 미처 움직이기 전에 너희들이 칠선문의 이름으로 명성을 얻고 정파의 친구를 사귀어 두면 그들도 함부로 너희들을 공격할 수 없을 것 아니냐."

"그, 그야 그렇지만……."

부리가 말꼬리를 흐렸다.

"더군다나 칠선문이 정파일문으로 인정되면 그들이 너희들의 진실한 내력을 세상에 밝힐 수도 없을 거다. 그건 곧 그들의 치부 이기도 하니까."

화노의 말에 칠랑이 당황한 표정을 지으면서도 각자 생각에 잠 겼다.

그러다 잠시 후 무광이 입을 열었다.

"저희가 온전히 무공을 회복하려면 얼마나 걸릴까요?"

"한 달? 그쯤이면 과거의 내공은 되찾을 수 있을 거다. 물론 각 자의 무공을 날카롭게 다듬으려면 시간이 더 필요할 수도 있고."

"그야 뭐… 큰 문제는 아닙니다. 본래 군자의에게 잡혀 있으면 서도 무공 초식은 잊지 않고 연습했으니까요."

무광이 대답했다.

"가려고요?"

부리가 물었다.

"한 달 안에 양쪽의 싸움이 끝나지 않는다면 가보자. 어르신 말씀대로 좋은 기회일 수 있다. 다행히 시월과 곽부가 이미 이가 검문과 좋은 인연을 맺어 두었으니……."

무광이 대답했다.

그러자 화노가 아쉬운 표정으로 말했다.

"나에게 조금 더 시간이 있다면 너희들의 무공을 한 단계 끌어 올려서 내보낼 수 있을 텐데……."

그러자 무광이 웃으며 말했다.

"월문에서 우릴 가르쳤던 천 장로께서 이런 말을 했지요. 실전이 가장 좋은 수련법이다. 싸우면서 강해지면 됩니다."

"후후, 그렇구나. 나도 나름대로 열심히 도와주마."

화노가 하루 우울했던 감정을 지워버린 듯 가볍게 웃음을 흘리며 말했다.

『칠마선문』 4권에 계속…